KB187334

마음

마음

1판 1쇄 발행 | 2002. 11. 23
2판 1쇄 발행 | 2010. 3. 30

지은이 | 나쓰메 소세키
옮긴이 | 박순규
펴낸이 | 박옥희
펴낸곳 | 도서출판 인디북

등록일자 | 2000. 6. 22
등록번호 | 제 10-1993호
주   소 | 서울시 마포구 용강동 469 하나빌딩 2층
전   화 | 02)3273-6895
팩   스 | 02)3273-6897
홈페이지 | www.indebook.com

ISBN 978-89-5856-107-1 03830

마음

나쓰메 소세키 지음 | 박순규 옮김

인디북

선생님과 나

1

나는 그를 항상 선생님이라고 불렀다. 때문에 여기서도 그냥 선생님이라고 적을 뿐 본명을 밝히지는 않겠다. 세상의 이목을 꺼려서라기보다 그렇게 부르는 편이 나에겐 더 자연스럽기 때문이다. 나는 그에 대한 기억을 되살릴 때마다 이내 '선생님'이라고 말하고 싶어진다. 펜을 집어들 때도 마찬가지다. 서먹서먹하기만 한 머리글자 따위로 표현한다는 게 영 마음이 내키지 않는다.

내가 선생님을 알게 된 건 가마쿠라鎌倉에서였다. 당시 나는 아직 젊디젊은 학생이었다. 여름방학을 맞아 해수욕을 떠난 친구에게서 꼭 놀러 오라는 엽서를 받은 나는 약간의 돈을 융통하여 떠나기로 결심했다. 그 돈을 마련하느라 2~3일을 보냈다. 그런데 막상 내가 가마쿠라에 도착하고 3일도 채 지나지 않아 나를 불렀던 친구는 고향에 계신 어머니로부터 급전을 받았다. 전보에는 어머니가 병으로 드러누우셨다고 적혀 있었지만, 친구는 그 내용을 믿지 않았다. 그는 오래전부터 부모님으로부터 내키지 않는 결혼을 강요당했다. 당시의 관습으로 보더라도 결혼하기엔 아직 젊은 나이였다. 하지만 그보다도 결혼 상대자가 그의 마음에 들지 않는다는 것이 문제였다. 그래서 당연히 여름방학을 맞아 귀향해야 했음에도 불구하고, 그는 일부러 도쿄의 변두리에서 놀고 있었던 것이다. 그는 내게 전보를 보이면서 어찌할지를 물었다. 난 뭐라 할 말이 없었다. 하지만 정말로 어머니가 병으로 드러누웠다면 그는 두말할 필요도 없이 돌아가야 했다. 결국 그는 돌아가기로 결심했고, 이렇게 해서 나는 모처럼의 여행에서 혼자 남았다.

수업이 시작되기까진 아직 상당한 시일이 남아 있었기 때문에 가마쿠라에 있든 도쿄로 되돌아가든 상관없었다. 나는 당분간 묵고 있던 숙소에서 좀더 머물기로 했다. 친구는 중국지방일본의 산요우山陽·산인山陰지방을 총칭하는 말로 오카야마岡山·히로시마廣島·야마구치山口·시마네島根·돗토리鳥取의 다섯 현을 일컫는다—역주의 한 부잣집 아들로 돈에 대해선 딱히 구애받지 않았지만, 생활 수준은 나와 그다지 차이가 없어 보였다. 그래서 홀로 남게 된 나는 달리 숙소를 찾을 생각은 하지 않았다.

숙소는 가마쿠라에서도 외진 곳에 위치해 있었다. 그래서 당구라든가 아이스크림과 같은 신식 문화를 즐기기 위해서는 긴 논두렁길을 지나 한참을 걸어가야 했다. 차를 타고 간다면 족히 20전錢은 들었다. 그래도 바다는 매우 가까워서 해수욕을 즐기기엔 편리했다.

나는 매일 바다로 나갔다. 낡아서 썩기 시작한 초가지붕 사이를 지나 해변으로 내려오면, 이 주변에 이렇게 사람들이 많이 살고 있었는지 의아스러워질 정도로 많은 사람들이 모래 위를 달리고 있었다. 어떤 날에는 바닷물이 마치 대중목욕탕인 양 검은 머리들로 가득 메워져 있기도 했다. 그 많은 사람들 중에 아는 사람이라곤 없는 나도 이런 활기찬 풍경 속에 파묻혀 모래 위에 엎드려 있거나 무릎까지 차오르는 파도 위를 이리저리 뛰어 다녔다. 정말로 유쾌하기 그지없었다.

　이런 혼잡한 풍경 속에서 선생님을 발견하였다. 그 무렵 해안에는 간이 찻집이 두 곳 있었는데, 나는 우연한 계기로 그중 한 곳의 단골이 되었다. 하세長谷 가마쿠라의 마을 남부, 해안에 가까운 부근으로 하세대불長谷大佛, 하세관음長谷觀音 등으로 잘 알려져 있다 부근에 커다란 별장을 가지고 있는 사람들과는 달리 전용 탈의실을 마련하지 못하는 피서객들에게는 이런 공동 탈의실과 같은 장소가 필요했다. 그들은 이곳에서 차를 마시고 휴식을 취할 뿐만 아니라 수영복을 빨기도 했고, 소금기 묻은 몸을 씻기도 했으며 모자나 우산을 맡기기도 했다. 나도 소지품을 도둑맞을 염려가 있었기에 바다로 들어갈 때마다 이 간이 찻집에 들러 옷을 갈아입곤 했다.

2

　내가 그 간이 찻집에서 선생님을 봤을 때 그는 막 옷을 벗고 바다로 들어가려던 참이었다. 반대로 나는 젖은 몸으로 바람을 맞으며 바다에서 나오고 있었다. 우리 둘 사이에는 많은 사람들이 분주히 오가고 있었다. 해변은 혼잡했고, 머릿속은 산만했음에도 불구하고 선생님이 금방 나의 눈에 띈 것은 그가 어느 서양인과 함께 있었기 때문이다.

그 서양인의 눈부실 만큼 하얀 피부는 간이 찻집으로 들어서자마자 내 눈길을 끌었다. 일본 전통의 순수한 유카타浴衣 일본의 무명 홑옷으로 목욕 후나 여름철에 주로 입는다—역주를 입고 있었던 그는 탁자 위에 옷을 훌쩍 벗어던지고는 팔짱을 끼고 바다를 향해 서 있었다. 그는 팬티 한 장 외에 아무것도 걸치지 않은 상태였다. 그 점이 나를 가장 의아스럽게 만들었다. 바로 이틀 전, 나는 유이가하마由井が浜 가마쿠라의 해안으로 일찍부터 해수욕장으로 유명했다—역주까지 가서 오랜 시간 모래 위에 쭈그리고 앉아 사람들이 바다로 뛰어드는 모습을 지켜보았다. 내가 앉아 있던 곳은 해변보다 조금 높은 곳에 위치한 언덕이었는데, 바로 그 옆이 호텔 후문이었기 때문에 물끄러미 앉아 있는 사이 많은 사람들이 바다로 향했다. 그러나 어느 누구도 상체나 팔과 허벅다리를 밖으로 드러내지는 않았다. 여자들은 남자들보다 더 자신의 몸을 가리려고 애썼다. 사람들은 대부분 머리에 고무로 만든 가리개를 쓰고서 파도가 이는 해변을 검은 적갈색과 감색, 남색으로 물들였다. 그런 풍경을 목격한 지 얼마 되지 않아서인지 팬티 한 장만 걸친 그 서양인이 이상하게 보이는 건 어쩌면 당연한 일인지도 몰랐다.

이윽고 그는 주위를 돌아보더니 쭈그리고 앉아 있던 일본인에게 한두 마디를 건넸다. 그 일본인은 모래 위에 떨어진 수건을 막 주워 올리고 있던 참이었다. 그는 수건을 주워 올리자마자 바로 머리에 감싸 묶더니 바다 쪽으로 걸어가기 시작했다. 그 사람이 바로 선생님이었다.

나는 그저 단순한 호기심에 나란히 바닷가로 내려가는 두 사람의 뒷모습을 지켜보았다. 그들은 바로 바닷물 속으로 들어갔다. 그러고는 넓게 펼쳐진 얕은 바다 속에서 웅성대고 있는 많은 사람들 틈을 비집고 비교적 사람이 적은 넓은 곳으로 나가 헤엄치기 시작했다. 그들은 머리가 아주 작게 보일 정도로 먼 바다까지 나갔다. 그리고 다시 방향을 틀어 해변으로 돌아와 간이 찻집에서 샤워도 하지 않은 채 바로 몸을 닦더니 서둘러 옷을 입고 어디론가 사라졌다.

그들이 나간 뒤 나는 자리에 앉은 채 담배를 입에 물었다. 그리고 선생님에 대해서 생각해 보았다. 어디선가 본 적이 있는 얼굴이라는 생각이 들었다. 그러나 아무리 기억을 더듬어도 언제 어디서 본 얼굴인지 기억이 나지 않았다.

그 당시 나는 아무런 근심 걱정 없이 편안했다기보다는 무료하기 그지없는 따분한 나날을 보내고 있었다. 그래서 다음 날, 일부러 선생님을 처음 본 시각에 맞추어 그 간이 찻집으로 다시 나가 보았다. 그런데 이번엔 그 서양인은 보이지 않고 선생님 혼자서 밀짚모자를 쓴 채 그곳에 있었다. 선생님은 안경을 벗어 탁자 위에 올려놓았다. 그리고 이내 수건을 머리에 둘러쓰더니 총총걸음으로 해변을 내려갔다. 선생님은 어제와 마찬가지로 다소 소란스러운 사람들 틈을 빠져나가 혼자서 헤엄치기 시작했는데, 나는 갑자기 그 뒤를 따라가고 싶은 생각이 들었다. 그래서 얕은 바닷물을 머리 위로 튀겨 가며 꽤 깊은 곳까지 들어가 선생님이 있는 곳을 목표로 헤엄치기 시작했다. 그러자 선생님은 어제와는 달리 활 모양 같은 선을 그리며 엉뚱한 방향에서 해변을 향해 헤엄치기 시작했다. 결국 나는 다시 해변으로 올라올 수밖에 없었다. 바닷물이 뚝뚝 떨어지는 손을 흔들어 털며 간이 찻집으로 들어섰다. 선생님은 이미 옷을 갈아입고 들어서는 나를 지나쳐 밖으로 나갔다.

3

다음 날도 같은 시간에 바다로 나가 선생님을 찾았다. 그리고 그 다음 날도 똑같은 행동을 반복했다. 하지만 말을 걸거나 인사를 나눌 기회는 생기지 않았다. 게다가 선생님의 태도는 무척이나 비사교적으로 보였다. 정해진 시간에 어김없이 나타나 수영을 한 후 또 어김없이 사라졌다. 주변이 아무리 시끄럽다고 해도 그런 것엔 전혀 아랑곳하지 않았다. 처음에 함께 있었던 서양인은 그후에 전혀 모습을 드러내지 않았다. 선생님은 항상 혼자였다.

어느 날, 선생님이 여느 때와 마찬가지로 수영을 마친 후 바다에서 나와 항상 같은 자리에 벗어 두었던 옷을 입으려 했는데, 웬일인지 그날따라 유카타에 모래가 잔뜩 묻어 있었다. 선생님은 뒤로 돌아서 유카타를 두세 번 털었는데, 그 바람에 유카타 밑에 놓여 있던 안경이 탁자 밑으로 떨어지고 말았다. 유카타를 걸치고 허리끈을 묶고 나서야 안경이 없어진 사실을 알게 된 선생님은 황급히 그 주변을 찾기 시작했다. 나는 재빨리 의자 밑으로 머리와 손을 들이밀어 안경을 꺼내 선생님에게 내밀었다. 선생님은 고맙다는 말을 한 후 안경을 건네받았다.

다음 날도 나는 선생님 뒤를 따라 바다로 뛰어들었다. 그리고 선생님과 같은 방향으로 헤엄치기 시작했다. 해변으로부터 약 200미터 정도 떨어진 바다로 나오자 선생님은 뒤를 돌아보더니 나에게 말을 걸었다. 넓고 푸른 바다 위에 떠 있는 거라곤 나와 선생님 단 둘뿐이었다. 그리고 강한 햇빛이 아주 뜨겁게 주위에 펼쳐진 산과 바다를 내리쬐었다. 나는 자유와 환희로 흥분된 몸을 움직이며 바다 속에서 열광했다. 선생님은 갑자기 손과 발의 움직임을 뚝 멈추더니 하늘을 바라보며 드러누웠다. 그리고 파도의 움직임에 몸을 내맡긴 채 눈을 감았다. 나도 그를 따라했다. 푸르게 펼쳐진 하늘의 선명한 빛이 내 얼굴을 향해 내리쏟아졌다.

"정말 유쾌하군요."

내가 큰소리로 외쳤다.

잠시 후 마치 바다 위에서 일어서기라도 하듯이 몸을 일으켜 세운 선생님은 "이제 그만 돌아갈까요?"라고 말하면서 나를 재촉했다. 비교적 건장한 체격이었던 나는 좀더 바다에서 놀고 싶었다. 하지만 나는 곧바로 "예, 그만 돌아가시죠"라고 흔쾌히 대답했다. 그리고 우리는 왔던 코스를 따라 다시 해변으로 돌아갔다.

나는 이때부터 선생님과 각별한 사이가 되었다. 하지만 선생님이 어디에 살고 있는지는 여전히 알지 못했다.

그로부터 이틀이 지난 3일째 오후였다. 선생님은 간이 찻집에서 나를 만나자마자 느닷없이 물었다.

"자넨, 이곳에서 얼마나 머물 생각인가?"

아무 생각이 없었던 나는 선생님의 갑작스런 질문에 뭐라 대답하기가 어려웠다. 그래서 "글쎄요. 아직은 잘 모르겠습니다"라고 말했다. 하지만 히죽히죽 웃고 있는 선생님의 얼굴을 본 순간, 나는 아차 싶어 "선생님은……"이라고 되묻지 않을 수 없었다. 이것이 내 입에서 나온 선생님이란 말의 시작이었다.

나는 그날 밤, 선생님의 숙소를 찾아갔다. 숙소라고는 하지만, 흔히 생각하기 쉬운 여관과는 달리 넓은 절의 경내에 있는 별장 같은 건물이었다. 나는 그곳에 살고 있는 사람이 선생님의 가족이 아니라는 사실도 알았다. 내가 "선생님, 선생님" 하고 부르자 선생님은 다소 쓴웃음을 지었다. 나는 그 호칭이 연장자에 대한 나의 입버릇이라고 궁색한 변명을 했다. 그리고 나는 요전의 서양인에 대해 물어보았다. 선생님은 그 서양인의 특이한 점이라든가, 지금은 가마쿠라에 없다는 사실 등을 말해 준 뒤, 일본인들과 좀처럼 교제를 갖지 않는 그런 외국인과 친하게 된 건 정말 믿기지 않는 일이라고 했다. 나는 선생님에게 어디선가 뵌 듯한데 도무지 기억이 나질 않는다고 말했다. 아직 어렸던 나는 그때 막연히 선생님도 나와 같은 느낌을 가지고 있지는 않을까 하는 의구심이 들었다. 그리고 내심 선생님의 그런 대답을 예상하며 기다렸지만, 잠시 무언가 고민하던 선생님은 이렇게 말씀하셨다.

"글쎄, 아무리 생각해 봐도 자네 얼굴은 본 기억이 없는 것 같은데, 혹시 사람을 잘못 본 건 아닌가?"

그 말을 듣자 나도 모르게 섭섭한 생각이 들었다.

4

나는 그달 말에 도쿄로 돌아왔다. 선생님은 그보다 훨씬 전에 그곳을 떠났다. 나는 선생님과 헤어질 때 "가끔씩 선생님 댁을 방문해도 괜찮을까요?"라고 물었다. 선생님은 그저 "음. 좋지요"라고 답했을 뿐이었다. 당시 나는 선생님과 무척이나 친하다고 생각했기 때문에 좀더 상냥하면서도 자세한 대답을 기대하면서 물었던 것이다. 그런데 이런 미온적인 대답이 나오자 내 자신감은 찬물을 끼얹은 듯 수그러들고 말았다.

선생님은 이런 사소한 일로 나를 자주 실망시켰다. 선생님은 그 사실을 눈치 채고 있는 것 같으면서도 한편으론 전혀 모르는 듯했다. 하지만 그런 사소한 실망감이 반복되어도 그로 인해 선생님과 멀어졌다는 생각은 들지 않았다. 그러한 일말의 불안감에 떨면서도 오히려 나는 앞으로, 앞으로 나가고 싶다는 생각뿐이었다. 그렇게 앞으로 다가서다 보면, 내가 예상하던 일들이 언젠가는 눈앞에서 만족스럽게 펼쳐지리라고 생각했다. 나는 젊었다. 그렇지만 모든 사람들에 대해 나의 젊은 피가 이렇게 순수하게 움직인다고는 생각하지 않았다. 어째서 선생님에게만 이런 마음을 갖게 되는지 도무지 알 수 없었다.

그런데 선생님이 내 곁에서 사라진 지금에서야 비로소 알 것 같았다. 선생님은 처음부터 나를 싫어한 게 아니었다. 선생님이 가끔씩 내게 보인 쌀쌀맞은 태도나 냉담한 행동은 나를 멀리하기 위한 불쾌한 표현이 아니었다. 가엾게도 선생님은 자신에게 다가서려고 하는 사람들에게, 자신은 그만한 가치가 없는 인간이니 그만두라며 일종의 경고 메시지를 보낸 것이었다. 타인이 보이는 호감에 전혀 관심이 없었던 선생님은 타인을 경멸한 게 아니라 오히려 자신을 경멸하고 있었던 것이다.

물론 나는 선생님을 찾아뵐 생각에 도쿄로 돌아왔다. 수업이 시작되려면 아직 2주일이나 남았기 때문에 그간에 한 번 찾아뵐 생각이었다. 그러나 도쿄로 돌아온 뒤 하루 이틀 시간이 흐르자, 가마쿠라에서의 기억은 점점 엷어져 갔다. 그리고 대도시의 공기가 기억의 부활에 따른 강한 자극과 함께 나의 마음을 진하게 물들었다. 나는 길에서 만나는 사람들의 얼굴을 볼 때마다 새로운 것들에 대한 희망과 긴장감을 느꼈다. 한동안 나는 선생님에 관한 일들을 잊고 지냈다.

수업이 시작되고, 한 달쯤 시간이 흐르자 나의 마음은 다시 느슨해지기 시작했다. 어느새 나는 무언가 부족한 얼굴을 하고 길을 걷기 시작했다. 무언가를 찾기라도 하듯 방 안을 둘러보곤 했다. 그리고 나의 머릿속엔 선생님의 얼굴이 떠올랐다. 다시 선생님이 보고 싶어졌다.

처음으로 선생님 댁에 찾아갔을 때 선생님은 외출 중이었다. 두 번째로 다시 찾아간 건 그 다음 주 일요일이라고 기억된다. 아주 맑은 하늘빛이 금방이라도 온몸에 물들 것 같은 따사로운 날이었다. 그날도 선생님은 집에 없었다. 가마쿠라에 머물렀을 때 나는 선생님이 대부분 집에서 시간을 보낸다는 말을 들었다. 두 번와서 두 번 모두 선생님을 만나지 못한 나는 그 말을 생각해 내곤 까닭 모를 불만을 느꼈다. 나는 현관 앞에서 발걸음을 돌리지 못한 채 하녀의 얼굴을 보며 잠시 주저했다. 요전에 명함을 건네받은 기억이 있던 하녀는 나에게 기다리라고 하더니 다시 안으로 들어갔다. 그리고 이번엔 하녀 대신 선생님의 부인으로 보이는 사람이 나왔다. 참으로 아름다운 사람이었다.

그 부인은 내게 아주 정중히 선생님이 외출한 곳을 알려 주었다. 선생님은 매월 그날이 되면 조우시가야雜司が谷 도쿄의 메지로目白 지역의 북쪽에 있는 유명한 묘지이다―역주묘지에 있는 어느 무덤에 꽃

을 바치러 가는 일을 관례로 하고 있다고 했다.

"방금 전에 출발했는데, 10분이 될까 말까 합니다."

부인이 사뭇 안타깝다는 듯이 말해 주었다. 나는 고맙다는 인사를 하고 밖으로 나왔다. 번화한 마을 쪽으로 100여 미터를 걷자, 나는 산보 삼아 조우시가야에 가 보고 싶다는 생각이 들었다. 선생님을 만날 수 있을지 없을지 몰랐지만, 호기심이 발동했다. 그래서 나는 발길을 돌렸다.

5

나는 묘지 앞에 모종이 심어져 있는 밭의 왼쪽으로 들어가 양옆으로 단풍나무가 늘어선 넓은 길을 따라 안으로, 안으로 들어갔다. 그때 한쪽 구석의 찻집에서 선생님과 비슷하게 보이는 사람이 불쑥 나왔다. 나는 그 사람에게 다가가 느닷없이 '선생님!' 하고 큰소리로 불렀다. 그러자 갑자기 걸음을 멈춘 선생님이 내 얼굴을 쳐다봤다.

"어째서…… 어째서……."

선생님은 똑같은 말을 두 번이나 반복했다. 반복되는 그 말은 한적한 대낮에 이상한 느낌으로 퍼져 나갔다. 나는 갑자기 할 말을 잃고 말았다.

"내 뒤를 따라온 겁니까? 어째서……."

선생님의 태도는 오히려 침착했다. 목소리는 차분하게 가라앉아 있었다. 하지만 그 표정 속에는 딱히 뭐라고 표현할 수 없는 어두운 그림자가 드리워져 있었다.

나는 이곳에 온 이유를 이야기했다.

"누구의 묘에 가는 것인지, 아내가 그 사람의 이름을 말했습니까?"

"아닙니다. 그런 말은 전혀 하지 않으셨습니다."

"그렇습니까? 그렇지요. 그런 말을 할 리가 없겠군요. 처음 만난 사람한테. 그런 말을 할 필요가 없었을 테니."

그제야 선생님은 안심했다는 표정을 지었다. 하지만 나는 그 이유를 전혀 알아차릴 수 없었다.

선생님과 나는 그 길을 빠져나오기 위해 무덤 사이를 걸어 나왔다. 이사벨라 XXXX의 무덤, 신보쿠神僕 로긴의 무덤이라고 새겨진 묘비 옆에 일체중생실유불성—切衆生悉有仏性 모든 사람들이 중생이 될 수 있다는 불교의 근본정신을 표현한 말—역주이라고 새겨진, 공양을 위한 긴 판자들이 세워져 있었다. 전권공사全權公使 특명전권공사의 약칭. 외교관으로 전권대사의 다음 지위에 해당하는 관리의 직위—역주 XXXX라고 새겨진 것도 있었다. 나는 '安得烈' 앙드레라고 읽는다. 독일식 이름을 일본식 한자로 安得烈이라고 썼다라고 새겨져 있는 묘비 앞에서 "이것은 어떻게 읽습니까?"라고 물었다.

선생님은 쓴웃음을 지으며 말씀하셨다.

"앙드레라고 읽게 할 생각이었지 않을까요?"

선생님은 이들 묘표墓標 무덤의 표시로 세우는 돌이나 나무기둥들이 나타내는 사람들의 양식에 대해 내가 느끼는 것만큼의 우스꽝스러움이나 아이러니를 느끼지는 않는 듯했다. 내가 둥근 비석이나 길고 가느다란 화강암으로 만든 비석을 가리키며 끊임없이 이것저것 이야기하는 것을 듣기만 하던 선생님은 나중엔 듣기가 거북했는지, "자네는 아직 죽음이란 것에 대해 신중히 생각해 본 적이 없겠지?"라고 말했다. 나는 아무 말도 하지 않았다. 선생님 역시 아무 말도 하지 않았다.

묘지의 경계선에 커다란 은행나무 한 그루가 마치 하늘을 가리기라도 하듯 서 있었다. 그 아래에 왔을 때 선생님은 높다랗게 뻗어 있는 나뭇가지 끝을 쳐다보면서 말씀하셨다.

"조금만 더 기다리면 정말 아름다워집니다. 이 나무가 완전히 노랗게 물들면 이곳 주변은 황금색 낙엽으로 온통 덮여 버리죠."

선생님은 한 달에 한 번은 꼭 이 나무 밑을 지났던 것이다.

반대편에서 울퉁불퉁한 지면을 잘 골라 새 묘지를 만들고 있던 한 남자가 괭이를 든 손을 멈추더니 우리들을 바라보았다. 우리들은 그곳에서 왼쪽으로 빠져 큰길로 나왔다.

어디로 갈 것인지 계획이 없던 나는 그저 선생님이 가는 방향으로 따라갔다. 선생님은 여느 때보다도 말수가 적었다. 그렇지만 나는 그다지 불편함을 느끼지 않았기 때문에 가벼운 마음으로 함께 걸었다.

"바로 댁으로 돌아가십니까?"

"예. 별달리 용무가 있는 것도 아니어서……."

우리 둘은 다시 아무 말 없이 남쪽 언덕을 내려갔다.

"선생님 댁의 묘지가 저쪽입니까?"

"아닙니다."

"그럼 누구의 무덤이 있는 겁니까? 친척 되시는 분의 무덤입니까?"

"아닙니다."

선생님은 그렇게만 대답할 뿐이었다. 나 역시 그 이야기는 그쯤에서 끝냈다. 그런데 한 100여 미터가량 걸어가자 뜻밖에도 선생님이 그 이야기를 다시 꺼냈다.

"그곳엔 제 친구의 무덤이 있습니다."

"친구 분의 무덤에 매달 성묘를 가시는 겁니까?"

"그렇습니다."

선생님은 그날, 더 이상 말이 없었다.

6

나는 그날부터 가끔씩 선생님 댁을 방문했다. 내가 찾아갈 때마다 선생님은 집에 계셨다. 선생님과 친해지면서 선생님 댁으로 발걸음을 옮기는 횟수도 점점 늘어났다.

하지만 나를 대하는 선생님의 태도는 처음 인사를 나누었을 때나 지금이나 그다지 변한 게 없었다. 선생님은 항상 조용했다. 어떤 때는 너무 조용해서 외롭게 보일 정도였다. 나는 처음부터 선생님에게는 접근하기 어려운 불가사의한 부분이 있다고 생각했다. 그렇지만 어떻게든 가까이 다가가지 않고는 견딜 수 없다는 느낌이 강하게 나를 자극했다. 선생님에 대해 이런 느낌을 갖는 사람은 많은 사람들 중에 어쩌면 나 혼자일지도 모른다. 그리고 그 직감은 시간이 흘러 확실한 사실로 증명되었다. 그렇기 때문에 어리다거나 어리석다는 비웃음을 사도, 그것을 미리 내다본 나의 직감에 대해 어쨌든 믿음직스럽고 또 기쁘게 생각한다. 인간을 사랑할 수 있는 사람, 사랑하지 않고는 견딜 수 없는 사람, 그렇지만 자신의 품으로 들어오려는 사람을 팔 벌려 안아 줄 수 없는 사람, 그 사람이 바로 선생님이었다.

선생님은 시종일관 조용했다. 그리고 차분했다. 하지만 가끔씩은 이상하게 어두운 그림자가 얼굴에 드리워지곤 했다. 마치 금방이라도 날아올라 어디론가 사라질 것 같은 새의 검은 그림자일본식 칸막이 문이나 유리문 또는 벽 등에 비춰진 작은 새의 그림자. 잠시도 가만히 있지 않고 곧 날아가 사라져 버릴 것 같은 존재를 뜻함─역주가 창에 비치는 것처럼. 하지만 그 어두움은 나타나는가 싶으면 이내 사라졌다. 내가 처음으로 그 그림자를 발견한 것은 조우시가야의 묘지에서 선생님을 불렀을 때였다. 나는 그 이상한 분위기 속에서 그때까지 규칙적이고 힘찼던 심장의 박동 소리가 잠시 둔탁해지는 느낌을 감지했다. 하지만 그것은 단지 한순간의 심장 장애로 박동이 불규칙해진 것에 지나지 않았다. 내 마음은 5분도 채 지나지 않아 평소의 여유를 회복했다. 나는 그후로 어둡기만 한 이 뜬구름 같은 검은 그림자를 잊어버렸다. 그런데 우연히 잊고 있던 그 기억이 되살아난 건 음력 10월이 다 지나갈 무렵의 어느 날 밤이었다.

선생님과 이야기를 나누고 있던 나는 문득 선생님이 일부러 설명까지 해 준 그 커다란 은행나무가 떠올랐다. 그리고 가만히 계산해 보니 선생님이 월례 행사로 성묘를 가는 날이 바로 사흘 앞으로 다가와 있었다. 그날은 오전 수업이라 비교적 홀가분한 날이었다. 그래서 나는 선생님에게 물었다.

"선생님, 조우시가야의 은행나무 잎은 이미 다 떨어졌겠지요?"

"아직 벌거숭이가 되지는 않았을 테지."

선생님은 그렇게 대답하면서 내 얼굴을 살폈다. 그리고 잠시 동안 내 얼굴에서 눈을 떼지 않았다.

내가 다시 물었다.

"이번 성묘엔 제가 함께 가도 괜찮겠습니까? 선생님과 함께 그 주변을 산책하고 싶은데……."

"나는 성묘를 가는 거지, 산책을 가는 게 아닐세."

"그렇지만 가는 김에 산책도 겸하면 좋지 않습니까?"

선생님은 잠시 아무 말도 하지 않았다. 그리고 다시 말했다.

"나는 진심으로 성묘를 다녀오는 것뿐일세."

선생님은 성묘와 산책이라는 두 가지를 서로 다른 개념으로 받아들이려는 듯했다. 나와 함께 가고 싶지 않다는 핑계를 대려고 그랬는지 혹은 그 외에 다른 이유가 있었는지는 잘 모르겠지만, 그때만큼은 내 눈에 비친 선생님이 마치 어린아이가 떼를 쓰는 듯 이상하게 보였다. 나는 다시 말을 이었다.

"그럼 성묘라도 좋으니 함께 데려가 주십시오. 저도 성묘를 할 테니."

사실 나에겐 성묘와 산책의 구별이란 게 아무런 의미가 없었다. 그런데 선생님의 눈 주위가 잠시 흐려지는 것이었다. 눈에서도 이상한 빛이 발했다. 그것은 성가심이나 혐오감, 그리고 두려움이라고도 딱 잘라 말할 수 없는 미세하지만 불안하기 짝이 없는 그런 것이었다. 나는 갑자기 조우시가야에서 내가 "선생님!" 하고 불렀을 때의 기억이 선명하게 떠올랐다. 지금의 선생님 표정이 그 당시와 아주 똑같았기 때문이다.

"나는……."

선생님이 말했다.

"나는 자네에게 말할 수 없는 특별한 이유가 있네. 그래서 다른 사람과는 함께 그곳에 가고 싶지 않고, 심지어 내 아내조차도 데려가고 싶지 않아."

7

정말 의아스러웠다. 하지만 나는 단순히 선생님을 연구할 생각으로 선생님 댁을 출입하는 건 아니었다. 나는 의아스러운 점은 의아스러운 대로, 있는 사실은 있는 그대로 받아들였다. 지금 돌이켜 보면 그때 취한 내 태도는 내 생활 중에서도 그나마 존경할만했다는 생각이 든다. 나의 그런 태도 때문에 선생님과 따스한 정을 나누는 관계를 가질 수 있지 않았을까. 만약 내 호기심이 조금이라도 선생님의 마음을 연구하려는 관점에서 접근했다면, 우리 둘 사이를 이어 주는 동정의 끈은 여지없이 끊어지고 말았을 것이다. 당시 젊고 어렸던 나는 그런 내 태도에 대해 전혀 자각하지 못했다. 오히려 그 때문에 존경할 만한 것인지는 모르겠지만.

만약에 일이 잘못돼 엉뚱한 방향으로 흘렀다면 어떤 결과가 일어났을까? 상상하는 것만으로도 소름이 끼친다. 선생님은 그렇지 않아도 차가운 눈빛으로 연구되는 것을 끊임없이 두려워하고 있었는데 말이다.

나는 한 달에 두 번, 혹은 세 번씩 꼬박꼬박 선생님 댁을 방문했다. 나의 발걸음이 빈번해지던 어느 날의 일이었다. 선생님이 갑작스레 이렇게 물었다.

"자네는 왜 그렇게 자주, 나 같은 사람의 집을 찾아오는 건가?"

"……별달리 특별한 의미는 없습니다. 그런데 방해가 되는 겁니까?"

"방해가 된다고는 말하지 않았네."

정말 선생님의 말대로 방해가 된다는 그 어떤 느낌도 들지 않았다. 나는 선생님의 인간관계가 아주 좁다는 사실을 알고 있었다. 선생님은 그 무렵 도쿄에 있는 친구들 중에서 두 사람인가 세 사람 정도밖에 교류를 갖고 있지 않았다. 선생님과 같은 고향이라는 한 학생이 가끔 자리를 함께 하는 경우도 있었지만, 그들에게선 도무지 나만큼의 친밀감을 찾으려야 찾아 볼 수가 없었다.

"나는 외로운 사람이라네."

선생님이 말했다.

"그래서 자네가 찾아와 주는 건 정말로 고맙게 생각하네. 그 때문에 왜 그렇게 자주 나를 찾아오는 것인지 묻고 싶은 거라네."

"그건 또 왜입니까?"

내가 이렇게 되묻자 선생님은 아무 대답도 하지 못했다. 그저 내 얼굴을 보면서 "자네 올해 몇 살인가?"라고 묻는 것이었다.

이 질문과 답변은 내게 있어 아주 요령부득이었다. 나는 그때 끝까지 밀고 나가지 못한 채 돌아서고 말았다. 하지만 그로부터 나흘이 채 지나기도 전에 다시 선생님 댁을 찾았다. 선생님은 자리에 앉자마자 웃기 시작했다.

"또 왔군."

"예, 또 왔습니다."

이렇게 말하면서 나는 웃었다. 분명 다른 사람으로부터 이런 말을 들었다면 기분이 상했을 것이다. 하지만 선생님에게 이런 말을 들었을 때는 전혀 그렇지 않았다. 기분이 상하기는커녕 오히려 유쾌하기까지 했다.

"나는 외로운 사람이라네."

선생님은 그날 밤 다시 그 말을 반복했다.

"나는 외로운 사람이지만, 경우에 따라서는 자네도 외로운 사람이 아닐까? 나는 외로워도 나이를 먹었으니 움직이지 않고도 있을 수 있지만, 젊디젊은 자네는 그렇지 않을 거야. 그러니까 움직이고 싶은 만큼 움직이고 싶다 이거지. 움직여서 무언가와 맞부딪치고 싶을 거야……."

"저는 전혀 외롭지 않습니다."

"젊었을 때 외롭지 않은 사람은 없네. 그렇지 않다면 왜 그렇게 자주 나를 찾아오는 거지?"

그즈음에서 요전에 선생님이 했던 말이 다시 반복됐다.

"자네는 나를 만나도 필시 어딘가 모르게 외로움을 타는 걸 거야. 내겐 자네의 그 외로움을 근본적으로 뿌리뽑아 줄 만한 그런 힘이 없으니까. 자네는 밖을 향해서 두 팔을 활짝 벌리지 않으면 안 될 걸세. 이제 곧 내 집에 걸음을 옮기는 일은 없을 거야."

선생님은 이렇게 말하고서 외로워 보이는 웃음을 지었다.

8

다행인지 몰라도 선생님의 예언은 실현되지 않았다. 인생 경험이 부족했던 나는 이 예언 속에 내포되어 있는 명백한 의미조차 제대로 이해하지 못했다. 나는 변함없이 선생님 댁을 방문했다. 어느새 선생님 댁의 식탁에 앉아 함께 식사를 하기에 이르렀다. 또 사모님과도 이야기를 주고받게 되었다.

나는 여자에 대해 그리 냉담한 편은 아니었다. 그렇지만 지금까지 여자와 교제다운 교제를 해 본 적이 거의 없었다. 그것이 원인인지 어떤지는 모르겠지만, 내 흥미는 그저 길에서 만나게 되는 전혀 알지 못하는 여자를 향해서 왕성하게 발동하는 그런 것뿐이었다. 사모님에게선 요전에 현관에서 봤을 때 아름답다는 인상을 받았다. 그리고 그후로도 만날 때마다 똑같은 인상을 받았다. 하지만 그 외에 내가 이것이라고 말할 수 있을 정도로 사모님에 대해 아는 거라고는 아무것도 없다.

이는 사모님에게 아무런 특색이 없다기보다 특색을 보여 줄 만한 기회가 없었다고 하는 편이 옳을 것이다. 하지만 나는 언제나 선생님에게 속한 한 부분으로 사모님을 대했다. 사모님도 남편에게 찾아오는 학생이라는 편한 마음으로 나를 대하는 듯했다. 때문에 우리 두 사람 사이는 선생님이라는 존재가 사라진다면, 그저 남남이 되고 말 것이었다. 그래서 처음이나 지금이나 사모님에 대해 그저 아름답다는 생각 외에는 아무런 느낌도 갖지 못했다.

어느 날, 나는 선생님 댁에서 술을 마시게 되었다. 그때 사모님이 내 옆자리에 앉아서 술을 따라 주셨다. 선생님은 평상시보다 유쾌해 보였다. 사모님에게 "당신도 한잔 마시지"라고 말하더니 자신이 마시고 난 빈 잔을 내밀었다. 사모님은 "저는……"이라고 말하며 사양했으나 이내 다소 불편한 심기를 드러낸 채 그 잔을 받았다. 사모님은 아름다운 미간을 찌푸리더니 내가 반 정도 따른 잔을 입술로 가져갔다. 그리고 그때부터 사모님과 선생님 사이의 허물없는 대화가 시작됐다.

"별일이네요. 제게 술을 마시라는 말은 거의 하지 않으시면서……."

"당신이 싫어하니까. 하지만 가끔씩은 마시는 것도 좋지. 기분이 좋아지거든."

"저는 전혀 그렇지 않은걸요. 그저 괴로울 뿐이에요. 하지만 당신은 참으로 즐거워 보이는군요. 술을 조금만 드셔도……."

"때로는 아주 즐거워지지. 하지만 항상 그런 건 아니야."

"오늘은 어떠세요?"

"오늘은 정말 기분이 좋은데……."

"앞으로 매일 밤, 조금씩 드시면 아주 좋을 거예요."

"그럴 수는 없지."

"조금씩 드셔 보세요. 그러는 편이 외롭지 않고 좋을 테니까."

선생님 댁엔 선생님 부부와 하녀뿐이었다. 그래서 갈 때마다

한적하기 그지없었다. 큰소리로 웃고 떠드는 목소리가 나올 만한 일은 거의 없었다. 어떤 때는 집 안에 있는 사람이라곤 선생님과 나뿐이라는 생각이 들 정도였다.

"아이라도 있으면 좋을 텐데……."

사모님이 나를 바라보며 말했다.

"글쎄…… 그렇겠군요."

나는 대답했다. 하지만 내 마음속엔 아무런 동정심도 일지 않았다. 아이를 가져 본 적이 없는 나로서는 아이란 그저 시끄럽고 귀찮은 존재일 뿐이었다.

"어디에서 하나 데려올까?"

선생님이 말했다.

"데려오다니요? 말도 안 돼. 안 그래요?"

사모님이 나를 보면서 말했다.

"아이는 아무리 시간이 흘러도 생기지 않을 거요."

선생님이 말했다. 사모님은 아무 말이 없었다.

"어째서죠?"

내가 사모님을 대신하여 묻자, 선생님은 "천벌을 받고 있는 거야"라고 말한 뒤 크게 웃었다.

9

내가 아는 한, 선생님과 사모님은 사이좋은 부부였다. 깊은 내막이야 잘은 모르지만, 객실에서 나와 마주 앉아 있을 때 선생님은 무슨 일이 있으면 하녀를 부르지 않고 가끔 사모님을 부른 적이 있었다사모님의 이름은 시즈靜였다. 선생님은 "이봐, 시즈"라고 말하며 맹장지광선을 막으려고 안과 밖에 두꺼운 종이를 겹바른 장지 쪽을 돌아본다. 그때 그 말투가 나에겐 그렇게 상냥하게 들릴 수가 없었다. 대답을 하면서 나타나는 사모님의 모습 또한 매우 아름다웠다. 가끔씩 초대받은 저녁 식사 자리에서 본 그들의 모습은 이런 관계를 한층 더 명료하게 그려내고 있는 듯했다.

선생님은 가끔씩 사모님을 데리고 음악회라든가 연극을 보러 갔다. 그리고 부부 동반으로 일주일 이내의 짧은 여행을 한 적도 내가 기억하는 한, 두세 번은 있었다. 나는 그들이 하코네箱根에서 보낸 엽서를 아직도 가지고 있다. 닛코日光에 갔을 때는 단풍잎을 넣어서 보내 주기도 했다.

당시 내 눈에 비친 두 사람의 부부 관계는 대충 이러했다. 단, 한 번의 예외는 있었다. 어느 날, 내가 여느 때와 같이 선생님 댁의 현관에 서서 안내를 부탁하려 하는데, 객실 쪽에서 누군가 떠드는 소리가 들렸다. 자세히 들어 보니, 평소의 온화한 대화가 아니었다. 아무래도 말다툼을 하고 있는 듯했다. 선생님 댁은 현관을 지나면 바로 객실로 이어지기 때문에 격자문 앞에 서 있던 나는 말다툼을 하는 분위기만큼은 확실히 감지할 수 있었다. 그리고 잠시 후, 높은 음성이 선생님이라는 사실도 알 수 있었다. 상대방은 선생님보다도 낮은 음성이었기 때문에 확실히 알 수는 없었으나 아무래도 사모님인 듯싶었다. 사모님은 울고 있는 모양이었다. 나는 어쩐 일일까 하며 잠시 생각에 잠긴 채 현관 앞에서 머뭇거렸으나 이내 그대로 하숙집으로 돌아왔다.

이상하게 불안한 마음이 나를 엄습했다. 책을 읽어도 제대로 읽히지 않았다. 약 한 시간쯤 지나자 선생님이 창문 아래에서 내 이름을 불렀다. 나는 놀라서 창문을 열었다. 선생님은 산보를 가자며 나를 불러냈다. 좀전에 허리춤에 넣어 둔 시계를 꺼내 들여다보았다. 벌써 8시가 넘었다. 나는 돌아오자마자 하카마袴 일본옷의 겉에 입는 아래옷. 허리에서 발목까지 덮으며 넉넉하게 주름이 잡혀 있고, 바지처럼 가랑이진 것이 보통이지만 스커트 모양을 한 것도 있다─역주로 갈아입은 상태였다. 나는 하카마를 입은 채 곧바로 밖으로 나왔다.

그날 밤, 나는 선생님과 함께 맥주를 마셨다. 원래 선생님은 주량이 그다지 센 편이 아니었다. 어느 정도 마시고 취하지 않으면 취할 때까지 마셔 본다는 그런 모험을 할 수 없는 사람이었다.

"오늘은 정말 엉망이야."

선생님이 쓴웃음을 지었다.

"기분이 좋지 않으세요?"

사뭇 안쓰러운 듯이 내가 물었다.

나는 시종일관 조금 전에 들었던 말다툼에 마음이 쓰였다. 마치 생선 가시가 목에 걸리기라도 한 듯 나를 괴롭혔다. 사실을 밝힐까 아니면 그만두는 편이 좋을까 하는 마음의 동요가 나를 안절부절 못하게 만들었다.

"자넨 오늘 밤 무슨 일 있었나?"

선생님이 말을 꺼냈다.

"사실은 나도 오늘은 어떻게 된 모양이야. 자네 그거 알아?"

나는 아무 말도 할 수 없었다.

"실은 좀전에 아내와 가벼운 말다툼을 했어. 그리고 정말 어이없게도 신경질을 내고 말았단 말일세."

선생님이 다시 말했다.

"어쩐 일로……"

나는 싸움이란 말이 입 밖으로 나오지 않았다.

"아내가 나를 오해하고 있어. 그것이 오해라고 말해도 받아들여 주질 않아. 그래서 그만 화를 내고 말았어."

"선생님을 어떻게 오해하고 계십니까?"

선생님은 이 물음에는 대답하려 하지 않았다.

"아내가 생각하고 있는 그런 인간이라면, 나 역시 이렇게 괴롭진 않을 거야."

하지만 나는 선생님이 얼마나 괴로워하고 있는지 상상조차 할 수 없었다.

10

우리는 돌아오면서 아무 말도 하지 않은 채 100미터, 200미터를 계속해서 걸었다. 그리고 갑작스레 선생님이 말을 꺼냈다.

"내가 나빴어. 화를 내며 나왔기 때문에 아내는 무척 걱정하고 있을 거야. 가만히 생각해 보면 여자란 참 불쌍한 존재야. 아내는 나 말고 의지할 곳이라곤 아무 데도 없으니 말이야."

그리고 선생님의 말은 잠시 끊어졌지만, 그렇다고 달리 내 대답을 기다리고 있는 것 같지는 않았다. 이내 선생님의 말이 다시 이어졌다.

"그렇게 말하면 남편이란 존재가 무척 마음을 든든하게 해 준다는 말 같아서 좀 우습기도 하지만……. 이봐, 자네 눈엔 내가 어떻게 보이지? 강한 사람으로 보이나? 아니면 약하기 그지없어 보이나?"

"그 둘의 한가운데 있는 것처럼 보입니다."

내가 대답했다. 그 대답이 선생님에겐 다소 의외로 들린 모양이었다. 선생님은 다시 입을 다문 채 아무 말 없이 걷기 시작했다.

선생님 댁에 가려면 내 하숙집 바로 옆길을 지나는 게 가장 빨랐다. 나는 꺾어지는 골목길에서 선생님에게 작별을 고하는 게 무척 미안하다는 생각이 들었다.

"내친김에 댁까지 함께 갈까요?"

그러자 선생님은 바로 나를 막았다.

"많이 늦었으니 어서 돌아가시게. 나도 아내를 위해서 바로 돌아갈 테니."

그때 선생님이 마지막에 한 '아내를 위해서'라는 말이 묘하게 내 마음을 따뜻하게 만들었다. 나는 그 말 덕분에 방으로 돌아와서 아주 편히, 안심하고 잠을 청할 수 있었다. 나는 그후에도 오랫동안 '아내를 위해서'란 말을 잊지 못했다.

선생님과 사모님 사이에서 일어났던 파란은 대단한 일이 아니었다. 그리고 그런 일이 좀처럼 잘 일어나지 않는 현상이란 것도 그후로 끊임없이 선생님 댁을 출입한 나는 충분히 추측할 수 있었다. 그뿐이 아니었다. 선생님은 가끔 이런 기분을 나에게 털어놨다.

"나는 이 세상에서 여자란 오직 한 사람밖에 몰라. 아내 이외에 그 어떤 여자도 나에겐 여자로 보이지 않아. 물론 아내도 나를 하늘 아래 오직 한 사람밖에 없는 남자로 생각하고 있지. 그런 의미에서 우리 둘은 가장 행복하게 태어난 한 쌍이지 않으면 안 되었던 거야."

지금 나는 그 전후 사정을 잊어버렸기 때문에 선생님이 무엇 때문에 그런 자백에 가까운 이야기를 들려주었는지 확실히 말할 수는 없다. 하지만 무척 가라앉은 분위기에서 진지한 태도로 말했다는 사실은 지금도 분명히 기억하고 있다. 단지 그때 내 귀에 이상하게 들린 말은 '가장 행복하게 태어난 한 쌍이지 않으면 안 되었던 거야 라는 마지막 한 구절이었다. 선생님은 왜 행복한 사람이라고 딱 잘라서 말하지 않고, '한 쌍이지 않으면 안 되었던 거야 라고 덧붙였던 것일까? 나는 그 점이 못내 의심스러웠다. 특히 이 부분에 힘을 주어 말한 선생님의 말투가 의심스러웠던 것이다. 선생님은 정말로 행복한 것일까? 아니면 행복해야 했음에도 그만큼 행복하지 못했던 것일까? 나는 모든 것이 의심스러웠지만 그 의심도 잠시, 어느새 어딘가에 묻혀 버리고 말았다.

그러던 중 나는 선생님이 안 계실 때 사모님과 단둘이 마주 앉아 이야기를 나눌 기회가 있었다. 그날 선생님은 요코하마橫濱를 출항하는 기선을 타고 외국으로 떠나는 친구를 신바시新橋까지 배웅나가는 바람에 자리를 비우게 되었다. 요코하마에서 배를 타는 사람이 아침 8시 반 기차로 신바시를 떠나는 것은 그 무렵의 관례였다. 나는 어떤 책에 관해 물어볼 게 있어서 미리 선생님에게 승낙을 얻은 후 약속한 9시에 선생님 댁을 찾아갔다. 선생님의 신바시행은 일부러 이별을 고하러 온 친구에 대한 예의로 갑작스레 일어난 일이었다. 선생님은 금방 돌아올 테니 집에 없더라도 기다리라는 말을 남기고 외출하셨다. 그래서 선생님을 기다리는 사이에 사모님과 이야기를 나누었던 것이다.

11

당시 나는 이미 대학생이 되어 있었다. 처음 선생님 댁을 찾아갔을 때와 비교하면 꽤나 어른이 된 듯했다. 그때는 이미 사모님과도 무척 친해진 상태였다. 나는 사모님과 마주 앉아 아무런 불편함도 느끼지 못한 채 여러 가지 이야기를 나누었다. 그리고 그것은 특별한 이야기가 아닌 잡담에 불과했기 때문에 지금은 대부분 잊어버리고 말았다. 하지만 그중에 단 하나, 내 귓전에 또렷이 남았던 말이 있는데 우선 그전에 먼저 이야기해 두고 싶은 게 있다.

선생님은 도쿄 대학 출신이었다. 나는 이 사실을 처음부터 알고 있었다. 하지만 선생님이 아무 일도 하지 않는다는 사실을 알게 된 것은 도쿄로 돌아와서 시간이 좀 흐른 뒤였다. 나로선 왜 그러는지 궁금하지 않을 수가 없었다.

선생님은 세상에 이름 따위는 전혀 알려지지 않은 사람 같았다. 그래서 선생님의 학문이나 사상에 대해서 선생님과 친밀한 관계를 맺고 있는 나 외에 경의를 표하는 이가 있을 리 없었다. 그 점을 나는 항상 분하게 생각한다고 선생님에게 말했다. 이에 대해 선생님은 그저 "나 같은 인간이 세상에 나가 말을 한다면 정말 미안한 일이다"라고 대답할 뿐 전혀 개의치 않았다. 그 대답이 너무 겸손해서 오히려 선생님이 세상을 냉대하고 있는 것으로 들렸다. 사실 선생님은 가끔씩 지금은 저명인사가 되어 있는 옛날 친구들을 대상으로 거침없는 비평을 쏟아 붓곤 했다. 그래서 나는 노골적으로 그 모순됨을 들어 이러쿵저러쿵 말하기도 했다. 그것은 반항이라기보다도 세상이 선생님을 모르는데도 아무렇지 않은 듯 있는 것이 무척 유감스러웠기 때문이다. 그때 선생님은 다소 가라앉은 목소리로 말했다.

"아무래도 나는 세상을 향해 적극적으로 움직일 자격이 없는 남자니까 그건 어쩔 수 없는 일이야."

선생님의 얼굴에는 깊은 근심이 선명하게 새겨졌다. 나는 그 점이 실망스러웠고 불만이었으며, 그래서 슬펐고 이해할 수 없었다. 하지만 그에 대해 다른 말을 할 수 없게 만드는 강한 무엇이 있었기에 나는 무슨 말을 할 용기가 나지 않았다.

내가 사모님과 이야기하는 사이 화두는 자연스럽게 선생님의 이야기로 옮겨 갔다.

"선생님은 왜 저렇게 집에서 공부만 하실 뿐 밖으로 나가서 일을 하지 않는 겁니까?"

"그이에겐 그게 안 됩니다. 그런 일을 싫어하니까."

"시시하다고 생각하시는 건가요?"

"그것은 저로선 잘 모르겠습니다만, 아마 그런 의미가 아닐까요? 역시 무언가 하고 싶은 것이겠지요. 그렇지만 할 수 없는 겁니다. 그래서 가엾지요."

"하지만 선생님의 건강 상태로 볼 때 어디 아프신 데는 없지 않습니까?"

"물론 건강하구말구요. 특별히 병을 앓고 있지는 않습니다."

"그런데 어째서 활동할 수 없는 겁니까?"

"그걸 잘 모르겠어요. 그걸 알면 나도 이렇게 걱정하진 않을 거예요. 알 수 없으니 가여워서 어쩔 줄 모르겠어요."

사모님의 말투에서 안타까움이 느껴졌다. 그렇지만 입가만큼은 웃음을 띠고 있었다. 겉으로만 본다면 오히려 내가 신중하기 그지없었다. 나는 난감한 표정을 지은 채 아무 말도 하지 않았다. 그러자 사모님이 갑자기 생각난 듯 말을 꺼냈다.

"젊었을 때는 저런 사람이 아니었어요. 아주 딴판이었지요. 그런데 지금은 완전히 바뀌었어요."

"젊었을 때라면 언제쯤입니까?"

"학생 시절."

"그때부터 선생님을 알고 계셨습니까?"

사모님의 볼이 갑자기 붉게 물들었다.

12

사모님은 도쿄 출신이었다. 그 사실은 선생님과 사모님에게 직접 들었기 때문에 익히 알고 있었다. 사모님은 "사실은 혼혈이랍니다"라고 말했다. 사모님의 아버지는 돗토리인가 어디 출신이라는데 어머니는 아직 에도江戸라고 불리던 시절의 이치가야市ヶ谷에서 태어난 여성이었기에 농담 반으로 그렇게 말한 것이었다. 그런데 선생님은 방향이 전혀 다른 니가타 현新潟縣 출신이었다. 그렇기 때문에 사모님이 만약 선생님의 학생 시절을 안다고 한다면, 고향 때문이 아니라는 사실은 확실했다. 그러나 얼굴을 붉히고 있는 사모님은 그 이상의 이야기는 하기 싫어하는 듯했기 때문에 나도 더 이상은 묻지 않았다.

선생님이 돌아가실 때까지 나는 꽤나 많은 문제를 가지고 선생님의 사상이나 정서에 접근해 보았지만, 결혼 당시의 상황에 대해서는 거의 아무것도 들을 수 없었다. 나는 그것을 선의로 해석하기도 했다. 연배인 선생님이었기 때문에 자신의 기억 속에 있는 로맨스를 젊은 나에게 들려주는 것을 일부러 조심스레 사양하고 있다고 생각했다. 하지만 때로는 그것을 나쁘게 받아들이기도 했다. 선생님이나 사모님 모두 나에 비하면 한 시대 전의 관습이 지배하던 시대의 사람이기 때문에 자신을 개방할 수 있는 용기가 없는 것이라고 생각했다. 하지만 이것들은 어디까지나 추측에 지나지 않는다. 그리고 모든 추측의 이면에는 두 사람의 결혼이라는 진실 속에 자리 잡고 있을 화려한 로맨스를 가정한 것이었다.

과연 나의 가정은 빗나가지 않았다. 그렇지만 나는 그저 사랑이라는 반면半面만을 상상 속에서 그려냈을 뿐이었다. 선생님은 아름다운 로맨스라는 이면에 놀라운 비극을 간직하고 있었다. 그리고 그 비극이 선생님에게 얼마나 비참한 것이었는지 사모님은 전혀 눈치 채지 못하고 있었다. 사모님은 지금도 그 사실을 모른다. 선생님이 그 사실을 감춘 채 돌아가셨기 때문이다. 선생님은 사모님의 행복을 파괴하기 전에 먼저 자신의 생명을 파괴하고 말았다.

나는 지금 이 비극에 대해 아무 말도 않겠다. 그 비극으로 인해 생겨난 두 사람의 사랑에 대해서는 좀전에 말한 대로이다. 두 사람 모두 나에게 거의 아무런 이야기도 해 주지 않았다. 사모님은 조심스러움 때문에, 그리고 선생님은 그 이상의 깊은 이유 때문에.

그런데 한 가지 내 기억 속에 남아 있는 게 있다. 어느 날, 꽃이 만발하던 무렵 나는 선생님과 함께 우에노上野에 간 적이 있었다. 그리고 그곳에서 아주 아름다운 한 쌍의 남녀를 보았다. 그들은 아주 정답게 꽃이 만발한 나무 밑을 걷고 있었다. 장소가 장소인지라 꽃보다도 그들을 바라보며 눈을 치켜뜨는 사람들이 더 많았다.

"신혼부부인 모양이로군."

선생님이 말했다.

"아주 좋아 보이는데요."

그런데 선생님은 쓴웃음조차 짓지 않은 채, 그저 두 남녀가 보이지 않는 방향으로 걸음을 옮겼다. 그러고는 나에게 물었다.

"자넨, 사랑을 해 본 적이 있는가?"

나는 없다고 대답했다.

"하기 싫은 건 아니지?"

"그럼요."

"자넨 좀전의 남자와 여자를 보고, 사뭇 비웃는 듯 말했다네. 그 비웃음 속엔 자네가 사랑이란 걸 갈구하고 있음에도 아직 상대를 구하지 못했다는 불쾌감이 섞여 있지는 않았나?"

"그렇게 들렸습니까?"

"그렇게 들렸다네. 사랑에 만족해 본 사람은 좀더 따스하게 말하지. 하지만…… 하지만, 이보게…… 사랑이란 죄악이라네. 그 사실을 알고 있나?"

나는 깜짝 놀랐다. 그리고 아무 대답도 할 수 없었다.

13

우리들은 많은 사람들 틈에 섞여 있었다. 그들은 모두 무척이나 기쁜 듯한 얼굴을 하고 있었다. 그곳을 빠져나와 꽃도 사람들도 보이지 않는 숲속으로 와서야 그 문제를 입에 담을 수 있었다.

"사랑이 죄악입니까?"

나는 선생님에게 물었다.

"죄악이라네. 암, 그렇고 말고."

그렇게 말하는 선생님의 말투는 좀전과 다름없이 강했다.

"어째서죠?"

"어째서인지는 이제 곧 알게 될 걸세. 아니, 이제 곧이 아니야. 이미 알고 있을 걸세. 자네의 마음은 이미 오래전부터 사랑으로 인해 움직이고 있지 않은가?"

나는 그 말을 듣는 순간, 먼저 내 마음속을 들여다보았다. 하지만 그 속은 뜻밖에도 공허하기만 했다. 짐작될 만한 일이 아무것도 없었다.

"제 마음속엔 꼬집어 이거라고 할 만한 게 없는데요. 저는 선생님에게 아무것도 감출 생각이 없습니다만……."

"목적물이 없기 때문에 움직이는 것이지. 그리고 있다면 어떻게든 결론이 날 거라고 생각해서 역시 또 움직이고 싶어지는 것이지."

"지금 그다지 움직이고 있다는 생각은 들지 않습니다만……."

"자넨 무언가 모자람을 느꼈기 때문에 나에게로 움직인 게 아닐까?"

"그야 그럴지도 모르지요. 하지만 그것은 사랑과는 별개입니다."

"사랑으로 올라가는 계단이지. 이성을 포용하는 순서로 먼저 동성인 내가 있는 곳으로 온 것이라네."

"제게는 두 가지가 전혀 다른 것으로 보입니다만……."

"아니야, 똑같아. 나는 남자로서 결국 자네를 만족시킬 수 없는 인간이라네. 게다가 특별한 사정이 있어서 더더욱 자네를 만족시키지 못하고 있다네. 사실 나는 그 점을 가엾게 생각하고 있지. 자네가 나를 떠나 다른 곳으로 가는 것은 어쩔 수 없는 일이야. 나는 오히려 그것을 바라고 있다네. 그러나……."

나는 슬프다는 생각이 들었다.

"제가 선생님을 떠나는 건 어쩔 수 없지만, 아직은 그럴 마음이 생기지 않습니다."

선생님은 내 말을 들으려 하지 않았다.

"하지만 조심하지 않으면 안 돼. 사랑은 죄악이니까. 나에게서는 만족을 느낄 수 없을지 모르지만, 그 대신 위험도 없지. 이보게, 검고 긴 머리카락에 묶였을 때의 심정을 알고 있나?"

나는 상상으로는 알 수 있을 것 같았지만, 현실로는 어떨지 잘 몰랐다. 그 어느 쪽이든 선생님이 말하는 죄악의 의미는 그저 가물가물할 뿐이었다. 게다가 나는 조금 불쾌해지기 시작했다.

"선생님, 죄악이라는 말의 의미를 좀더 확실하게 들려주십시오. 그러지 않으면 이 문제는 이것으로 그만하시죠. 제 자신이 죄악이라는 의미를 확실하게 알게 될 때까지."

"내가 마음을 상하게 한 모양이군. 나는 자네에게 진실을 말하려고 했을 뿐이라네. 그런데 정작 그러질 못하고 자네를 약 올린 셈이 되었군. 내가 실수를 한 것 같아."

선생님과 나는 박물관의 뒤편에서 우구이스다니鶯谷 우에노와 닛포리日暮里 사이를 이르는 말–역주 방면으로 아주 조용히 걸어갔다. 담장 사이로 넓은 정원 한쪽에 무성한 얼룩 조릿대가 그윽하고 고요하게 보였다.

"자네는 내가 왜 매달 조우시가야의 묘지에 묻혀 있는 친구의 무덤을 찾는지 알고 있나?"

선생님의 이 질문은 전혀 예상 밖이었다. 게다가 내가 이 질문에 답을 할 수 없다는 사실도 알고 있었다. 나는 잠시 동안 아무 말도 하지 못했다. 그러자 선생님은 다시 눈치 챘다는 듯이 이렇게 말했다.

"내가 또 실수를 했군. 약을 올린 것 같아 미안한 마음에 설명을 하려 했는데, 또 자네를 약 올린 셈이 되고 말았네그려. 이거 정말 어쩔 수 없는걸. 이 이야기는 이제 그만하기로 하지. 어쨌든 사랑은 죄악이라네. 알겠나? 그리고 신성한 것이기도 하고."

나는 선생님의 말을 점점 더 이해하기가 어려웠다. 하지만 선생님은 더 이상 사랑이라는 말을 입에 담지 않았다.

14

어렸던 나는 자칫하면 외곬으로 생각하기 십상이었다. 적어도 선생님 눈에는 그렇게 비친 모양이었다. 나에겐 학교에서의 강의보다도 선생님과 나누는 이야기가 더 유익했다. 교수의 의견보다도 선생님의 사상이 나에겐 더 고맙기만 했다. 결론적으로 말하자면, 교단에 서서 나를 지도해 주는 훌륭한 사람들보다도 그저 자기 자신의 세계만을 철저히 지키면서 많은 것을 드러내지 않는 선생님이 나에게는 더 훌륭하게 보였던 것이다.

"너무 치켜세우는 건 아닌지……."

선생님이 말했다.

"아닙니다. 냉정하게 생각해서 내린 결론입니다."

나에게는 그만한 자신감이 있었다. 하지만 그 자신감을 선생님은 인정해 주지 않았다.

"자네는 지금 너무 열중해 있는 걸세. 그것이 식어 버리면 아주 실망하게 될 거야. 나는 지금의 자네에게 그런 대접을 받는 게 괴롭기만 하네. 게다가 앞으로 자네에게 일어날 변화를 생각하면 더더욱 괴롭기 그지없어."

"제가 그렇게 경솔하게 보입니까? 그렇게 믿을 수 없단 말인가요?"

"아니, 나는 그저 자네에게 연민의 정을 느낄 뿐이라네."

"연민의 정은 느끼지만, 믿을 수는 없다는 말씀이신가요?"

선생님은 귀찮다는 듯이 정원 쪽으로 고개를 돌려 버렸다. 그 정원에는 얼마 전까지만 해도 무척이나 무거워 보이는, 빨갛고 강해 보이는 꽃봉오리를 군데군데 만들었던 동백꽃이 이젠 한 송이도 보이지 않았다. 선생님은 객실에서 이 동백꽃을 자주 바라보곤 했다.

"믿지 않다니. 특별히 자네를 믿지 않는다는 그런 말이 아니야. 인간 모두를 믿지 않는다는 얘기야."

그때 울타리 너머로 금붕어 장수인 듯한 사람의 목소리가 들려왔다. 그 외에는 아무런 소리도 들려오지 않았다. 큰길로부터 200미터나 깊숙이 휘어져 들어온 골목은 생각보다 조용했다. 집 안은 여전히 한적하기만 했다. 나는 옆방에 사모님이 있다는 사실을 알고 있었다. 아무 말 없이 뜨개질을 하고 있을 사모님의 귀에 내 목소리가 들리고 있다는 사실도 알고 있었다. 하지만 나는 그 사실을 완전히 잊고 말았다.

"그럼 사모님도 믿을 수 없다는 이야기인가요?"

선생님에게 물었다. 선생님은 사뭇 불안한 기색을 보였다. 그리고 직접적인 대답을 피했다.

"나는 나 자신조차도 믿지 못한다네. 스스로를 믿을 수 없기 때문에 다른 사람도 믿을 수 없게 되고 말았다는 걸세. 그런 내 자신을 저주할 수밖에 없다네."

"그렇게 어렵게 생각한다면 누구에게도 확실한 거라곤 없지 않습니까?"

"아니, 생각한 게 아니야. 그렇게 한 거지. 하고 나서 놀랐다네. 그리고 아주 무서워졌지."

나는 조금 더 확실하게 길을 더듬어 가고 싶었다. 그때 문 너머에서 "여보, 여보" 하고 선생님을 부르는 소리가 두 번 들렸다. 선생님은 두 번째 부름에 "무슨 일이지?"라고 대답했다. 사모님이 "잠시만……"이라고 말하면서 선생님을 옆방으로 불렀다. 두 사람 사이에 어떤 용무가 생겼는지 나는 알 수 없었다. 그것을 생각

할 정도의 여유를 갖기도 전에 선생님은 이내 제자리로 돌아왔다.

"어쨌든 나를 너무 믿어서는 안 되네. 곧 후회하게 될 테니. 그러고 나서 자신을 기만했다는 사실에 대한 보복으로 잔인한 복수를 하게 될지도 모르니까."

"그건 또 무슨 의미입니까?"

"옛날에 그 사람 앞에서 무릎을 꿇었다는 기억이, 이번엔 그 사람의 머리 위로 기어오르게 한단 말일세. 나는 앞으로 그런 모욕을 받지 않기 위해서 지금의 존경을 물리치고 싶다네. 나는 지금보다도 더 외로울 미래의 나를 참고 견디기보다는, 외로운 지금의 나를 참고 견디고 싶어. 자유와 독립과 자기 자신만으로 가득한 현대에 태어난 우리들은 모두 그 희생으로 외로움을 맛보지 않으면 안 될 걸세."

나는 이런 각오를 하고 있는 선생님에게 무슨 말을 해야 할지 몰랐다.

15

그후 나는 사모님을 뵐 때마다 걱정이 됐다. 선생님은 사모님에 대해서도 시종일관 이런 태도를 취하는 것일까? 만약 그렇다고 한다면, 사모님은 그것에 만족하고 있는 것일까?

사모님의 태도는 만족스러운지 불만족스러운지를 가늠하기가 어려웠다. 내가 그 정도로 가까이서 사모님을 접촉할 기회도 없었고, 사모님은 나를 대할 때마다 평상심을 유지하고 있었기 때문이다. 그리고 선생님과 마주 대하고 있는 자리가 아니면, 사모님과는 좀처럼 얼굴을 마주할 수가 없었다.

　선생님의 인간에 대한 이런 불신은 어디서 비롯된 것일까? 그저 차가운 눈으로 자신을 돌아보거나 세상을 관찰하는 데서 나온 결과일까? 아니면 세상에 대한 생각에 몰두하면서 아주 자연스럽게 나오는 것일까?

　선생님의 불신의 벽은 마치 살아 있는 듯했다. 불에 탄 뒤에 냉각되어 버린 그런 석조 가옥의 윤곽과는 달랐다. 내 눈에 비친 선생님은 그야말로 사상가였다. 하지만 그 사상가가 나름대로 정리한 자신만의 어떤 이념이나 주의主義의 이면에는 거부할 수 없는 강한 진실이 감추어져 있는 듯했다. 자신과 동떨어진 타인의 진실이 아닌 자기 자신이 절실하게 맛본 진실, 피가 뜨거워지고 맥박이 멈출 정도의 진실이 숨겨져 있는 듯했다.

　이것은 내가 마음속으로 추측한 것으로, 확실한 증거는 없었다. 선생님은 이런 사실을 이미 고백한 적이 있었다. 그렇지만 그 고백이란 게 뭉게구름 같기만 했다. 내 머리 위로 정체를 알 수 없는 무시무시한 무언가가 덮쳐 왔다. 그런데 그것이 왜 무시무시한지는 나 자신도 잘 몰랐다. 선생님의 고백은 그렇게 희미하고 잡히지 않는 가물가물한 것이었다. 하지만 한 가지, 나를 전율케 하는 것만은 확실했다.

나는 선생님의 이런 인생관의 기점에 어떤 강렬한 연애 사건을 가정해 보았다. ― 물론 그것은 선생님과 사모님 사이에서 일어난 것이다. ― 선생님이 예전에 사랑은 죄악이란 말을 했던 점으로 미루어 보면 그것이 다소 단서가 되기도 했다. 그러나 선생님은 정말로 사모님을 사랑하고 있다고 고백했다. 그렇다면 두 사람의 사랑에서 이런 염세에 가까운 불신이란 게 나올 리가 없었다.

"옛날에 그 사람 앞에서 무릎을 꿇었다는 기억이 이번엔 그 사람의 머리 위로 기어오르게 한다."

선생님의 이 말은 오늘을 살아가는 모든 사람들에게 적용될지 모르지만, 선생님과 사모님 사이에는 들어맞지 않는 듯했다.

조우시가야에 있는 누구인지 알 수 없는 무덤, 이것도 내 기억에 가끔씩 되살아났다. 나는 그것이 선생님과 깊은 인연이 있는 무덤이라는 사실은 알고 있었다. 선생님의 생활에 조금씩 다가가는 듯하면서도 한편으론 다가갈 수 없었던 나는 선생님의 머릿속에 있는 생명의 단편으로, 그 무덤을 받아들였다. 하지만 나에게 그 무덤이란 완전히 죽어 있는 것이었다. 두 사람 사이에 있는 생명의 문을 열 열쇠가 되지는 못했다. 오히려 두 사람 사이에서 자유로운 왕래를 가로막는 방해물이었다.

이럭저럭 나는 사모님과 이야기하는 기회를 다시 한 번 갖게 되었다. 하루가 짧아져 가는 어느 바쁜 가을날이었다. 모두들 으스스한 추위에 몸을 움츠리는 그런 계절이었다. 선생님 댁 근처에서 도난 사고가 3~4일 동안 계속해서 발생했다. 도난은 모두 초저녁에 일어났다. 귀중품을 도난 당한 집은 거의 없었지만, 도둑이 든 집은 반드시 무엇인가가 없어졌다. 사모님은 신경을 곤두세웠다. 마침 그런 때 선생님이 집을 비우지 않으면 안 되는 사정이 생겼다. 같은 고향 출신으로 지방 병원에서 근무하고 있던 친구가 올라왔기 때문에 다른 두세 명의 친구들과 함께 저녁 식사를 하게 된 것이다. 선생님은 나에게 그런 사정을 이야기하고 자신이 돌아올 때까지 집을 지켜 줄 것을 부탁했다. 나는 선뜻 그 부탁에 응했다.

16

내가 선생님 댁을 찾아간 것은 어둠을 밝히는 불들이 하나 둘 켜지기 시작하는 이른 저녁 무렵이었다. 매사에 꼼꼼하고 약속 시간 또한 철저한 선생님은 이미 외출을 하고 없었다.

"약속 시간에 늦으면 미안하다며 바로 조금 전에 나가셨어요."

사모님은 그렇게 말하면서 나를 서재로 안내했다.

서재에는 테이블과 의자 외에 아름다운 표지로 장식된 많은 책들이 유리창 너머로 스며드는 불빛을 받으며 나란히 진열되어 있었다. 사모님은 화로 앞에 놓여 있는 방석 위에 나를 앉게 하고는

"잠시 저기 있는 책이라도 읽고 계세요"라고 말한 뒤 서재를 나갔다. 나는 마치 주인이 돌아오기를 기다리는 손님이라도 된 듯 미안한 마음으로 정좌를 하고서 담배를 피웠다. 그때 사모님이 거실에서 하녀와 이야기를 나누는 목소리가 들려왔다. 서재는 거실 밖의 마루를 지나 꺾어진 곳에 있었기 때문에 집의 구조상 객실보다도 오히려 조용한 편이었다. 한동안 계속되던 사모님의 이야기가 멎자 집 안에 적막이 감돌았다. 마치 도둑을 기다리고 있기라도 하듯이 나는 꼼짝도 않은 채 어디선가 나타날지 몰라 잠시도 주의를 게을리 하지 않았다.

30분 정도 지났을까, 사모님이 다시 서재의 문을 열고 고개를 내밀었다.

"저런……."

조금 놀란 듯한 눈으로 나를 바라보며 사모님이 말했다. 그리고 마치 도둑을 만난 사람처럼 잔뜩 긴장해 있는 나를 이상하다는 듯이 바라보았다.

"그렇게 있으면 불편하지 않아요?"

"아니, 괜찮습니다."

"하지만 지루할걸요?"

"아닙니다. 도둑이 언제 올지 모르는데 긴장이 된다면 몰라도 지루할 리가 있겠습니까?"

손에 홍차 잔을 든 사모님은 웃으면서 그곳에 서 있었다.

"여기는 좀 구석진 곳이라 집을 지키기에 그다지 좋지는 않은 것 같습니다."

내가 말했다.

"자, 그럼 실례가 되지 않는다면 좀더 밖으로 나오는 게 어때요? 지루할까 싶어서 차를 가지고 왔습니다만, 거실이 괜찮다면 그곳에서 마시는 게 좋을 듯한데……."

나는 사모님의 뒤를 따라 서재를 나왔다. 거실에는 아주 멋져 보이는 긴 사각형의 화로가 있었고, 그 위에 놓인 쇠로 만든 주전 자에서 물 끓는 소리가 들려왔다. 나는 그곳에서 차와 함께 과자를 먹었다. 사모님은 잠이 오지 않는다며 찻잔에는 손을 대지 않았다.

"선생님은 가끔씩 이런 모임에 나가십니까?"

"아니에요. 거의 나가지 않으세요. 요즘 들어서는 사람들을 더욱 피하는 것 같아요."

이렇게 말하는 사모님의 얼굴에 별반 곤혹스러운 표정은 보이지 않았기 때문에 나는 조금 더 대담해져 보기로 했다.

"그럼, 사모님만이 예외이신가요?"

"아니에요. 나 역시 싫어하는 사람들 중 한 사람이랍니다."

"그건 거짓말입니다."

내가 말했다.

"그게 아닌 줄 아시면서 왜 그렇게 말씀하시는 거지요?"

"왜 그렇게……?"

"제가 볼 때는 사모님을 좋아하게 되었기 때문에 세상이 싫어지신 것 같은데요."

"학문을 하는 사람이 되다 보니 말을 잘도 만들어 내시네요. 세상이 싫어졌기 때문에 나조차 싫어졌다는 말도 성립되지 않을까요? 그런 식으로 따지자면."

"그 두 가지 모두 굳이 따지자면 말이 됩니다만, 이 경우에는 제 말이 맞는 것 같습니다."

"논쟁은 싫어요. 남자들이란 틈만 나면 논쟁으로 이어지네요. 무척 재미있다는 듯이. 빈 술잔으로 정말 재주도 좋아요. 그렇게 질리지도 않고 잔을 주고받을 수 있다니 말이에요."

사모님의 말엔 가시가 달린 듯 날카로운 구석이 있었다. 그 말투가 귀에 거슬리기도 했지만, 반드시 그렇지만도 않았다. 사모님은 자신에게 지능적인 부분이 있음을 상대방으로 하여금 인정하도록 만들고, 거기에 일종의 자부심을 가질 정도로 그렇게 현대적이지 않았다. 그보다 사모님은 깊이 묻어 두고 있는 자신의 마음을 훨씬 더 소중히 여기는 듯이 보였다.

17

나는 사모님에게 더 물어보고 싶었지만, 장난삼아 논쟁을 이끌어 내는 남자라는 오해를 받기 싫어서 그만두기로 했다. 사모님은 다 마시고 난 찻잔의 밑바닥을 물끄러미 바라보고 있는 내가 행여 거북해 하지 않도록 바로 "한 잔 더 하시겠어요?"라고 물었다. 나는 곧바로 찻잔을 사모님 손에 건네주었다.

"몇 개? 하나? 둘?"

각설탕을 집어든 사모님이 내 얼굴을 바라보면서 물었다. 사모님의 태도는 교태를 부리는 정도는 아니었지만, 조금 전 자신의 강한 어투가 남긴 이미지를 단번에 지워 버리려는 애교가 넘치고 있었다.

나는 말없이 차를 마셨다. 다 마시고 난 후에도 아무 말도 하지 않았다.

"갑자기 벙어리가 되기라도 한 것 같네요."

사모님이 말했다.

"무슨 말을 다시 꺼내기라도 하면 논쟁을 만들어 낸다고 한소리 들을 것 같아서요."

내가 대답했다.

"설마, 그럴 리가……."

사모님의 이 말이 계기가 되어 대화가 다시 시작되었고, 이야기는 흥미롭기만 한 선생님을 화제로 삼았다.

"사모님, 좀전의 이야기를 계속해 주지 않으시겠습니까? 사모님에겐 별 의미가 없을지 모르겠지만, 저는 그저 건성으로 하는 이야기가 아닙니다."

"계속해 봐요."

"만약 사모님이 갑자기 사라지신다면 선생님은 지금 이대로 살아가실 수 있을까요?"

"그야 알 수 없지요. 그런 건 선생님께 직접 물어보는 게 좋지 않을까요? 내가 대답할 문제는 아닌 것 같은데……."

"사모님, 전 진심으로 묻고 있습니다. 그러니 피하지 마십시오. 솔직하게 답해 주십시오."

"솔직하게 말하는 거예요. 솔직히 말해서 난 정말 모르겠어요."

"그럼, 사모님은 선생님을 얼마만큼 사랑하고 계신 겁니까? 이것은 선생님에게 묻는 것보다 사모님에게 직접 묻는 게 좋을 것 같은데요."

"아무리 그렇기로 그런 질문을 다시 할 것까지는 없잖아요."

"자못 심각하게 묻고 있지만 아무런 답을 주시지 않는다……. 이미 모두 알고 계신다는 말씀이신가요?"

"뭐, 대충 그렇다고나 할까요?"

"그 정도로 선생님에게 충실한 사모님이 어느 날 갑자기 사라진다면, 선생님은 어떻게 될까요? 세상 어디를 바라봐도 재미있을 것 같지 않은 선생님에게서 사모님이 사라지게 된다면 어떻게 될까요? 선생님의 입장에서가 아닙니다. 사모님의 입장에서 봤을 때 어떻게 될 것 같습니까? 선생님이 행복해지실 것 같습니까? 불행하게 되실 것 같습니까?"

"그야 내겐 모든 것이 빤히 보인답니다. 선생님은 그렇게 생각하지 않을지도 모르지만, 선생님이 제 곁을 떠나면 불행해질 뿐이랍니다. 혹은 살아갈 수 없을지도 모릅니다. 이렇게 말하면 자랑인 것 같습니다만, 저는 지금 선생님을 인간으로서 될 수 있는 한 최대한의 행복을 느낄 수 있도록 해 드리고 있다고 확신합니다. 어떤 사람도 나만큼 선생님을 행복하게 해 드릴 수는 없다는 생각마저 들어요. 그리고 그렇기 때문에 제가 이렇게 편안하게 말할 수 있는 거구요."

"그 신념이 선생님에게도 잘 전달될 거라고 저는 생각합니다만……."

"그것은 전혀 다른 차원의 문제랍니다."

"역시 선생님이 싫어하고 계시다는 말씀을 하고 싶으신 건가요?"

"저를 싫어하고 있다고 생각하진 않아요. 그럴 이유가 없는걸요? 하지만 선생님은 세상이 싫은 거랍니다. 세상이라기보다 인간이 싫어진 거겠지요. 그러니 그 인간 중 한 사람인 저를 좋아할리가 있겠어요?"

나는 그제야 싫어한다는 말의 의미를 겨우 이해할 것 같았다.

18

나는 사모님의 이해력에 감동했다. 사모님의 태도가 구식 여성

같지 않다는 점도 나의 생각에 일종의 자극을 부여했다. 그렇지만 사모님은 당시에 유행하던 소위 신조어 따위는 거의 사용하지 않았다.

나는 여자와 깊은 교제를 한 경험이 없는 보잘것없는 청년이었다. 남자인 나는 항상 이성에 대한 본능으로 여자를 꿈꿔 왔다. 그렇지만 그것은 그리운 봄 하늘에 떠 있는 구름을 바라보는 듯한 기분으로 그저 막연하게 꿈꾸고 있던 것에 지나지 않았다. 그래서 실제로 여자 앞에 서면 감정이 갑자기 변하는 일이 있었다. 나는 여자에게 마음이 이끌리는 대신 오히려 반발을 느끼곤 했다. 하지만 사모님에게는 그런 마음이 전혀 생기지 않았다. 보통 남자와 여자 사이에 가로놓여 있는 사상의 불평등에 관한 생각도 거의 들지 않았다. 나는 사모님이 여자라는 사실을 잊고 있었다. 그저 성실하기 그지없는 선생님의 비평가 혹은 동정가同情家라는 생각이 들었다.

"사모님, 제가 얼마 전에 선생님이 왜 좀더 세상으로 나아가 활발한 활동을 하지 않는지 물었을 때 사모님이 하신 말씀을 기억하십니까? 원래는 그렇지 않았다는……."

"예, 그랬지요. 정말로 예전엔 저렇지 않았답니다."

"어떠셨습니까?"

"우리 두 사람이 바라고 있는 정말 믿음직스러운 사람이었답니다."

"그런데 왜 갑자기 바뀌게 된 거죠?"

"갑자기가 아니랍니다. 조금씩 저렇게 바뀌어 간 거죠."

"사모님은 그동안 줄곧 선생님과 함께 계셨죠?"

"물론이지요. 우린 부부인걸요."

"그렇다면 선생님이 그렇게 변하게 된 원인을 정확하게 알고 계실 거란 생각이 드는데……."

"그래서 제가 곤란하답니다. 그렇게 물으면 사실 전 괴롭기 그지없어요. 아무리 생각해 봐도 알 수가 없는걸요. 제가 지금까지 몇 번을 선생님에게 이젠 제발 모든 걸 털어놓으라고 부탁했는지 몰라요."

"선생님은 뭐라고 답하시던가요?"

"할 말이 없다, 아무것도 걱정할 필요 없다, 나는 이런 성격이 되어 버렸으니까 라고 말할 뿐 전혀 상대해 주지 않았어요."

잠시 나는 아무 말도 하지 않았다. 사모님도 입을 다물었다. 자기 방에 있던 하녀에게서도 아무런 소리가 들리지 않았다. 내 머릿속에서 도둑 걱정은 사라진 지 오래였다.

"혹시 내게 책임이 있다고 생각하고 있는 건 아닌가요?"

갑자기 사모님이 물었다.

"아닙니다."

"제발 숨김없이 말해 보세요. 그렇게 생각하는 것은 제 몸이 갈기갈기 찢기는 것보다 더 괴로우니까."

사모님이 다시 말했다.

"이래 봬도 저는 선생님을 위해 할 수 있는 모든 일을 다 했다고 자부할 수 있어요."

　"그야 선생님도 그 사실을 인정하고 계시
니까 걱정하지 않으셔도 됩니다. 괜찮습
니다. 제가 그 점은 보증하지요."

　사모님이 화로의 재를 휘저었다.
그리고 큰 물통에 담겨 있던 물을
주전자에 따랐다. 그러자 물 끓
는 소리가 잠잠해졌다.

　"언젠가 더는 참을 수 없어 선
생님에게 물었습니다. 제가 잘못
하는 것이 있으면 주저하지 말고
말해 달라고요. 만약 고칠 수 있는 결점이라면 고치겠다고요. 그
런데 선생님은 내겐 결점 따위는 없다고, 결점이 있다면 오히려
자신에게 있다고, 그렇게 말하는 거예요. 그 말을 듣고, 저는 무척
슬펐답니다. 그리고 더더욱 제 자신의 나쁜 점을 듣고 싶어 했지
요."

　그렇게 말하는 사모님의 눈에 눈물이 한가득 고였다.

19

처음에 나는 사모님을 이해심 많은 여성으로 생각하고 있었다. 내가 그런 생각으로 이야기를 나누고 있는 사이에 사모님의 태도는 점점 바뀌었다. 사모님은 나의 두뇌에 호소하기보다 나의 마음을 움직이려 했다.

자신과 선생님과의 사이에는 아무런 응어리가 없다, 분명 없을 터인데…… 아니다. 역시 무언가가 있다. 그런데 눈을 부릅뜨고 자세히 살펴보려고 하면, 역시 아무것도 보이지 않는다. 사모님이 괴로워하고 있는 것의 요점은 바로 여기에 있었다.

사모님은 처음에 세상을 바라보는 선생님의 시각이 염세적이기 때문에 그 결과 자신도 싫어하고 있는 거라고 단언했다. 그렇게 단언해 놓고서도 확신이 서지 않았다. 마음 밑바닥에서는 오히려 그 반대를 생각하고 있었던 것이다. 선생님은 자신을 싫어하게 되었고, 그 결과 세상도 싫어하게 된 것이라고. 하지만 아무리 애써도 그 추측의 근거가 되는 원인을 규명하지는 못한 듯했다. 선생님의 태도는 보통의 남편 모습 그대로 친절하고 부드러웠기 때문이다. 의심 덩어리를, 그날그날의 애정 어린 모습으로 조심스레 포장하여 슬그머니 가슴 한구석에 깊숙이 묻어 두었던 사모님은 그날 밤 내 앞에서 그 포장을 열어 보였다.

"당신은 어떻게 생각하고 있나요?"

사모님이 내게 물었다.

"나로 인해 그렇게 된 것인지, 그렇지 않으면 당신이 말하는 인생관인가 뭔가 하는 것 때문에 그렇게 된 것인지. 숨김없이 다 얘기해 보세요."

나는 아무것도 감출 생각이 없었다. 하지만 내가 알지 못하는 어떤 사실이 지금 존재하고 있다고 한다면, 나의 대답이 무엇이 되더라도 그것이 사모님을 만족시킬 리 없었다. 그리고 나는 내가 알지 못하는 그 어떤 사실이 존재하고 있다고 믿었다.

"저는 잘 모르겠습니다."

그 순간 사모님은 예상이 빗나갔을 때 보이는 슬프고 허탈한 표정을 지어 보였다. 나는 다시 말을 이었다.

"하지만 선생님이 사모님을 싫어하지 않으신다는 사실만큼은 보증할 수 있습니다. 저는 선생님께 직접 들은 사실 그대로를 말할 뿐입니다. 선생님은 거짓말을 하지 않는 분이시잖습니까?"

사모님은 아무런 말도 하지 않다가 잠시 후 이렇게 말했다.

"사실은 제게 짐작가는 부분이 있습니다만……."

"선생님이 그렇게 된 원인에 대해서 말입니까?"

"예. 만약 그것이 원인이라고 한다면, 제 책임만큼은 피할 수 있으니 그것만으로도 나는 마음이 무척 편해질 텐데……."

"어떤 일입니까?"

말하기가 거북한 듯 사모님은 무릎 위에 올려놓은 자신의 손을 들여다보았다.

"당신에게 판단을 맡길게요."

"제가 판단할 수 있는 거라면 하겠습니다."

"모두 다는 말할 수 없어요. 전부 말해 버리면 선생님이 화를 낼 테니. 화를 내지 않을 정도까지만……."

나는 긴장이 되어 침을 꿀꺽 삼켰다.

"선생님이 아직 학생이었을 무렵 아주 절친한 친구가 한 사람 있었어요. 그분이 졸업을 코앞에 두고 죽었답니다. 갑작스런 죽음이었지요."

사모님은 마치 내 귀에 대고 속삭이듯 조그만 목소리로 다시 말했다.

"사실은 그 죽음이 이상했어요."

그 말은 내가 "어째서죠?"라고 되묻지 않으면 안 될 정도로 호기심을 자극하는 말투였다.

"거기까지밖에 더는 말 못하겠어요. 하지만 그 일이 있고 얼마 지나지 않아서였어요. 선생님의 성격이 조금씩 변한 게. 그분이 왜 죽었는지 저는 잘 모르겠어요. 선생님도 아마 잘 알지는 못할 겁니다. 그렇지만 그 뒤로 선생님이 변했다고 생각한다면, 그렇지 않다고 할 이유도 없을 것 같아요."

"조우시가야에 있는 것이 그분의 무덤입니까?"

"그 사실도 말하지 않기로 되어 있기 때문에 말할 수 없어요. 하지만 인간이란 게, 절친한 친구를 한 사람 잃는다고 해서 그렇게 변할 수 있는 건가요? 정말 그럴 수 있는 건지 궁금하기 짝이

없어요. 그래서 그 의문에 대한 판단을 당신에게 부탁드리고 싶은
겁니다."

나의 판단은 오히려 부정이라는 쪽으로 기울었다.

20

나는 이야기를 듣고 나서 되도록이면 사모님을 위로해 드리고
싶었다. 그리고 사모님도 많은 위로를 받은 것처럼 보였다. 우리
는 같은 문제를 두고 많은 시간 이야기를 나누었다. 그렇지만 나
는 애초부터 일의 근본 원인에 대해 가늠조차 못하고 있었다. 사
모님의 불안도 사실은 주위에 떠도는 희미한 구름과도 같은 의혹
에서 생겨나고 있었다. 사건의 진상을 파헤치기엔 사모님 자신도
아는 것이 별로 없었다. 설령 알고 있다고 하더라도 완벽하게 이
야기해 주지 못했다. 따라서 위로하는 나도, 위로를 받는 사모님
도, 함께 파도에 휩쓸려 두둥실 떠다니고 있을 뿐이었다. 사모님
은 떠다니면서도 마지막까지 손을 내밀어 미덥지 못한 나의 판단
에 기대려고 했다.

10시쯤 되었을 때 선생님의 구두 소리가 현관에서 들려오자,
사모님은 갑작스레 지금까지의 모든 것을 잊어버리기라도 한 듯
앞에 앉아 있는 나의 존재를 무시한 채 벌떡 자리에서 일어났다.

그리고 문을 열고 들어서는 선생님을 거의 맞부딪칠 정도로 가까이 다가가서 반겼다. 뒤에 남겨져 있던 나도 이내 사모님을 따라 일어섰다. 하녀만이 깜빡 잠이 들기라도 했는지 끝내 모습을 보이지 않았다.

선생님은 기분이 아주 좋아 보였다. 그런데 사모님의 기분이 더 좋아 보였다. 조금 전까지 눈물로 반짝이던 사모님의 아름다운 눈과 검은 눈썹 끝이 여덟팔 자 모양으로 일그러지던 모습을 기억하고 있던 나는 그런 사모님의 변화가 참으로 이상하게 여겨져 주의 깊게 바라보았다. 만약 그것이 진심어린 행동이었다면 — 사실 거짓으로 보이지는 않았지만 — 지금까지 사모님이 내게 한 이야기들은 자칫 감성에 호소하며 나를 이용한 장난기 어린 여성의 유희로 여겨질 수도 있었다. 그렇지만 그때의 나에겐 그 정도로 사모님을 비판하려는 마음은 없었다. 나는 사모님의 태도가 갑작스레 밝게 빛나는 것을 보고 오히려 안도감을 느꼈다. 이 정도라면 그다지 걱정할 필요는 없다고 마음을 고쳐먹었다. 선생님이 웃으면서 "어이, 수고가 많았네. 도둑님이 방문하시지는 않으셨는가?"라고 나에게 물었다. 그리고 "오지 않아서 잔뜩 긴장했다가 맥이 팍 풀린 건 아닌가?"라고 덧붙였다.

내가 돌아갈 때 사모님은 "수고하셨어요. 힘들었을 텐데……"라고 인사를 했다. 그 말은 바쁜 와중에 모처럼의 시간을 허비하게 되어서 안됐다는 사실보다는 기껏 왔는데 도둑이 들지 않아서 안됐다는 식의 농담으로 들렸다. 사모님은 그렇게 말하면서 좀전에 내왔던 서양 과자를 종이에 잘 싼 후 내 손에 쥐어 주었다. 나는 그것을 소맷자락에 넣고서 사람들의 통행이 뜸한 추운 밤길을 구불구불 돌아 번화한 거리로 걸음을 재촉했다.

　나는 그날 밤 일을 끄집어내어 자세히 적었다. 이것은 그럴 만한 필요성이 있기 때문에 적은 것이지만, 사실 사모님으로부터 과자를 건네받고 돌아올 때는 사모님과 나눈 대화가 그리 중요하다고는 생각하지 않았다. 다음 날, 점심을 먹기 위해 학교에서 돌아온 나는 전날 밤 책상 위에 올려놓았던, 초콜릿을 바른 다갈색의 카스텔라를 꺼내 한 입 가득 물었다. 그리고 필경 이 과자를 준 두 사람은 행복한 커플로 이 세상에 존재한다고 생각했다.

　가을이 가고 겨울이 올 때까지 별다른 일은 없었다. 나는 선생님 집을 출입하는 김에 옷 세탁과 손질, 수선 등도 부탁하게 되었다. 그때까지만 해도 셔츠라는 것을 입어본 적이 없었던 나는 이 무렵부터 셔츠를 입고 그 위로 검은

칼라의 웃옷을 걸쳐 입기 시작했다. 아이가 없었던 사모님은 그렇게 나를 보살펴 줌으로써 오히려 지루했던 일상에서 탈피할 수 있게 돼 결국엔 몸에 좋은 약이 된다는 말을 하기도 했다.

"이건 손으로 직접 짠 거로군요. 이렇게 천이 좋은 옷은 지금까지 손질해 본 적이 없어서 무척 애를 먹었어요. 바늘이 전혀 들어가지 않아 두 개나 부러뜨리고 말았답니다."

하지만 이런 불평을 말하면서도 사모님은 정작 귀찮다는 표정은 전혀 내비치지 않았다.

21

겨울이 왔을 때 나는 뜻하지 않게 고향으로 돌아가지 않으면 안 되었다. 어머니가 보낸 편지에는 오늘내일 할 정도는 아니지만, 아버지의 병환이 가볍지 않으니, 한번 시간을 내어 다녀가라는 말이 적혀 있었다.

아버지는 오래전부터 신장병을 앓고 있었다. 중년을 넘긴 사람들에게서 자주 볼 수 있듯이 아버지의 병은 이미 만성이었다. 그 대신 제대로 주의만 기울이면 급작스레 상황이 나빠지는 일은 없을 거라고, 당신도 그리고 가족도 굳게 믿고 있었다. 실제로 아버지는 섭생을 게을리 하지 않은 덕분에 오늘날까지 그럭저럭 잘 버틸 수 있었다고 찾아오는 손님들에게 말했다. 그런 아버지가 편지에 의하면 정원으로 나가 무언가를 하고 있던 중 갑자기 현기증을 느끼며 뒤로 넘어지셨다는 것이었다. 집안 식구들은 가벼운 뇌출혈로 생각하고 응급치료를 했다. 하지만 의사 선생님은 뇌출혈이 아니라 아무래도 지병으로 인한 결과가 아닐까 하는 판단을 내려 처음으로 졸도와 신장병을 연관시켜 생각하게 되었다.

겨울방학까지는 아직 시간이 조금 남아 있었다. 나는 학기가 끝날 때까지 기다려도 별 지장이 없으리라 생각하고 2~3일을 그대로 보냈다. 그런데 그 하루 이틀 사이에 아버지의 잠자고 있는 모습이라든가 어머니의 근심 가득한 얼굴이 자꾸 눈에 어른거렸다. 그때마다 심적 부담을 느낀 나는 결국 내려가기로 결심했다. 고향에서 여비를 보내는 수고와 시간을 덜기 위해 나는 작별 인사를 겸해 선생님 댁을 찾아가 약간의 돈을 빌리기로 했다.

감기 기운이 있는 선생님은 객실을 피해 나를 서재로 들게 했다. 겨울로 접어들면서 좀처럼 보지 못했던 따뜻하고 그리운 햇볕이 서재의 유리창을 통해 책상 위를 비추고 있었다. 선생님은 햇볕 잘 드는 이 방 안에 커다란 화로를 놓고, 그 위에 놓여진 삼발이에 얹어 놓은 쇠로 만든 대야에서 올라오는 김으로 호흡이 곤란해지는 것을 막았다.

"중병은 그렇다 치고, 이런 아무것도 아닌 감기 따위로 고생을 하니 오히려 짜증스럽군."

이렇게 말한 선생님은 쓴웃음을 지어 가며 내 얼굴을 바라보았다.

선생님은 병다운 병 한번 앓은 적이 없었다. 선생님의 말을 듣는 순간 나는 갑자기 웃음이 터져나오려 했다.

"저는 감기 정도라면 어떻게 참아 보겠는데, 그 이상의 병은 정말 싫습니다. 선생님도 그렇지 않으세요? 한번 걸려 보면 정말 그 말을 잘 이해하게 될 겁니다."

"그럴까? 나는 병에 걸릴 거라면 아예 죽을병에 걸렸으면 싶다네."

선생님은 자신이 하는 말에 별달리 주의를 기울이지는 않았다. 나는 바로 어머니의 편지 이야기를 하고 나서 돈을 빌려줄 것을 부탁했다.

"그런 딱한 사정이 있었군. 그 정도 돈이라면 있을 테니 가지고 가도록 하게."

선생님은 사모님을 불러 돈을 가져오라고 하셨다. 잠시 후 어딘가에서 돈을 꺼내 온 사모님은 흰 종이 위에 아주 정중히 포개어 올려놓은 뒤 "정말 걱정이 많겠어요"라고 말했다.

"몇 번이나 기절을 하셨던가?"

선생님이 말했다.

"편지엔 아무 말도 없었습니다만, 그 정도로 몇 번씩이나 쓰러집니까?"

"그럴 거예요."

나는 사모님의 어머니도 아버지와 같은 병으로 돌아가셨다는 사실을 그때 처음 알았다.

"아마 그다지 희망적이진 않겠지요?"

내가 말했다.

"그럴지도……. 구역질이 나거나 하는 일은 없으신가?"

"글쎄요. 그런 말은 적혀 있지 않으니 잘 알 수가 없지만, 아마 그렇지는 않은 듯합니다."

"구역질을 하지 않을 정도라면 아직은 괜찮은 상태일 겁니다."

이번엔 사모님이 말했다.

나는 그날 밤, 기차로 도쿄를 떠났다.

22

아버지의 상태는 생각보다 나쁘진 않았다. 마루 위에서 책상다리를 하고 앉아 "모두 걱정을 하기에 이렇게 참고 앉아 있는 거야. 이젠 일어나도 괜찮은데 말이야"라고 말했다. 하지만 그 다음 날부터는 어머니의 만류도 뿌리치고, 결국 마루에서 일어나 움직이기 시작했다. 어머니는 사뭇 못마땅해 하며 두툼한 이불을 접으면서 말했다.

"괜히 네가 오니까 저렇게 무리를 해서라도 괜찮은 것처럼 보이시려는 거란다."

하지만 나에게는 아버지의 거동이 그다지 허세를 부리는 것처럼 보이지 않았다.

형은 직장 때문에 머나먼 규슈九써에 있었다. 그래서 중요한 일이 아니라면, 부모님의 얼굴을 보는 일이 쉽지 않았다. 여동생은 다른 지방으로 시집을 갔다. 그래서 그녀 역시 아주 급한 경우가 아니라면 쉽사리 불러들일 수 있는 처지가 못 되었다. 형제 셋 중에 가장 만만한 것이 역시 아직 학생 신분인 나였다. 그런 내가 어머니 말대로 학교 수업을 제쳐 두고 이렇게 내려왔다는 사실에 아버지는 크게 만족하고 계신 것이었다.

"요까짓 병 때문에 학교까지 쉬게 해서 미안하구나. 네 엄마는 대단찮은 일로 야단스럽게 편지를 쓰곤 한단 말이야."

아버지는 그렇게 말할 뿐만 아니라 지금까지 깔아 놓았던 마루 위의 이부자리까지 개면서 여느 때와 같은 정정함을 과시하려 했다.

"너무 가볍게 생각하다가 다시 나빠지면 어쩌시려고 그러세요."

이런 나의 걱정을 아버지는 사뭇 유쾌하게 그리고 아주 가볍게 받아들였다.

"걱정마라. 나는 정말 괜찮다. 이 정도에서 끝났으니 다행이다. 이제 조심하기만 하면……."

사실 내 눈에도 아버지는 괜찮아 보였다. 집 안을 자유롭게 왔다갔다 하셨고, 숨이 차는 일도 없었으며 현기증이 일지도 않았다. 하지만 얼굴색만큼은 다른 사람들보다 훨씬 나빠 보였다. 그러나 이 증세가 처음 있는 일은 아니었기에 그다지 마음에 두지 않았다.

나는 선생님에게 편지를 써서 돈을 빌려준 일에 대한 감사의 마음을 전했다. 정월에 가지고 올라갈 것이니 그때까지만 기다려 달라는 말도 함께 적었다. 그리고 아버지의 병이 생각보다 위험한 상태가 아니라는 것과 이 정도라면 당분간은 안심할 수 있다는 것, 그리고 현기증도 구역질도 전혀 일으키지 않고 있다는 사실 등을 하나하나 적어내려 갔다. 마지막으로 선생님의 감기에 대해서도 문안 인사 겸 한마디 적어 넣었다.

나는 그렇게 편지를 쓰면서도 결코 답장을 바라거나 하지는 않았다. 편지를 보낸 후 아버지와 어머니에게 선생님 이야기를 하다가 어렴풋이 선생님의 서재를 상상했다.

"이번에 올라갈 때는 표고버섯이라도 좀 가져다 드리렴."

"예. 그런데 선생님이 말린 표고버섯을 좋아하실지……."

"그다지 맛있지는 않아도 그렇다고 그렇게 싫어하는 사람도 없을 게다."

나에게는 표고버섯과 선생님을 연관지어 생각하는 게 이상하기만 했다.

선생님이 답장을 보내 왔을 때 나는 다소 놀라움을 감추지 못했다. 특히 그 내용이 이렇다할 특별한 용건을 포함하고 있지 않다는 사실을 알았을 때는 더욱 놀랐다. 선생님은 그저 따뜻한 배려 차원에서 답장을 한 것이었다. 하지만 선생님의 그저 간단한 편지 한 통이 나를 아주 기쁘게 해 주었다.

이 편지가 내가 선생님으로부터 받은 첫 편지임에 틀림없었다. 처음이라고 하면 선생님과 나 사이에 서신 왕래가 자주 있었으리라 생각하겠지만, 사실은 결코 그렇지 않다. 나는 선생님 살아생전에 단지 두 통의 편지밖에 받지 못했다. 그 한 통이 지금 받은 이 간단한 답장이었고, 나머지 한 통은 선생님이 돌아가시기 전에 내게 보낼 생각으로 쓴 아주 긴 편지가 그것이다.

아버지는 병의 특성상 운동을 삼가지 않으면 안 되었기 때문에 마루에서 일어나신 뒤로도 거의 문밖 출입을 삼갔다. 날씨가 아주 포근했던 어느 날 정원으로 내려간 적은 있었지만, 그때는 만약을 대비하여 내가 옆에서 계속 따르고 있었다. 내가 아버지 어깨에 손을 얹어 부축을 하려 해도 아버지는 웃기만 할 뿐 이에 응하지는 않았다.

나는 아버지의 무료함을 달래 드리기 위해 자주 장기를 두었다. 두 사람 모두 움직이는 것을 싫어하는 성격인지라 고타츠脚爐
일본의 실내용 난방 장치 중의 하나. 나무틀에 화로를 넣고 그 위에 이불을 덧 씌운 것. 이 속에 손·무릎·발을 넣고 몸을 녹인다-역주의 열에 몸을 쬐 면서 장기판을 나무판 위에 올려놓고 장기짝을 움직일 때마다 손 을 이불 속에서 일부러 꺼내는 행동을 반복했다. 가끔씩 잡아 두 었던 상대편의 말을 잃어버렸는데, 두 사람 모두 다음 판을 시작 할 때까지도 이를 눈치 채지 못하기도 했다. 그것을 어머니가 잿

더미 속에서 찾아내어 화저로 집어 올리는 어이없는 일이 벌어지기도 했다.

"바둑판은 너무 높은데다가 다리가 바닥에 붙어 있으니 고타츠 위에서는 제대로 할 수 없는데 장기는 썩 괜찮군. 이렇게 편하게 내밀 수 있으니. 우리처럼 꼼짝하기 싫어하는 사람들에겐 딱 안성맞춤이야. 자, 한 판 더 둘까?"

아버지는 이겼을 때는 꼭 한 번 더 둘 것을 권했다. 그리고 졌을 때도 역시 한 판을 졸랐다. 다시 말해 이겼을 경우에도 졌을 경우에도 고타츠에 몸을 맡긴 채 장기를 두고 싶어 하는 그런 남자였다. 처음엔 신기하기도 해서 이렇게 조용하게 할 수 있는 오락이 상당한 흥미를 유발시켰지만, 조금씩 시간이 흐름과 동시에 젊은 나의 기력은 그 정도의 자극에 만족감을 얻지 못했다. 나는 가끔씩 긴金 일본 장기짝 중의 하나. 金將의 준말―역주과 교샤香車 일본 장기짝의 하나. 앞으로만 몇 칸이고 나아갈 수 있다―역주를 거머쥔 주먹을 머리 위로 뻗어서는 한껏 하품을 해 댔다.

나는 도쿄를 생각했다. 그리고 넘치는 젊은 피 속에서 힘차게 요동치는 심장의 고동 소리를 들었다. 이상하게도 그 고동 소리가 어떤 미묘한 의식 상태로부터 선생님의 힘에 의해 강해지고 있다는 느낌이 들었다.

나는 마음속으로 아버지와 선생님을 비교해 보았다. 두 사람 모두 세상의 눈으로 바라본다면, 살아 있는지 죽어 있는지 알 수 없을 정도로 조용한 남자들이었다. 다른 사람들에게 얼마나 인정을 받는지 점수를 매겨 본다면, 양쪽 모두 0에 가까웠다. 하지만 이렇게 장기를 두고 싶어 하는 아버지는 단순한 오락 상대로서는 부족함이 없었다. 예전부터 유흥을 위한 출입이 없었던 선생님은 어느 날부터인가 환락이라는 세상과의 교감에서 느끼는 친근함 이상으로 내 머릿속에 영향을 주었다. 단지 머릿속이라 하면 너무 냉정하게 느껴지므로 가슴속이라는 말로 바꾸고 싶다. 육체 속에 선생님의 힘이 깃들었다고 해도, 핏속에 선생님의 생명력이 흐르고 있다고 해도, 그때의 나에게는 조금도 과장된 표현이 아니었다. 나는 아버지가 나의 진정한 아버지이고, 선생님은 말할 것도 없이 생판 남이라는 명백한 사실을 새삼스레 눈앞에 펼쳐 보고선 커다란 진리라도 발견한 듯이 놀랐다.

　내가 마땅히 할 일이 없어 따분해 하고 있을 즈음 아버지와 어머니의 눈에도 오랜만에 만나 새로웠던 아들이 점점 그 신선함을 잃어 가는 것 같았다. 이것은 방학 같은 긴 휴가 중에 고향에 돌아간 사람들이라면 경험해 봤을 거라고 생각되는데, 일주일 정도는 아주 융숭한 대접을 받는다. 그러나 그 시기가 지나면 가족들의 열정도 식으면서 결국엔 있어도 그만 없어도 그만인 그런 존재가 되는 것이다. 나도 이제 슬슬 그 시기를 지나고 있었다. 게다가 나는 고향으로 내려갈 때마다 아버지와 어머니가 잘 알지 못하는 이상한 것들을 가지고 가곤 했다. 예를 들자면, 유학자의 집에 크리스트교 냄새를 풍기는 물건이 어울리지 않듯이 내가 집으로 가지고 오는 것들은 아버지나 어머니와 조화를 이룰 수 없었다. 물론 나는 그 사실을 감추고 있었다. 그렇지만 원래부터 내 몸에 익숙해져 있기에 내비치지 않으려고 해도 언젠가는 그 사실이 드러나기 마련이다. 나는 결국 시골 생활에 흥미를 잃고 말았다. 그리고 빨리 도쿄로 돌아가고 싶었다.

다행스럽게도 아버지의 병은 더 이상 악화될 것 같진 않았다. 혹시나 하는 마음에 일부러 멀리 있는 의사를 불러 자세한 검진을 받았지만, 역시 내가 알고 있는 사실 이외의 이상한 결과는 나타나지 않았다. 나는 겨울방학이 끝나기 며칠 전 도쿄로 떠나기로 했다. 도쿄로 가겠다는 말을 꺼내자 사람의 정이란 게 참 이상한 것인지, 아버지와 어머니는 반대했다.

"벌써 올라간다고? 너무 빠른 것 아니니?"

어머니가 말했다.

"아직 4~5일을 더 지내도 수업에는 맞출 수 있을 텐데……."

이번엔 아버지가 말했다.

하지만 나는 마음먹었던 출발 시기를 변경하지 않았다.

23

도쿄로 돌아오자 어느새 마츠카자리松飾り 일본에서 설날 문 앞에 장식하는 소나무 혹은 그 장식들. 가도마츠門松라고도 한다—역주가 문에 장식

되어 있었다. 마을은 차가운 겨울 바람에 모든 것을 맡긴 채 어디를 둘러보아도 정월다운 풍경은 찾아볼 수 없었다.

나는 우선 선생님을 찾아가 돈을 돌려주기로 했다. 예의 표고버섯도 함께 들고 갔다. 그냥 내미는 것이 조금 어색해서 어머니가 가져다 드리라고 했다는 말을 먼저 하고서 사모님 앞에 내놓았다. 표고버섯은 과자 상자 속에 담겨 있었다. 아주 정중히 고마운 뜻을 표한 사모님은 옆방으로 갈 때 그 가방을 들어 보더니 의외로 가벼운 사실에 놀란 듯 "이건 무슨 과자?"라고 물었다. 사모님은 사이가 가까워진 후 이런 상황에서 정말 담백하기 그지없는 어린아이와 같은 마음을 보이기도 했다.

두 사람은 아버지의 병에 관해 여러 가지로 걱정과 위로의 말을 해 주었다.

"과연 상태를 들어 보니 위급한 건 아닌 것 같은데, 그래도 병은 병이니 조심하지 않으면 안 될 거야."

선생님은 신장병에 관해 내가 모르고 있던 많은 사실들을 알고 있었다.

"자신이 병에 걸려 있으면서도 그것을 눈치 채지 못한 채로 지내는 게 그 병의 특징이라네. 내가 알고 있는 한 사관士官도 결국 거짓말처럼 죽음을 맞이했다네. 그도 그럴 것이 곁에서 자고 있던 부인이 응급 처치를 할 시간조차 없었을 정도였으니까. 한밤중에 좀 괴롭다고 하면서 부인을 한 차례 깨웠을 뿐이었지. 다음 날 아침 그는 이미 죽어 있었다네. 게다가 그의 부인은 남편이 아직 자고 있는 줄로만 알고 있었다니, 어느 정도인지 짐작이 가겠지?"

지금까지 낙관적으로만 생각하고 있던 나는 갑자기 불안해지기 시작했다.

"저희 아버지도 그렇게 될까요? 그렇지 않을 거라고 말할 수도 없겠군요."

"의사는 뭐라고 하던가?"

"회복될 가능성은 전혀 없다고 말합니다. 하지만 당분간 신경쓸 필요는 없을 거라더군요."

"그럼 괜찮겠지. 의사가 그렇게 말했다면 말이네. 난 자신의 병을 전혀 눈치 채지 못하고 있던 사람의 경우를 말한 거니까. 게다가 그 사람은 꽤나 난폭했던 군인이었다고 하니 말일세."

나는 조금 안심이 됐다. 내 변화를 물끄러미 바라보고 있던 선생님은 이어서 이렇게 말했다.

"하지만 인간은 건강한 사람이든 병에 걸린 사람이든 그 어느쪽이든 간에 약하긴 마찬가지란 생각이 드는군. 언제 무슨 일로 어떤 죽음을 맞이할지 아무도 모르니 말일세."

"선생님도 그런 일을 생각하고 계십니까?"

"아무리 내가 건강하다고 해도 전혀 생각하지 않는다고는 할 수 없지."

선생님 입가에는 희미하게 미소가 번졌다.

"흔히 갑작스레 죽는 그런 사람이 있지. 그런가 하면 아차하는 순간에 죽음을 맞이하는 사람도 있고. 자연스럽지 못한 폭력 같은 것으로 말이야."

"자연스럽지 못한 폭력이란 게 뭡니까?"

"그게 뭔지 나도 잘은 모르지만, 자살하는 사람들은 모두 자연스럽지 못한 폭력을 사용하지 않을까?"

"그렇다면 죽임을 당하는 것도 역시 자연스럽지 못한 폭력 때문이겠군요."

"죽임을 당하는 편은 전혀 생각지도 못했네. 과연 듣고 보니 그럴듯하군."

그날의 대화는 그것으로 끝났다. 집으로 돌아와서도 아버지에 대해서는 그다지 걱정이 되지 않았다. 선생님이 말한 자연스런 죽음이라든가, 부자연스러운 폭력에 의한 죽음이라든가 하는 그런 말들도 그 자리에서나 약한 인상을 받았을 뿐 내 머릿속을 구속하는 일은 없었다. 나는 지금까지 몇 번씩 손을 대려고 하다가 이내 미루곤 했던 졸업 논문을 이제 슬슬 써내려 가지 않으면 안 되겠다는 생각을 했다.

24

그해 6월에 졸업해야 했던 나는 4월 말까지 논문을 완성해 내지 않으면 안 되었다. 나는 '2, 3, 4……' 하고 손가락을 꼽으며 남은 날들을 세어 보다가 새삼 나의 배짱에 놀랐다. 다른 친구들은 모두 이전부터 자료를 모으거나 노트를 적거나 하면서 옆에서 보기에 무척이나 분주한 듯이 보였는데, 나는 아직 시작도 하지 않고 있었던 것이다. 그저 해가 새롭게 바뀌면 본격적으로 시작해야지 하는 마음만 갖고 있었다. 그리고 그 결심을 본격적으로 행동에 옮기기 시작했을 때는 준비가 미비한 탓에 얼마 지나지 않아 앞이 막히고 말았다. 지금까지 넓은 범위에서 막연하게 주제를 그려 보면서도 뼈대만큼은 거의 완성되었다고 생각한 나는 머리를 감싸 쥔 채 고민하기 시작했다. 그리고 결국 범위를 좁혀 생각하기로 마음을 고쳐먹었다. 또 연구하고 고민한 생각을 계통적으로 정리하는 수고를 덜기 위해서 그저 책 속에 있는 자료를 열거한 후 마지막에 적당한 분량의 결론을 덧붙이기로 했다.

내가 선택한 주제는 선생님의 전공과 가까웠다. 예전에 논문에 관해 선생님의 의견을 물었을 때 선생님은 그저 괜찮지 않겠는가 라는 대답을 했다. 다소 난감한 상황에 빠진 나는 먼저 선생님에게 갔다. 그리고 내가 읽어 볼 만한 참고서가 있는지 물었다. 선생님은 자신이 알고 있는 모든 지식을 아주 흔쾌히 알려 주었으며, 내게 필요한 책을 두세 권 빌려주었다. 하지만 절대로 직접 지도해 주려고는 하지 않았다.

"요즘은 그다지 책을 읽지 않기 때문에 새로운 지식은 알지 못한다네. 교수님들에게 직접 물어보는 것이 좋지 않을까 싶은데……"

선생님은 한때 책을 무척이나 좋아하는 책벌레였지만, 어찌 된 영문인지 이제는 그다지 흥미를 갖지 않게 되었다고 예전에 사모님에게서 들었던 기억이 문득 떠올랐다. 나는 논문에 관한 일은 일단 제쳐 두고 선생님에게 엉뚱한 질문을 했다.

"선생님은 어째서 예전과 같이 독서에 흥미를 가지지 못하십니까?"

"글쎄…… 꼭 어째서라는 이유는 없지만, 아무리 책을 읽어도 결국 훌륭한 인간이 되지는 못한다고 생각하고 있는 탓이 아닐까 싶네. 그리고……."

"그리고 또 있습니까?"

"또 있다고까지 할 만한 이유는 아니네만, 예전엔 사람 앞에 나서거나 사람들로부터 질문을 받았을 때 모르면 부끄럽기 그지없었는데, 요즘은 알지 못하는 것이 그렇게 부끄럽다는 생각이 들지 않아서 무리를 해서라도 책을 읽으려는 그런 의욕이 없어져 버린 게 아닌가 싶네. 간단히 말해 이젠 늙었다고 할 수 있지."

선생님의 말투는 의외로 담담했다. 하지만 세상에 등을 돌린 사람의 괴로움을 알지 못하는 내겐 그렇게 큰 반향을 불러일으키지 못했다. 나는 선생님이 늙었다거나 멋지다는 감동마저 느끼지 못한 채 돌아왔다.

그후로 나는 논문의 저주를 받은 정신병자라도 된 듯이 눈이 벌겋게 충혈된 채 많은 시간을 고생했다. 나는 일 년 전에 졸업한 친구들에게 이것저것 물어봤다. 한 친구는 마감일에 학교 사무실까지 황급히 차를 몰고 와 겨우 마감 시간에 맞춰 논문을 제출했다고 했다. 다른 한 친구는 오후 5시를 조금 넘긴 5시 15분에 논문을 가지고 간 탓에 접수 창구에서 거절당했던 것을 주임 교수의 선처로 겨우 접수할 수 있었다고 했다. 나는 불안감을 느끼면서 동시에 마음을 모질게 먹었다. 매일 책상 앞에서 기력이 다할 때까지 분주히 움직였다. 그렇지 않으면 어둠침침한 서고書庫에 들어가 높은 책장의 이쪽저쪽을 헤매고 다녔다. 내 눈은 마치 골동품 수집가가 골동품을 찾아내기라도 하듯이 겉표지의 금색 문자 사이를 훑고 다녔다.

매화꽃이 피기 시작하면서 찬 바람은 조금씩 그 방향을 남쪽으로 바꾸어 갔다. 그리고 조금 더 시간이 흐르자 벚꽃 소식이 간간이 들리기 시작했다. 그렇지만 나는 마차를 끄는 말처럼 오로지 앞만 보면서 논문을 재촉했다. 그리고 드디어 4월 하순 무렵, 간신히 논문을 완성시켰을 때까지 나는 선생님 댁으로 발걸음을 옮기지 않았다.

25

내가 논문에서 해방된 것은 겹벚나무의 꽃들이 모두 지고, 어느새 푸르른 새잎들이 싱그럽게 몸치장을 하기 시작할 무렵이었다. 나는 마치 새장에서 탈출한 작은 새와 같은 심정이었다. 그래서 넓디넓은 천지를 한눈에 바라볼 수 있는 높은 곳을 향해 마음껏 날갯짓을 했다. 나는 먼저 선생님 댁을 찾았다. 탱자나무로 된 담이 거무스름해진 가지 위로 새싹을 피우기도 하고, 석류의 마른 줄기에서 반짝반짝 윤기가 나는 다갈색의 잎이 햇볕을 받아 부드럽게 빛나는 모습이 내 눈길을 끌었다. 마치 태어나서 처음 보는 광경이라도 되는 듯한 착각을 불러일으켰다.

선생님은 기쁜 표정을 짓고 있는 내 얼굴을 보고서 말했다.

"이제야 논문이 끝난 모양이로군. 정말 수고가 많았네."

"덕분에 겨우 끝냈습니다. 이제 정말 할 일이 아무것도 없습니다."

사실 그때 나는 내가 해야 할 모든 일을 끝내 놓은 상태라 앞으로 무엇을 하고 놀아도 전혀 상관없을 정도로 가뿐한 마음이었다. 나는 완성된 논문을 보며 무척 자신만만해 했다. 그래서 틈만 나면 선생님 앞에서 논문에 대한 이야기를 했다. 선생님은 여느 때와 다름없이 "그래, 맞아"라든가, "그런가?" 하며 맞장구를 쳐 주었지만, 그 이상의 비평은 조금도 해 주지 않았다. 그래서 무언가 부족하다기보다 다소 김이 빠지는 느낌이 들었다. 그렇지만 나는 그날만큼은 우유부단하기만 한 선생님의 태도에 기습 공격을 해 보고 싶을 정도로 생동감이 넘쳐흘렀다. 푸르게 되살아나는 대자연 속으로 선생님과 나가고 싶었다.

"선생님, 밖으로 나가 산책이나 할까요? 밖으로 나가면 기분이 아주 좋아질 겁니다."

"어디로?"

나는 어디로 가든 상관없었고, 또 그것이 중요한 게 아니었다. 그저 선생님과 함께 교외로 나가고 싶었을 뿐이었다.

그로부터 한 시간 후, 선생님과 나는 내가 목적한 대로 시내를 벗어나 사람이 사는 마을인지조차 분간이 안 되는 어느 변두리의 조용한 길을 정처 없이 걸었다. 나는 붉은 순나무로 만들어진 생울타리에서 싱그러운 잎을 따 풀잎 피리를 불기 시작했다. 가고시마鹿兒島 출신의 친구 흉내를 내면서 조금씩 자연을 배웠던 나는 이 풀잎 피리를 아주 잘 불었다. 나는 자신만만하게 계속해서 불었지만, 선생님은 모른 척 딴 곳을 보며 걷기만 했다.

이윽고 우리는 젊은 잎들에 뒤덮인 채로 둥그렇게 솟아오른 여러 채의 건물을 거느린 어느 집 앞에 이르렀다. 집 앞의 문기둥에 달린 문패에는 〈○○園〉이라고 씌어져 있었기 때문에 개인 주택이 아니라는 사실은 금방 알 수 있었다. 선생님은 완만하게 경사를 이루는 입구에서 길게 위로 이어지는 언덕길을 바라보면서 "들어가 볼까?"라고 말했다. 나는 곧바로 "분재원인가 본데요"라고 말했다. 빽빽한 나무숲을 한 바퀴 돌아 안으로 들어가자 왼편에 집이 나타났다. 열려 있던 미닫이문의 안쪽은 텅 비어 있었으며 사람의 그림자는 보이지 않았다. 그저 집 앞에 놓인 커다란 항아리에 기르고 있던 금붕어만이 움직이고 있을 뿐이었다.

"아주 조용하군. 그냥 들어가도 괜찮을까?"

"괜찮을 것 같은데요⋯⋯."

우리 두 사람은 다시 안으로 들어갔다. 하지만 그곳에도 사람의 그림자는 없었다. 진달래가 마치 불타는 듯이 피어나 주위를 온통 물들이고 있었다. 선생님은 그중에서 주황색 꽃을 피운 키가 큰 진달래를 가리키며 말했다.

"이것이 왜진달래일 걸세."

작약도 열 평 남짓한 면적을 뒤덮고 있었는데, 아직 제철이 아니어서인지 꽃을 피우고 있는 것은 한 그루도 없었다. 선생님은 작약 밭 옆에 놓여 있던 낡은 평상 위에 큰대 자로 드러누웠다. 나는 그 옆의 작은 공간에 자리를 잡고 담배를 피웠다. 선생님은 푸르고 투명한 하늘을 바라보았다. 나는 나를 감싸고 있는 젊은 잎들의 싱그러운 푸른색에 넋을 잃었다. 그 푸른 잎들을 자세히 바라보니 하나하나가 모두 달랐다. 똑같은 단풍나무라고 해도 같은 색을 가지에 달고 있는 나무는 한 그루도 없었다. 가느다란 삼나무 모종의 맨 위에 걸어 둔 선생님의 모자가 바람에 날려 떨어졌다.

26

나는 재빨리 모자를 집어 들었다. 군데군데 묻어 있던 붉은 흙을 손가락으로 튕겨 털어 내면서 선생님을 불렀다.

"선생님, 모자가 떨어졌습니다."

"아, 고맙군."

몸을 반쯤 일으켜 세워 모자를 건네받은 선생님은 일어나지도 눕지도 않은 애매한 자세로 뜬금없이 물었다.

"갑작스러운 질문인데, 자네 집에 재산은 많이 있는가?"

"있다고 말할 정도로 가지고 있지는 않습니다."

"대략 어느 정도인가? 실례가 될지 모르겠지만."

"어느 정도라고 해도…… 기껏해야 산과 밭이 조금 있는 정도지 돈은 전혀 없을 겁니다."

선생님이 우리 집 경제 상태에 대해서 질문다운 질문을 한 것은 그때가 처음이었다. 나는 아직도 선생님의 생활 정도에 대해 물어본 적이 없었다. 선생님을 처음 알게 되었을 무렵에는 왜 선생님이 아무 일도 하지 않는지 의아스러웠다. 그후로도 이 의문은 사라지지 않았다. 하지만 선생님에게 그런 노골적인 질문을 한다는 것은 참으로 무례한 행동이라는 생각에 항상 가슴에 묻어 둔 채로만 있었다. 푸르고 싱싱한 잎을 바라보며 눈의 피로를 풀던 나는 어느덧 가슴에 묻어 둔 의문을 다시 꺼내고 있었다.

"선생님은 어떻습니까? 어느 정도의 재산을 가지고 계십니까?"

"내가 부자로 보이는가?"

평소 선생님은 부자로 보이기보다는 오히려 검소한 편에 속했다. 식구도 적어서 집도 그다지 크지 않은 편이었다. 그렇지만 타인인 내가 보기에도 물질적으로 풍요롭다는 사실을 알 수 있을 정도의 생활을 누리고 있었다. 다시 말해 선생님의 생활은 사치스럽다고는 말할 수 없어도 빈곤해서 아끼고 또 아껴야 할 정도는 아니었다.

"그렇지 않습니까?"

"그야 돈은 좀 있지. 그렇지만 나는 결코 부자가 아니라네. 내가 부자라면 이보다 더 큰 집이라도 세우지."

선생님은 일어나 책상다리를 하고 앉아 있었는데, 이 말을 마치고는 대나무 지팡이 끝으로 땅에 원을 그리기 시작했다. 그러다가 지팡이를 마치 지면에 꽂듯이 똑바로 세웠다.

"이래 봬도 예전엔 한소리 들을 정도의 재산을 가지고 있었지."

선생님의 말은 거의 혼잣말 같았다. 그래서 그만 한 템포를 놓치고 말아 대답할 기회를 잃은 나는 아무 말도 않고 있었다.

"이보게, 이래 봬도 예전엔 한소리 들을 정도의 재산이 나에게도 있었단 말일세."

이렇게 다시 고쳐 말한 선생님은 내 얼굴을 보면서 웃었다. 그렇지만 나는 역시 아무 말도 하지 않았다. 이런 대화에 서툴러서 대답을 하지 못하고 있었던 것이다. 그러자 선생님은 화제를 옮겼다.

"자네 아버님의 병환은 그 뒤로 어떻게 되었는가?"

나는 아버지의 병에 대해 정월이 지난 후론 아무것도 알지 못했다. 매월 고향에서 용돈과 함께 보내오는 간단한 편지는 여느 때와 다름없이 아버지의 필적이었지만, 병에 대한 흔적을 그 어느 곳에서도 찾아볼 수 없었다. 게다가 필체 또한 힘이 넘쳐흘러 그 어떤 흐트러짐도 찾아볼 수 없었다.

"고향에선 별다른 소식이 없었지만, 이젠 괜찮아지셨을 겁니다."

"괜찮으시다면 그것으로 다행이지만, 병이 병인 만큼……."

"역시 어려울까요? 하지만 한동안은 괜찮겠지요. 아직 아무런 소식도 없는 걸 보면."

"그렇군."

나는 선생님이 우리 집 재산을 묻거나 아버지의 병에 대해 묻는 것은 그저 마음에 떠오른 사실을 내뱉은 거라고 생각했다. 그런데 선생님의 말 속에는 둘을 이어 주는 커다란 의미가 내포되어 있었다. 물론 선생님과 같은 경험이 없었던 내가 그 의미를 눈치챌 리가 없었다.

27

"이건 쓸데없는 참견일지도 모르지만, 만약 자네 집에 재산이 있다면 빠른 시일 내에 매듭을 잘 지어서 받을 것은 받아 두어야 한다고 생각하네. 자네 아버님이 건강하실 때 받을 수 있는 것은 제대로 받아 두는 편이 어떻겠나? 일이 생기고 난 후에 가장 시끄러운 게 재산 문제니까."

"예, 그렇군요."

나는 선생님 말에 그다지 주의를 기울이지 않았다. 우리 집에서 그런 걱정을 하고 있는 사람은 나를 비롯하여 아버지든 어머니든, 한 사람도 없다는 사실을 굳게 믿었다. 게다가 나는 선생님 말이 평소 느낌과 달리 상당히 현실적이라는 사실에 다소 놀랐다. 그러나 그 부분에 대해서는 선생님이 연장자라는 생각에 아무런 대답도 할 수가 없었다.

"아버님이 돌아가실 것을 마치 예상하고 있는 듯한 말투가 자네 신경을 거슬렸다면 그 점은 용서해 주게. 하지만 한 번 태어난 사람은 반드시 죽는 법이라네. 아무리 건강하고 튼튼한 사람이라 해도 언제 죽을지는 모르지."

선생님의 말투는 여느 때완 달리 무척 사무적이고 불쾌하기까지 했다.

"그런 일은 조금도 신경 쓰지 않습니다."

나는 대답했다.

"자네, 형제가 어떻게 된다고 했지?"

선생님이 물었다. 그리고 나서도 선생님은 나의 가족이 몇 명인지, 친척이 있는지 없는지를 묻더니 삼촌과 숙모의 근황까지 물었다. 그리고 마지막으로 선생님은 이렇게 말했다.

"모두들 착한 사람들인가?"

"별달리 나쁘거나 한 사람은 없습니다. 대부분이 시골 사람들이니까요."

"어째서 시골 사람들은 나쁘지 않다는 거지?"

나는 그 질문에 어찌 답해야 할지 곤란했다. 그렇지만 선생님은 나에게 제대로 대답할 여유조차 주지 않았다.

"시골 사람들이 도회지 사람들보다 오히려 나쁘다고 말할 수 있지. 그리고 자네는 지금 친척들 중에 나쁜 사람은 없는 것 같다고 말했지만, 이 세상에 악인이 따로 존재한다고 생각하는가? 그런 틀에 박힌 획일적인 악인이란 존재하지 않는다네. 평소에는 모두 선하고 착한 사람들이라네. 적어도 모두들 보통 사람들이지. 그러다가 만약의 일이 발생하면 갑작스레 모두들 악인으로 변하기 때문에 무서운 거라네. 그래서 방심해선 안 된단 말일세."

선생님의 이야기가 금방 끝날 것 같지 않아 나는 무언가 대답을 하려 했다. 그런데 그때 뒤편에서 갑자기 개가 짖기 시작했다. 선생님과 나는 놀라서 뒤를 돌아보았다.

평상 옆에서부터 뒤편으로 가지런히 심어져 있는 삼나무 모종 옆에 얼룩 조릿대가 세 평 남짓 넓이로 지면을 가득 메우며 잎을 뻗어 내리고 있었다. 개는 그 사이에서 얼굴과 등을 내보이며 시끄럽게 짖어 댔다. 그때 열 살쯤 되어 보이는 어린아이가 뛰어나와서 개에게 호통을 쳤다. 배지가 달린 검은색 모자를 쓴 그 꼬마가 선생님 앞으로 오더니 인사를 했다.

"아저씨, 들어오실 때 집에 아무도 없었나요?"

꼬마가 물었다.

"아무도 없던걸?"

"누나랑 엄마가 부엌에 있었는데……."

"그래? 거기에 계셨구나."

"응, 아저씨, '여보세요' 하고 들어왔으면 좋았을 텐데……."

선생님은 그저 웃기만 했다. 품에서 돈지갑을 꺼내어 5전錢 옛 화폐 단위. 엔의 100분의 1 정도짜리 백동화를 꼬마의 손에 쥐어 주었다.

"어머니께 말해 주겠니? 여기서 잠시 쉬게 해 달라고 말이다."

꼬마는 영리해 보이는 눈웃음을 보이며 고개를 끄덕였다.

"지금 저는 척후병의 대장인걸요."

꼬마는 그렇게 말하고 진달래나무 사이를 뛰어 내려갔다. 개도 꼬리를 높이 감아올리고서 아이를 따라 내려갔다. 잠시 후, 같은 나이 또래의 아이들이 두세 명 나타나더니 역시 조금 전의 꼬마가 뛰어 내려간 곳으로 사라졌다.

28

선생님의 이야기는 꼬마와 개 때문에 결말까지 이르지 못했다. 그래서 나는 선생님이 말하려 했던 의도를 제대로 파악할 수가 없었다. 당시 나는 선생님이 말한 재산에 관한 걱정거리는 전혀 없었다. 내 성격이나 처지를 보더라도 그때 그런 이해 관계 때문에 머리 아파할 여유가 없었다. 생각해 보면 내가 아직 세상 물정을 모르는 탓도 있고, 아직 실제로 그런 처지를 접해 보지 못한 탓도 있겠지만, 어찌 됐든 젊은 나에겐 웬일인지 돈 문제만큼은 먼 이야기로만 들렸다.

선생님의 이야기 가운데 그저 단 하나, 끝까지 물어보고 싶었던 것은 인간은 누구나 만일의 경우에 악인이 될 수 있다고 한 말의 의미였다. 그저 단순하게 생각하면 이해하지 못할 것도 없겠지만, 나는 이 말뜻에 대해 좀더 자세히 알고 싶었다.

개와 꼬마가 사라진 후 푸르고 싱싱한 잎들이 가득한 정원은 다시 원래의 정적으로 돌아갔다. 그리고 우리들은 잠시 동안 꼼짝도 않고 침묵을 지키고 있었다. 그때 화사한 하늘빛이 조금씩 빛을 잃어 갔다. 눈앞에 서 있는 나무들은 대부분 단풍나무였는데, 그 가지 끝에 찰랑거리며 바람에 흔들리던 싱그러운 잎들이 점점 어둡게 물들어 가는 듯이 보였다. 먼 곳에서 짐마차를 끌고 가는 소리가 덜컹덜컹 들려왔다. 나는 마을의 어느 남자가 분재를 싣고서 근처의 절이라도 찾는 것인가 하고 상상했다. 선생님은 그 소리를 듣자 갑자기 제정신이 되돌아오기라도 한 듯이 자리에서 벌떡 일어섰다.

"자, 이제 슬슬 돌아가지. 날이 꽤 길어지긴 했지만, 이렇게 한가롭게 있자니 참으로 빨리 저물어 버리는군."

선생님 등에는 좀전에 평상에 누워 있었던 흔적이 가득 묻어 있었다. 나는 양손으로 그 흔적들을 털어 없앴다.

"고맙네. 나무 진이 묻어 있지는 않은가?"

"아주 깨끗하게 떨어졌습니다."

"이 하오리羽織 일본 옷 위에 걸쳐 입는 짧은 겉옷을 일컬음—역주는 만든 지 얼마 되지 않았다네. 그래서 함부로 더럽히고 돌아가면 아내에게 한소리 듣거든. 고맙네."

우리는 다시 완만한 언덕의 중간쯤에 있는 집 앞까지 왔다. 들어올 때는 아무도 없는 듯했던 마루에 어느 부인이 열다섯이나 여섯쯤으로 보이는 딸과 함께 실을 감고 있었다. 우리는 대문을 나서며 "실례했습니다"라고 인사를 했다. 부인은 "아닙니다. 실례라니오?"라고 예를 올린 뒤 좀전에 아이에게 준 백동화에 대한 인사도 잊지 않았다.

입구에서 300미터쯤 걸어 나왔을 무렵 나는 선생님에게 말을 걸었다.

"좀전에 선생님께서 말씀하신 인간은 누구나 만일의 경우에 악인이 될 수 있다는 말씀 말입니다. 그것은 무슨 의미였습니까?"

"의미라고 해 봐야 별다른 건 없다네. 쉽게 말하자면 사실이라고 해야 할까. 이론이 아닌."

"정말 아무런 문제가 될 게 없습니까? 그러니까 제가 묻고 싶은 것은 만약이라고 하는 그 상황에 대한 것입니다. 도대체 어떤 경우를 가리키는 것인지……."

선생님이 갑자기 웃기 시작했다. 마치 시기가 지난 지금, 이제 더 이상 열심히 설명할 의욕이 없다고 말하기라도 하듯이.

"그야 물론 돈 때문에 생기는 경우지. 돈을 보면 어떤 성인군자라도 금방 악인으로 변해 버리고 말지."

선생님의 대답이 너무나도 평범하기 그지없어서 맥이 풀리고 말았다. 선생님이 분위기를 타지 않는 것과 마찬가지로 나 역시 힘이 빠졌다. 다소 새침해진 나는 빠른 걸음으로 걸어갔다. 당연히 선생님은 조금 뒤처지게 되었다. 그리고 뒤에서 "이봐, 이봐" 하고 나를 불렀다.

"그것 보게. 그렇지 않나······."

"왜 그러십니까?"

"자넬 보게. 자네 기분도 나의 대답 하나에 금방 변하지 않는가 말일세."

뒤돌아서 기다리고 있는 내 얼굴을 바라보며 선생님이 말했다.

29

그때 나는 선생님이 참으로 얄미웠다. 어깨를 나란히 하면서 함께 걷기 시작한 후에도 나는 일부러 아무 말도 하지 않았다. 하지만 선생님은 나의 이런 심정을 눈치 챘는지 어떤지, 나에게 관심이라고는 전혀 보이지 않았다. 여느 때처럼 침묵을 지키면서 아주 침착한 걸음을 유지하고 있었기 때문에 나는 조금 부아가 치밀었다. 어떻게 해서라도 선생님에게 일격을 가하고 싶었다.

"선생님."

"뭔가?"

"선생님은 좀전에 다소 흥분하셨잖습니까? 저는 선생님이 흥분하는 모습을 좀처럼 보지 못했는데……. 방금 전 정원에서는 흔치 않은 모습을 보여 주신 것 같습니다."

선생님은 금방 대답하지 않았다. 나는 이 말이 선생님에게 확실한 충격을 주었으리라고 생각했다. 그러나 이내 표적이 빗나갔다는 느낌이 들었다. 할 수 없다는 생각에 그후론 아무 말도 않기로 했다. 그러자 선생님이 갑자기 길의 한쪽 구석으로 치우쳐 걷기 시작했다. 그리고 아주 잘 다듬어진 생울타리 밑에서 옷자락을 걷어 올리더니 소변을 보기 시작했다. 나는 선생님이 소변을 보는 동안 멍하니 그곳에 서 있었다.

"여어, 이건 미안하군."

이렇게 말한 선생님은 다시 걷기 시작했다. 나는 결국 선생님을 꼼짝없이 만들고 말겠다는 생각을 단념하고 말았다. 우리들이 걷던 길은 조금씩 사람들로 혼잡해지기 시작했다. 지금까지 뜨문뜨문 보였던 넓은 밭의 경사면이나 평지 대신 좌우로 집들이 눈에 들어오기 시작했다. 택지의 한쪽 구석에 완두콩 줄기를 대나무에 감아 두거나 철망 속에 닭을 가두어 키우고 있는 한적한 풍경들도 보였다. 시가지에서 돌아오는 짐마차가 끊임없이 옆을 지나쳐 갔다. 그런 것들에 신경을 쓰다가 나는 어느새 가슴 한구석에 품고 있던 문제들을 어디론가 떨쳐 버리고 말았다. 선생님이 갑자기 좀 전의 이야기로 화제를 돌렸을 때 사실 나는 그 일을 잊고 있었다.

"내가 그렇게 흥분한 것처럼 보였나?"

"그렇게라고 말할 정도는 아니었습니다만, 조금……"

"아니, 그렇게 보였어도 상관없어. 사실 흥분했으니까. 나는 재산에 관한 이야기를 하면 꼭 흥분한단 말이야. 자네에겐 어떻게 보일지 모르지만, 이래 봬도 나는 아주 집념이 강한 남자라서 타인에게 받은 굴욕이나 손해는 십 년이든 이십 년이든 절대 잊지 않지."

선생님의 말투는 조금 전보다도 더 흥분돼 있었다. 하지만 정작 내가 놀란 사실은 결코 그런 선생님의 태도가 아니었다. 오히려 선생님의 말이 내게 호소하고 있는 듯한, 바로 그 이유 때문이었다. 선생님에게서 그런 고백을 들은 건 아무리 나라고 해도 전혀 의외였다. 나는 선생님이 이런 집착을 가진 성격이라고는 예전이나 지금이나 한 번도 상상해 본 적조차 없었던 것이다. 나는 선생님을 아주 나약한 사람으로 믿고 있었다. 그리고 그 나약하고도 높기만 한 곳에 나의 그리움이 뿌리내리고 있었다. 한순간의 기분으로 선생님에게 잠시 덤벼 보려 했던 나는 선생님의 이 말 앞에서 작아지고 말았다.

"나는 다른 사람에게 속임을 당했다네. 게다가 그 사람은 다름 아닌 피가 통하는 친척이었지. 나는 결코 그 일을 잊지 못해. 나의

아버지 앞에서는 선하기 짝이 없던 그 사람들이 아버지가 돌아가
시자마자 용서할 수 없는 무뢰한으로 바뀌었으니까. 나는 그들에
게서 받은 굴욕과 손해를 어린 시절부터 지금까지 등에 짊어지고
다녔지. 아마 죽을 때까지도 그 짐을 지고 갈 것이네. 죽을 때까지
그 일들을 잊을 수 없을 테니까. 하지만 나는 아직도 복수를 하지
않고 있어. 생각해 보면 개인에 대한 복수 이상의 일을 지금 하고
있는 셈이지. 나는 그들을 미워하는 것을 넘어서 그들이 대표하는
인간이라고 하는 존재를, 모두 미워하는 법을 배운 거야. 나는 그
것으로 충분하다고 생각하네.”

　나는 어떤 위로의 말조차 꺼낼 수가 없었다.

30

　그날의 대화는 결국 그것으로 끝나고 더 이상 발전하지 않았
다. 나는 오히려 선생님의 태도에 위축되어 더 깊이 알고 싶은 마
음조차 생기지 않았다.

　우리는 시의 외곽에서 전차에 올랐다. 차 안에서는 거의 아무
말도 하지 않았다. 전차에서 내린 후, 서로 헤어져야 할 곳까지
왔다. 헤어질 즈음 선생님은 평상시보다 밝은 표정으로 돌아와
있었다.

"지금부터 6월까지는 마음이 가장 편할 때지. 경우에 따라서는 자네 생애에서 가장 편한 시기일지도 모르지. 그러니 열심히 놀게 나."

나는 웃으면서 모자를 벗었다. 그때 나는 선생님 얼굴을 보면서 선생님이 과연 마음 한구석에서 보통 사람들을 미워하고는 있는 것일까 하는 의구심이 들었다. 그 눈, 그 입, 그 어디에도 염세적인 그림자는 드리워져 있지 않았다.

나는 선생님에게 사상적인 측면에서 많은 영향을 받았다는 사실을 밝히고 싶다. 하지만 똑같은 문제를 두고 영향을 받아 보려고 해도 받을 수 없었던 적도 있었다. 선생님과의 대화는 간혹 전혀 가능할 수 없는 상태로 끝이 나곤 했다. 그날 교외에서 주고받았던 대화 역시 그 한 예로 나의 가슴속에 남아 있다.

가리는 게 별로 없는 성격인 나는 어느 날 드디어 그 사실을 선생님 앞에서 털어놓았다. 선생님은 그저 웃을 뿐이었다. 나는 이렇게 말했다.

"머리가 둔해서 종잡을 수 없는 거라면 상관없지만, 똑바로 잘 이해하고 있으면서 정확하게 말해 주지 않는다면 정말 곤란합니다."

"나는 아무것도 감추고 있지 않네."

"아니 감추고 있습니다."

"자네는 나의 사상이라든가 의견, 과거 등을 뒤죽박죽으로 생각하고 있지 않은가? 나는 빈약한 사상가이지만, 내 자신의 머리로 정리하여 만들어 낸 사고를 무턱대고 감추지는 않네. 감출 필요가 없으니까. 그렇지만 내 과거를 전부 자네 앞에서 털어놓지 않으면 안 된다는 것은 또 별개의 문제가 되지."

"별개의 문제라고는 생각하지 않습니다. 선생님의 과거가 만들어 낸 사상이기 때문에 무게를 두는 것입니다. 두 개의 문제를 따로 떼어 낸다면 저에게는 아무런 가치가 없습니다. 저는 혼이 들어가 있지 않은 인형을 받았기 때문에 만족할 수가 없는 겁니다."

선생님은 질렸다는 듯이 내 얼굴을 쳐다보았다. 궐련을 쥐고 있던 손이 조금 떨렸다.

"자넨 정말 대담하군."

"그저 진심일 뿐입니다. 진심으로 인생을 통해 교훈이란 것을 얻고 싶은 겁니다."

"나의 과거를 파헤치면서까지?"

파헤친다는 말이 갑자기 놀라운 파장을 몰고 와 내 귓전을 울렸다. 나는 지금 내 앞에 앉아 있는 사람이 평소에 내가 알고 존경해 오던 선생님이 아니라 한 사람의 죄인이라는 생각이 들었다. 선생님의 얼굴이 파래졌다.

"자넨 정말 진심이란 말이지?"

선생님이 다짐을 받았다.

"나는 과거의 인과응보로 인해 사람을 의심하고 믿지 못하게 되었지. 실은 자네도 의심하고 있어. 하지만 자네만큼은 의심하고 싶지가 않아. 자네는 의심하기에는 너무 단순하다는 생각이 들어서 말이야. 나는 죽기 전에 단 한 사람이라도 좋으니 신용할 만한 사람을 만나고 싶네. 자네가 그 단 한 사람이 될 수 있겠는가? 되어 주겠는가? 자네 정말, 정말로 진심인가?"

"만약 제 목숨이 진심어린 것이라면, 제가 지금 말한 사실도 진심입니다."

내 목소리는 떨렸다.

"좋았어!"

선생님이 말했다.

"이야기하도록 하지. 나의 과거를 모조리 자네에게 말해 주겠네. 그 대신에……. 아니야. 그건 상관없어. 하지만 내 과거란 게 자네에게 그만큼의 이익을 주지 않을지도 모른다네. 차라리 듣지 않는 편이 나을지도 모르고. 그리고 지금은 이야기할 수 없으니 그렇게 알고 있게나. 적당한 시기가 오지 않으면 이야기할 수 없으니까."

나는 하숙집으로 돌아간 후 일종의 압박감을 느꼈다.

31

논문은 내가 생각했던 것만큼 평가받지 못했다. 그렇지만 예정대로 합격했다. 졸업식 날, 곰팡이 냄새가 배어 있는 낡은 겨울옷을 꺼내 입었다. 식장에 서서 주위를 돌아보니 모두들 더운 표정이었다. 나는 바람이 잘 통하지 않는 두꺼운 나사羅紗옷으로 거의 밀봉되다시피 한 몸을 어찌해야 할지 주체를 못했다. 잠시 서 있는 동안에도 손에 쥐고 있던 손수건이 흠뻑 젖을 정도였다.

졸업식이 끝나자마자 나는 곧바로 집으로 돌아와 발가벗은 채로 있었다. 하숙집 이층 창문을 열고서 마치 망원경처럼 둘둘 말아 놓은 졸업 증명서가 만들어 낸 구멍을 통해 세상을 구경했다. 그리고 그 졸업 증명서를 책상 위에 던져 버리고 큰대 자로 방 한가운데 엎드려 누웠다. 나는 과거를 돌이켜 보았다. 그리고 미래를 생각해 보았다. 그러자 내 인생에 하나의 획을 긋고 있는 졸업 증명서라는 물건이 의미가 있어 보이기도 하고, 또 아무런 의미가 없어 보이기도 하는 그런 묘한 종이라는 생각이 들었다.

나는 그날 밤, 선생님 댁으로 저녁 초대를 받았다. 이는 만약 졸업을 하게 되면 그날의 만찬은 다른 곳이 아닌 선생님 댁의 식탁에서 함께 하자던 이전부터의 약속이 있었기 때문이었다.

식탁은 객실 마루 가까운 곳에 마련되었다. 빳빳하게 풀을 먹여 모양을 낸 테이블보가 아름답게, 그리고 맑게 전등 빛을 반사하고 있었다. 선생님 댁에서 식사를 하면, 반드시 서양 요리집에서나 볼 수 있는 하얀 리넨 위에 젓가락과 찻잔이 놓였다. 그리고 그것은 항상 금방 세탁을 끝낸 듯 새하얗게 보였다.

"옷깃이나 커프스와 마찬가지라네. 더러워진 것을 쓸 정도라면, 애초부터 색깔 있는 것을 쓰는 편이 좋지. 하얗다면 순백이 아니먼 안 되고."

과연 선생님은 결벽이었다. 서재도 항상 깔끔하게 정리되어 있었다. 그런 것들과 거리가 먼 나는 선생님의 그런 모습이 그때마다 현저하게 눈에 띄었다.

"선생님은 결벽스러운 데가 있군요"라고 예전에 사모님에게 말했을 때 사모님은 "하지만 옷 같은 것은 그다지 신경을 쓰시진 않는 것 같아요"라고 대답한 적이 있었다. 옆에서 듣고 있던 선생님은 웃으며 말했다.

"사실을 말하자면, 나는 정신적으로 결벽하지. 그 때문에 항상 괴롭다네. 생각하면 할수록 바보스럽기 그지없는 성격이야."

정신적으로 결벽하다는 뜻은 속물적으로 말하는 신경질이라는 의미인지, 혹은 윤리적으로 보는 청결을 의미하는 것인지, 전혀 감이 오질 않았다. 사모님도 나와 마찬가지로 제대로 알고 있지는 않는 듯했다.

그날 밤, 나는 선생님과 그 새하얀 테이블보를 사이에 두고 마주 앉았다. 사모님은 두 사람을 좌우로 두고 혼자서 정원 쪽을 정면으로 하여 앉았다.

"축하하네."

선생님이 나를 위해 축하의 잔을 들어 올리며 말했다. 나는 그다지 기쁘지는 않았다. 물론 내 마음이 이 말에 대해 충분한 반응을 일으킬 정도로, 그러니까 흥분한 나머지 자리에서 벌떡 일어설 정도의 그런 기쁨을 가지고 있지 않은 게 원인이기도 했다. 그렇지만 선생님의 말투 역시 결코 나의 기쁨을 촉발시킬 정도로 그렇게 들떠 있는 상태는 아니었다. 선생님은 웃으면서 잔을 들었다. 나는 그 웃음 속에 내포되어 있는 심술궂은 아이러니를 조금도 인정하지 않았다. 동시에 축하하고 싶어 하는 그 진심도 충분히 포용할 수가 없었다. 선생님의 웃음은 "흔히 세상은 이런 경우에 '축하합니다' 란 말을 하고 싶어 하지"라고 말하고 있었다.

사모님이 말했다.

"다행이군요. 아버님과 어머님이 무척이나 기뻐하실 겁니다."

그때 나는 갑자기 병환 중인 아버지가 생각났다. 그러자 빨리 이 졸업장을 들고 가서 보여 드려야겠다는 생각이 들었다.

"선생님은 졸업장을 어떻게 하셨습니까?"

"글쎄. 어떻게 했지……? 아마 어딘가에 처박아 두지 않았을까?"

선생님이 사모님을 바라보면서 물었다.

"예, 그래요. 아마 틀림없이 어딘가에 보관되어 있을 거예요."

졸업장이 어디에 있는지 두 사람 모두 잘 기억하지 못했다.

32

저녁 식사가 시작되자 사모님은 곁에 앉아 있던 하녀를 내보내고 몸소 시중을 들어 주었다. 이것이 공식적인 경우가 아닌 손님에 대한 선생님 댁의 규정인 듯했다. 처음 한두 번은 나 역시 몸둘 바를 모를 정도로 어색했지만, 그 횟수가 늘어 감에 따라 밥그릇을 사모님 앞에 내미는 일이 아주 자연스럽게 이루어졌다.

"차? 밥? 꽤나 많이 먹는걸?"

사모님 역시 아무 거리낌 없이 생각하고 있는 말들을 내뱉는 경우도 있었다. 그러나 그날은 때가 때인 만큼 그런 농담 따위를 주고받을 정도로 식욕이 나질 않았다.

"벌써 끝이야? 요즘 들어 양이 무척 줄어든 것 같은데……."

"양이 준 게 아니라 더위를 타는 탓인지 먹지 못하는 겁니다."

부인은 하녀를 불러 상을 치우도록 한 뒤 아이스크림과 과일을 내오게 했다.

"집에서 직접 만든 거랍니다."

별다른 일이 없었는지 사모님은 아이스크림을 손수 만들어 대접할 정도의 여유가 있어 보였다. 나는 그것을 두 번이나 맛보았다.

"이제 졸업을 했으니 지금부터 뭘 할 생각이지?"

선생님은 몸을 반쯤 마루 쪽으로 틀고 객실 문에 등을 기대며 이렇게 물었다.

나는 졸업을 했다는 자각만 있을 뿐 앞으로 무엇을 해야겠다는 목표는 아직 없었다. 대답에 곤혹스러워하고 있는 나를 보면서 사모님이 "교사?"라고 물었다. 그 말에도 대답을 하지 않자, 이번엔 "그럼, 공무원?"이라고 물었다. 선생님도 나도 웃음이 터졌다.

"솔직히 말씀드리자면, 아직 아무것도 생각하지 않았습니다. 실은 직업이란 것에 대해 생각해 본 적이 없습니다. 무엇이 좋은지, 어떤 것이 나쁜지, 직접 해 보지 않고는 잘 알 수 없기 때문에 선택하기가 참 곤란합니다."

"그도 그렇군요. 그렇지만 당신은 분명 재산이 있기 때문에 그런 태평한 소리를 할 수 있는 거예요. 집안 사정이 여의치 않은 사람이면 그렇지 않을걸요? 그렇게 편안하게 앉아 있을 수는 없으니까요."

내 친구들 중에도 졸업 전부터 중학교 교사 자리를 찾고 있던 이가 있었다. 나는 마음속으로 사모님의 말을 사실로 인정했다. 하지만 이렇게 대답했다.

"조금은 선생님에게 물든 탓인가 보지요."

"좋은 것을 본받지는 않는군요."

선생님은 쓴웃음을 지었다.

"나에게 물드는 건 상관없지만, 그 대신 요전에 말한 대로 아버님이 살아 계실 동안에 자네 몫으로 재산을 할당 받아 두게. 그렇지 않으면 결코 방심할 수 없게 되니까."

나는 선생님과 함께 진달래가 흐드러지게 피었던 5월 초순 무렵, 교외의 그 넓은 정원의 한구석에서 있었던 일을 상기했다. 그때 돌아오는 길에 흥분해서 말했던 선생님의 그 강렬한 인상이 다시금 되살아났다. 그것은 강렬하다기보다는 오히려 엄청나다고 하는 게 맞는 표현이었다. 그렇지만 구체적인 사실을 잘 알지 못하는 나로서는 그런 느낌과 동시에 완벽하게 나를 압도할 만한 말로도 들리지 않았다.

"사모님, 이 집의 재산은 제법 있는 편인가요?"

"어째서 그런 걸 묻는 거지요?"

"선생님께 물어도 대답해 주시지 않으니까요."

사모님은 웃으면서 선생님의 얼굴을 보았다.

"가르쳐 줄 정도로 가지고 있지 않기 때문이겠지요."

"하지만 어느 정도 가지고 있어야 선생님처럼 지낼 수 있을까 해서요. 집에 돌아가 굳게 마음 먹고 아버지와 담판을 지을 때 참고로 삼을 테니 말씀 좀 해 주세요."

선생님은 정원 쪽을 바라보며 아무렇지 않은 듯이 담배를 피웠다. 그래서 내 말상대는 자연스레 사모님이 되었다.

"어느 정도라고 말할 정도로 갖고 있지는 않아요. 그저 그럭저럭 어떻게든 꾸려 가고 있을 뿐이에요. 그런데 잘 들어요. 우리 집 사정이야 어찌 됐든 중요한 건 당신이에요. 당신은 앞으로 무언가를 하지 않으면 안 돼요. 선생님처럼 빈둥대서는……."

"빈둥거리고만 있지는 않았네."

선생님이 얼굴을 돌리면서 사모님의 말을 부정했다.

33

나는 그날 밤, 10시가 넘어서야 돌아왔다. 2~3일 내에 시골로 돌아갈 예정이었기 때문에 미리 작별 인사를 했다.

"앞으로 당분간 뵐 수 없을 것 같습니다."

"9월쯤에는 도쿄로 다시 나오지 않겠어요?"

나는 이미 졸업을 했기 때문에 반드시 9월에 나올 필요가 없었다. 더군다나 더위가 절정에 다다를 8월을, 도쿄까지 와서 보낼 생각도 없었다.

"예. 아마 9월이 될 겁니다."

"자, 그럼 당분간은 몸 건강히. 우리도 올 여름엔 상황에 따라서 어디론가 떠날지 모르겠어요. 무척 더운 여름이 될 듯한데, 떠나면 엽서라도 보낼게요."

"만약 가신다면 어느 쪽이 될 것 같습니까?"

선생님은 사모님과 내 대화를 히죽히죽 웃으며 듣고 있었다.

"아직 갈지 어떨지도 정하지 않았어요."

내가 자리에서 일어서려 하자 선생님이 급히 나를 잡더니 물었다.

"그런데 아버님의 병환은 좀 어떠신가?"

나는 아버지의 병에 대해 거의 아는 바가 없었다. 특별히 연락을 보내오지 않는 이상 '나빠지진 않은 거로군' 하고 생각하는 정도였다.

"그렇게 쉽게 여길 병이 아니라네. 요독증尿毒症이 생기면 더 이상 손쓸 수가 없으니까."

요독증이라는 말도, 그 의미도 내겐 전혀 이해가 되지 않았다. 요전 겨울방학에 의사와 만났을 때도 그런 말을 들은 기억은 전혀 없었다.

"정말로 잘 보살펴 드리세요."

사모님이 말했다.

"독이 뇌로 퍼지게 되면, 그걸로 끝이에요. 정말 웃을 일이 아니랍니다."

경험이 없는 나로서는 다소 불안함을 떨치지 못하면서도 히죽히죽 웃을 수밖에 없었다.

"어쨌든 나을 병은 아니라고 하니, 아무리 걱정을 한다고 한들 방법이 없지 않습니까?"

"그렇게 생각한다면, 그렇기도 하지만……."

사모님은 같은 병으로 돌아가신 자신의 어머니를 떠올렸는지, 가라앉은 태도로 말하고는 고개를 떨어뜨렸다. 나 역시 아버지의 운명이 정말로 가엾게 여겨졌다.

그러자 갑자기 선생님이 사모님을 돌아보며 물었다.

"이봐, 시즈. 나보다 당신이 먼저 죽게 될까?"

"왜 갑자기 그런 질문을……."

"그냥 물어본 것뿐이야. 아니면 내가 당신보다 먼저 죽게 될까?

일반적으로 남편이 먼저 죽고, 아내가 홀로 남게 되는 경우가 많긴 하지만 말이야."

"그렇게 정해져 있다고 할 수도 없지 않아요? 그렇지만 남자 쪽은 아무래도…… 그래요, 나이가 위잖아요."

"그래서 먼저 죽는다는 이론이 된다? 그럼, 나도 당신보다는 먼저 저 세상으로 가지 않으면 안 된다는 말인데……."

"하지만 당신은 특별한 경우예요."

"과연 그럴까?"

"그렇잖아요. 당신은 몸이 아주 건강해서 거의 병치레라곤 모르고 살았잖아요. 그러니 아무래도 내가 먼저 아니겠어요?"

"그럴까?"

"예, 맞아요. 틀림없이."

선생님은 내 얼굴을 쳐다보았다. 나는 그저 웃기만 했다.

"하지만 내가 먼저 저세상으로 간다고 하자. 그럼, 당신은 어쩌지?"

"어쩌기는……."

사모님은 그쯤에서 말을 얼버무렸다. 선생님의 죽음에 대한 추상적인 비애가 사모님의 가슴을 뒤덮은 듯했다. 그렇지만 다시 고개를 들었을 때는 원래 상태로 돌아와 있었다.

"어쩌기는 뭘 어쩌겠어요. 할 수 없지요. 안 그래요? 노소부정老少不定이라고 사람이란 언제 누가 먼저 죽을지 모른다는데."

사모님은 새삼스럽게 나를 바라보면서 마치 농담이라도 하듯이 말했다.

34

나는 일어섰다가 다시 자리에 앉아서 두 사람의 대화가 일단락 날 때까지 말상대를 해 주었다.

"자네는 어떻게 생각하나?"

선생님이 먼저 돌아가실지, 사모님이 먼저 돌아가실지 하는 것은 애시 당초 나로서는 판단이 불가능한 문제였다. 나는 그저 웃고만 있었다.

"수명이란 어찌 될지 저도 잘 모르지요."

"사람은 태어날 때 모두 자신의 정해진 햇수를 받아오니까 어쩔 수 없지 않나요? 선생님의 아버님과 어머니는 거의 같은 시기에 돌아가셨답니다."

"돌아가신 날이 같다는 말입니까?"

"설마 돌아가신 날까지는 아니겠지만, 거의 같은 시기였어요. 연이어서 돌아가셨거든요."

이는 나에게 새로운 사실이었다. 다소 불가사의한 데가 있었다.

"어째서 그렇게 동시에 돌아가신 겁니까?"

사모님이 내 질문에 대답하려고 했다. 그러자 선생님이 이를 가로막았다.

"그런 얘기는 그만하지! 재미없잖아."

선생님은 손에 쥔 부채를 일부러 세게 흔들며 소리를 냈다. 그리고 다시 사모님을 바라보았다.

"이봐, 시즈. 만약 내가 죽거든 이 집을 당신에게 주지."

사모님이 웃음을 터뜨렸다.

"이왕 주는 김에 땅도 함께 주세요."

"땅이야 남의 것이니 어쩔 수 없고. 그 대신 내가 가지고 있는 모든 것을 당신에게 주지."

"아유, 이렇게 고마울 수가……. 그렇지만 많은 책들을 받은들, 무슨 쓸모가 있겠어요?"

"헌책방에 가서 팔면 되잖아."

"팔면 얼마나 된다고……."

선생님은 얼마라고는 말하지 않았다. 그렇지만 선생님의 이야기는 쉽사리 자신의 죽음이라고 하는, 먼 훗날 생각해도 될 문제를 떨궈 내려 하지 않았다. 게다가 그 죽음은 반드시 사모님보다 먼저라는 사실을 전제로 했다. 사모님도 처음에는 부질없는 답변을 하고 있다고 생각하는 듯 보였다. 그러던 것이 어느새 감상적인 여자의 마음으로 돌아와 제법 괴로워하고 있었다.

"내가 죽으면, 내가 죽으면…… 도대체 몇 번을 이야기하는 거예요? 제발 그만하세요. '내가 죽으면……' 이라는 말은 이제 그만하라구요. 불길하잖아요. 당신이 죽으면 당신이 말한 그대로 다 들어줄 테니 그만하세요. 그럼 됐지요?"

선생님은 정원 쪽을 바라보며 웃었다. 그 뒤로는 사모님이 싫어하는 이야기는 하지 않게 되었다. 나는 이야기가 너무 길어졌기에 바로 자리에서 일어났다. 선생님과 사모님이 함께 현관까지 배웅을 나왔다.

"아버님이 건강하시길……."

사모님이 말했다.

"자, 그럼 9월에……."

선생님이 말했다. 나는 인사를 나눈 뒤 출입문 밖으로 발을 내

딛었다. 현관과 문 사이에서 울창하게 뻗어 있던 물푸레나무 한 그루가 갈 길을 막기라도 하듯이 한밤을 틈타 가지를 뻗고 있었다. 나는 두세 걸음 걸으면서 거무스름한 잎들에 뒤덮인 나뭇가지 끝을 바라보며 다가오고 있는 가을의 꽃과 향기를 떠올렸다. 나는 예전부터 선생님 댁과 이 물푸레나무를 마음 한구석에서 떼어서는 생각할 수 없는 것으로 연관지어 기억하고 있었다. 그리고 우연히 그 나무 앞에 서서 다시 이 집의 현관을 들어설, 다가올 가을에 대한 생각을 하고 있을 때 지금까지 출입문 틈으로 내비치던 현관의 전등 빛이 꺼졌다. 선생님과 사모님은 나를 배웅하고 바로 안으로 들어간 모양이었다. 나는 홀로 어두움이 가득한 밖으로 나왔다.

　나는 바로 하숙집으로 돌아가지 않았다. 고향으로 돌아가기 전에 준비할 물건들이 있었고, 맛있는 음식들로 가득 차 바쁘게 움직이는 위 속을 다독거릴 시간도 좀 필요했기에 그저 아무 생각 없이 번화가로 걸음을 옮겼다. 번화가는 이제 막 어둠이 내려앉고 있었다. 별달리 용무가 있어 보이지 않는 많은 남녀가 줄줄이 어디론가 움직이고 있는 그 속에서 나는 오늘 같이 졸업한 한 친구를 만났다. 그는 나를 무리하게 어느 술집으로 이끌었다. 내가 그곳에서 맥주의 흰 거품과도 같은 그의 술주정을 들어 준 뒤 하숙집으로 돌아왔을 때는 이미 밤 12시가 넘어 있었다.

35

그 다음 날도 더위를 무릅쓰고 부탁 받은 물건들을 사러 여기 저기 걸어 다녔다. 편지로 주문 받았을 때는 아무렇지 않았는데, 막상 사려고 하니 그야말로 귀찮기 그지없었다. 나는 전차 안에서 땀을 훔치며 타인의 시간과 수고에 대해 미안해 하는 마음을 전혀 갖지 않는 시골 사람들이 밉게만 여겨졌다.

나는 이 한여름을 무의미하게 보낼 생각은 없었다. 고향으로 돌아간 뒤의 일정을 새롭게 만들어 두었기 때문에 이를 철저히 이행하는 데 필요한 책들도 구하지 않으면 안 되었다. 나는 거의 한나절을 마루젠丸善의 이층에서 허비할 각오를 하고 있었다. 그래서 나는 관심 있는 분야의 서적 코너 앞에서 구석구석 훑으며 한 권씩 점검해 나갔다.

내가 부탁 받은 물건 중에서 나를 가장 곤혹스럽게 만든 것은 여성 속옷 위에 대는 장식용 깃이었다. 나이 어린 점원 아이에게 말하자 많은 것을 내주었지만, 막상 고르려니 어떤 것이 좋은지 몰라 더 혼란스럽기만 했다. 게다가 가격 또한 결코 일정하지 않았다. 싸다고 생각해서 집어 들면 아주 비쌌고, 비쌀 거라 생각해서 물어보지 않고 있으면 오히려 값이 아주 싸곤 했다. 또 아무리 비교해 보아도 도대체 어디에서 가격 차이가 나는 건지 추측할 수 없는 그런 물건들도 있었다. 그야말로 곤란, 그 자체였다. 그제야 나는 마음속으로 폐를 끼치더라도 왜 사모님에게 부탁하지 않았나 하는 후회가 들었다.

나는 가방도 샀다. 물론 싼 물건에 지나지 않지만, 쇠장식 같은 것이 달려 있어 반짝반짝 빛났기 때문에 시골 사람들을 놀래 주기에는 충분하다고 생각했다. 이 가방을 필요로 하는 사람은 어머니였다. 졸업하면 새 가방을 사서 그 안에 모든 선물들을 넣어 가지고 돌아오라는 내용을 일부러 편지에 써 넣었던 것이다. 나는 그 편지를 읽고 웃음을 터뜨리고 말았다. 어머니의 의도를 알 수 없었다기보다는 일종의 코미디처럼 느껴졌기 때문이었다.

나는 선생님 부부와 작별 인사를 할 때 말했던 대로 3일 뒤 기차를 타고 도쿄를 떠났다. 요전 겨울부터 아버지 병에 대해 선생님에게 많은 주의를 받았던 나는 가장 걱정하지 않으면 안 되는 위치에 있으면서도 어찌 된 일인지 그다지 부담이 되지 않았다. 나는 오히려 아버지가 돌아가신 후에 홀로 남을 어머니를 상상하면서 측은한 생각이 들었다. 그때 나는 마음속 어느 한구석에서 아버지는 이미 돌아가실 분이라는 각오를 하고 있었음에 틀림이 없었다. 규슈에 있는 형에게 보낸 편지에도 아버지가 도저히 예전 상태로는 돌아가실 수 있는 건강한 몸이 아니라고 적었다. 될 수 있으면 올 여름에 한 번 정도는 업무상으로라도 짬을 내어 꼭 얼굴을 내밀면 어떨지 라는 말까지 덧붙였다. 게다가 나이 드신 두 분만 시골에 계신 것도 어딘지 모르게 불안하기 짝이 없으며 우리들이 자식으로서 마땅히 해 드려야 할 효도를 못하고 있지는 않은

가 하는 감상적인 문구까지 넣었다. 하지만 그것은 모두 내 진심이었다. 그런데 다 적고 나니 어느새 그런 마음은 사라져 버렸다.

나는 기차 안에서 그러한 모순을 생각해 보았다. 그러는 사이 내 자신이 쉽게 마음이 변하는 그런 경박한 인간으로 느껴지기 시작했다. 그래서 갑자기 불쾌한 마음이 들었다. 나는 다시 선생님과 사모님 일을 떠올렸다. 특히 2~3일 전에 저녁 식사를 하면서 들었던 대화를 떠올렸다.

"어느 쪽이 먼저 죽을까?"

나는 그날 밤에 선생님과 사모님 사이에서 일어났던 의문을 혼잣말로 계속 되뇌어 보았다. 그리고 이 의문에는 어느 누구도 자신 있게 대답할 수 없다는 생각이 들었다. 그러나 분명 어느 쪽이 먼저 죽는다는 사실을 알게 된다면, 선생님은 어떻게 했을까? 그리고 사모님은 어떻게 했을까? 선생님도 사모님도 지금과 같은 태도를 취할 수밖에 없지 않았을까. ― 죽음에 조금씩 다가서고 있는 아버지를 시골에 두고 내가 지금 아무것도 해 드릴 수 없는 것과 마찬가지로 ― 인간이란 참으로 부질없는 존재인 듯했다. 인간이 어찌해 볼 도리가 없는, 타고난 가벼움이 너무도 부질없게 느껴졌다.

부모님과 나

1

고향으로 돌아와 의외였던 점은 아버지의 건강이 요전과 비교하여 별반 차이가 없다는 것이었다.

"응, 돌아왔구나. 그래, 그래도 졸업을 해서 정말 다행이다. 잠시 기다려라. 씻고 들어갈 테니까."

아버지는 정원에서 무언가를 하고 계시던 참이었다. 햇빛을 피하기 위해 낡은 밀짚모자 뒤로 둘둘 말아 걸친 때묻은 수건을 휘날리며 우물이 있는 뒤편으로 가셨다.

학교를 졸업하는 건 아주 당연한 일이라고 여기고 있었던 나는 예상 외로 기뻐해 주시는 아버지 앞에서 미안한 마음이 들었다.

"무사히 졸업할 수 있어서 정말 다행이야."

아버지는 이 말을 몇 번이나 되풀이했다.

나는 마음속으로 지금 아버지가 느끼는 기쁨과 졸업식이 있었던 그날 밤에 선생님 댁의 식탁에서 "축하하네"라고 말했던 선생님의 얼굴을 비교해 보았다. 나는 말로는 축하를 해 주면서도 마음 깊은 곳에서는 비방하고 있었던 선생님이 대수롭지도 않은 일을 가지고 아주 귀한 일이라도 된 듯 기뻐하시는 아버지보다도 고 상하게 보였다. 심지어 나는 아버지의 무지함에서 나오는 촌스러 움에 불쾌감을 느끼기조차 했다.

"대학을 졸업했다고 해서 그게 그렇게 다행스러운 일은 아닙니 다. 졸업하는 사람은 매년 몇백 명씩 있으니까요."

결국 나는 이렇게 말하고 말았다. 그러자 아버지는 이상한 표 정을 지으시며 물었다.

"그저 졸업을 했다고 해서 다행이라고 말하는 게 아니다. 물론 졸업이란 게 다행스럽고 고마운 거야 이루 말할 수 없지만, 내가 말하는 것은 좀더 다른 의미가 있단다. 그것을 네가 제대로 이해 해 주기만 한다면……."

아버지는 그다지 말하고 싶지 않은 눈치였지만, 결국은 이렇게 말씀하셨다.

"다시 말해 내가 다행이라는 말이다. 네가 알고 있다시피 나는 병을 앓고 있잖니? 작년 겨울에 네가 왔을 때 상황에 따라서는 이 제 길어야 3개월 혹은 4개월이라고 생각하고 있었단다. 그런데 신의 가호가 있었던지, 이렇게 지금까지 아무 문제 없이 살아 있 잖니? 일어서고 움직이는 데 불편함 없이 말이다. 그런데다가 네 가 무사히 졸업까지 해 주었어. 그래서 기쁜 게다. 모처럼 타지에 서 고생하며 정성을 다한 아들이 자신이 이 세상에서 사라진 후에 졸업하는 것보다는 몸이 건강할 때 졸업해 주는 것이 부모 된 입 장에서는 다른 무엇보다도 기쁘지 않겠니? 원대한 생각을 가지고 있는 네 입장에서 본다면, 겨우 대학을 졸업한 정도로 다행이라고 하는 것은 결코 대단한 일이 아닐지 모르겠지만, 내 입장을 생각해 보렴. 입장이 조금 다르지 않니? 다시 말해 졸업은 너보다는 지금의 나에게 정말 다행이라는 소리다. 알아듣겠니?'

나는 한마디도 하지 않았다. 사죄하는 것 이상으로 죄송한 마음에 머리를 숙이고 있었다. 아버지는 마음을 다스릴 여력이 남아 있는 사이에 이미 자신의 죽음을 각오하고 있었던 것이다. 게다가 내가 졸업하기 전에 죽을 거라고 생각하고 있었던 모양이다. 졸업이란 것이 아버지의 마음에 어느 정도의 영향을 끼칠지 생각하지 않았던 나는 정말로 얼빠진 인간이었다. 나는 가방 속에서 졸업 증명서를 꺼내 아주 조심스럽게 아버지와 어머니에게 보여 드렸다. 증명서는 무엇인가에 눌려서 원래의 모양은 온데 간데 없이 사라졌다. 아버지는 그것을 아주 소중하게 다림질했다.

"이런 것은 잘 말아서 손으로 들고 오는 법이다."

"안에도 심을 넣어 두었더라면 좋았을 것을……."

어머니도 옆에서 한마디 거들었다.

아버지는 한동안 그것을 바라보더니 어렵사리 마루 한가운데로 가서는 누구의 눈에라도 쉽게 띌 수 있도록 바로 정면에 놓았다. 여느 때의 나라면 금방이라도 한마디 했겠지만, 그때만큼은 마치 다른 사람이라도 된 듯 가만히 있었다. 아버지와 어머니에 대해 한마디도 거역할 마음이 생기지 않았던 것이다. 나는 아무 말도 하지 않은 채 아버지가 하시는 대로 그저 모든 것을 내맡겼다. 일단 보기 좋게 모양새를 다시 갖춘 졸업 증명서는 아버지가 뜻한 대로 놓여 있지 않았다. 적당한 위치를 잡아 놓자마자, 이내 몸무게를 지탱하지 못하고 넘어지려고 했던 것이다.

2

나는 어머니를 잠깐 불러내 아버지의 병에 대해 물어보았다.

"아버지가 아무렇지 않은 듯이 저렇게 정원으로 나오기도 하고 무언가를 하기도 하시는데, 그래도 괜찮으신 건가요?"

"이제 아무렇지도 않은 듯한데. 보기보다는 많이 좋아지신 것 같다."

어머니는 의외로 침착하게 대답했다. 도회지로부터 꽤 멀리 떨어져 숲과 밭으로 둘러싸인 곳에서 살고 있는 어머니는 이런 일에 있어서는 무지하다고 해도 과언이 아니었다.

"하지만 의사 선생님은 도저히 어렵다고 하지 않으셨던가요?"

"그러니까 인간의 몸만큼 신기하고 믿기지 않는 게 없다는 생각이 들어. 그렇게 의사 선생님이 쉽지 않은 병이라고 말했는데, 지금까지 정정하시지 않니. 나도 처음에는 걱정이 되어 될 수 있으면 움직이지 않도록 주의를 주곤 했지. 하지만 생각해 봐라. 아버지 성격이 어딜 가겠니? 섭생을 하고는 있지만, 워낙 고집이 세시지 않니? 당신이 좋다고 생각해 버리면, 내가 하는 말은 좀처럼 들으려고도 하지 않으신단다."

나는 요전에 마루에서 무리하게 일어서려고 했을 때 무릎이 휘청거렸던 아버지의 모습을 기억해 냈다.

"이젠 괜찮다. 조그마한 일에도 네 어머니가 너무 야단스러운 게 탈이란 말야."

그때 아버지의 말을 생각해 보면, 반드시 어머니만을 추궁할 수도 없다는 생각이 들었다.

"하지만 옆에서 조금씩이라도 주의를 주지 않으면 안 될 겁니다"라고 말하려 했던 나는 결국 아무 말도 하지 못했다. 그저 아버지의 병환에 대해 내가 알고 있는 모든 지식을 말씀드렸다. 그것은 대부분 선생님과 사모님에게서 주워들은 것이었다. 어머니는 별달리 감동한 모습은 보이지 않았다. 그저 "그래? 역시 같은 병이었구나. 가엾게도. 돌아가셨을 때 연세가 어떻게 됐었지, 그분은?" 하고 말할 뿐이었다.

나는 하는 수 없이 어머니를 뒤로한 채 아버지에게 직접 향했다. 아버지는 어머니보다는 내 주의를 신중하게 들어 주셨다.

"당연한 얘기다. 네가 말한 그대로야. 그렇지만 내 몸은 필시 내 몸이니, 어쨌든 내 몸에 대한 섭생법은 다년에 걸친 경험상 내가 가장 잘 알고 있지 않겠니?"

이 말을 들은 어머니는 쓴웃음을 지었다.

"그것 봐라. 내가 뭐라고 했니?"

"하지만 아버지는 스스로 굳게 각오하고 계신 것 같아요. 이번에 제가 졸업하고 돌아온 것을 무척 기뻐하신 것도 그 때문이지 않습니까? 살아 계실 때 졸업할 수 없겠구나 생각하셨는데, 정정하게 살아 계실 때 이렇게 졸업장을 갖고 왔으니, 그것이 기쁘다고 아버지 스스로 그렇게 말씀하시지 않았습니까?"

"그야 생각해 봐라. 말씀은 그렇게 하셔도 마음 깊은 곳에서는 아직 괜찮다고 생각하시지 않겠니?"

"그런 건가요?"

"아직 십 년, 이십 년, 더 살고 싶지 않으시겠니? 그래도 가끔씩은 불안한 마음에 괜한 걱정을 하기도 하신단다. '내가 이 상태론 더 이상 오래 살지 못할 텐데, 내가 죽으면 당신은 어쩔 거지? 혼자서 이 집에 있을 생각이야?' 라는 식으로 말이다."

나는 갑자기 아버지가 돌아가셨을 때 어머니 혼자서 남아 있을 이 낡고 넓은 시골집을 상상해 보았다. 아버지가 사라졌을 때 이 집을 혼자서 잘 꾸려 가실 수 있을지, 그리고 형은 어쩔 셈일까? 어머니는 무슨 말씀을 하실까? 그런 생각을 하고 있는 나는 이곳을 떠나 도쿄에서 편하게 살아갈 수 있을까?

나는 어머니를 앞에 두고 선생님이 당부했던 주의, 그러니까 아버지가 정정하실 때 재산을 나누어 받을 수 있으면 그렇게 하라고 했던 말이 갑자기 떠올랐다.

"무슨 걱정을 그렇게 하니? 죽는다, 죽는다 하는 사람치고 그렇게 쉽게 죽는 사람을 본 적이 없으니 안심해라. 아버지도 말씀은 그렇게 하시지만, 앞으로 몇 년을 더 사실지 모르잖니? 그보다는 평소 건강한 사람이 더 위험할지도 몰라."

나는 어떤 논리에 근거한 것 같지도 않고, 어떤 통계에서 나온 것 같지도 않은 어머니의 이 진부한 말을 묵묵히 듣고만 있었다.

나를 위해 팥밥이라도 지어서 손님을 초대하자는 이야기가 어머니와 아버지 사이에서 나왔다. 나는 시골로 온 날부터 혹시 이런 일이 벌어지지는 않을까 은근히 걱정했다. 그래서 나는 이 말을 듣자마자 이내 거절했다.

"너무 야단스럽게 그러지 마세요."

나는 시골 손님이라는 게 그다지 반갑지 않았다. 마시고 노는 일이 무슨 목적이라도 되는 듯이 찾아오는 그들은 뭔가 일이 생기기만을 바랄 뿐이었다. 나는 어린 시절부터 그들 옆에서 시중드는 일이 무척이나 곤혹스러웠다. 그런 나를 위해 그들을 부른다면, 내가 겪어야만 할 마음의 고충이란 정말 상상하기가 어려웠다.

그러나 나는 그런 시끄럽고 귀찮은 사람들을 불러 한바탕 잔치를 치르는 일은 그만두라는 말을 꺼내지 못했다. 그래서 그저 졸업을 한 것뿐인데 너무 야단스럽지 않나 하는 말만 내세웠다.

"야단스럽다, 야단스럽다 그러는데 절대로 그렇지가 않다. 일생을 통틀어 두 번 있는 일도 아니잖니? 잔치 손님 정도 부르는 건 당연한 일이다. 그렇게까지 사양할 필요는 없지 않니?"

어머니는 나의 졸업을 마치 며느리라도 본 양 아주 큰 경사로 여기고 있는 듯했다.

"부르지 않아도 좋지만, 막상 부르지 않으면 괜한 소리들을 한단다."

아버지는 사람들이 뒤에서 하는 소리에 마음을 두었다. 그들은 자신들이 예상했던 일이 벌어지지 않으면, 이내 못마땅해 하며 싫은 소리를 하는 사람들이었다.

"시골은 도쿄랑 달라서 제법 말이 많단다."

아버지는 이런 말도 했다.

"아버지 체면도 있잖니?"

어머니가 다시 덧붙여 말했다. 그래서 나는 결국 고집을 부릴 수 없었다. 어떻게든 두 분이 원하는 대로 해 드리지 않으면 안 될 거라고 마음을 고쳐먹었다.

"제가 하고 싶은 말은 저를 위해서라면, 그만두시라는 이야기입니다. 뒤에서 수군거리는 게 싫어서 그러시다면, 그거야 별개의 문제이지요. 두 분에게 불편을 끼치는 일을 제가 억지로 주장해 봐야 어쩔 수 없는 일 아니겠습니까?"

"그런 논리로 따진다면 이쪽도 좀 곤란하구나."

아버지는 다소 괴로운 표정을 지었다.

"너를 위해서 하는 게 아니라고 아버지가 억지로 말은 하지 않으시지만, 너도 세상에서 해야 할 마땅한 도리쯤은 잘 알고 있지 않니?"

일이 이쯤 되자 어머니는 여자인 만큼 이래저래 말이 많아지기 시작했다. 그 말수로 따지자면 아버지와 나 두 사람의 몫을 전부 합해도 도저히 당할 수 없을 정도였다.

"학문을 할 때도 사람이 너무 이론에만 치중하면 못써."

아버지는 그저 이 말밖에는 하지 않았다. 그러나 나는 이 간단한 한마디 속에서 아버지가 평소 나에 대해 가지고 계신 불평이라는 커다란 덩어리를 볼 수 있었다. 나는 그때 내 자신의 말투에 모가 나 있다는 사실은 눈치 채지 못하고, 아버지의 불평을 무리한 주문이라고만 받아들였다.

아버지는 그날 밤에 다시 마음을 바꾸어 손님을 부른다면, 언제가 좋을지 적당한 시기를 물었다. 언제가 좋고 나쁘고를 떠나, 낡은 집에서 그저 마음 편히 자고 일어나는 것을 반복하고 있던 나에게 이런 말을 물어 왔다는 것은 아버지 쪽이 양보를 하고 들어왔다는 의미나 다름없었다. 나는 평온해 보이기만 한 아버지 앞에서 그저 아무 말 없이 머리를 숙였다. 그리고 아버지와 의논해서 날짜를 정했다.

그런데 잔칫날이 다가오기도 전에 커다란 사건이 발생했다. 그것은 바로 메이지천황明治天皇의 병환에 관한 소식이었다. 신문을 통해 일본 전국에 퍼진 이 뉴스는, 작은 시골집에서 다소의 우여

곡절을 겪은 끝에 겨우 정리되었던 내 졸업 파티를 한 줌의 먼지처럼 가볍게 날려 버리고 말았다.

"이번엔 자제하는 편이 좋을 것 같군."

신문을 보시던 아버지가 말했다. 아버지는 아무 말 없이 자신의 병을 생각하고 있는 듯했다. 나는 바로 얼마 전 졸업식에 참석했던 천황의 모습을 떠올렸다.

4

적은 수의 가족에겐 너무 넓어 보이는, 한적하기 그지없는 집에 짐을 풀고 책을 꺼내어 독서 삼매경에 빠졌다. 나는 왠지 마음이 진정되지 않았다. 예전에 바쁘게 돌아갔던 도쿄의 2층 하숙집에서는 멀리서 달리는 전차 소리를 들어가며 한 장 한 장 책장을 넘겼다. 그러면 어느 정도 긴장감이 돌면서 집중한 채 공부할 수 있었다.

나는 여차하면 책상에 기대어 선잠을 잤다. 가끔씩은 베개를 꺼내 본격적으로 낮잠을 청하기도 했다. 눈을 뜨면 매미 울음소리가 들렸다. 비몽사몽간에 들리던 그 소리는 이내 아주 시끄럽게 나의 귓속을 휘저었다. 나는 조용히 그 소리를 들으며 가끔은 슬픈 생각에 잠기곤 했다.

나는 펜을 들어 친구들에게 짧은 엽서나 혹은 긴 편지를 썼다. 한 친구 녀석은 아직 도쿄에 남아 있었고, 또 어떤 친구는 머나먼 고향으로 돌아가 있었다. 답장을 보낸 친구도, 소식이 제대로 전해지지 않는 친구도 있었다.

그렇지만 나는 선생님에 대한 생각을 잊지 않았다. 그래서 시골로 돌아온 후의 나에 대한 이야기를 주제로 원고지에 가는 글자로 쓴 세 장 분량의 편지를 보내기로 했다. 나는 그것을 봉할 때 과연 선생님이 아직 도쿄에 계실까 궁금했다. 선생님은 보통 사모님과 함께 집을 비우게 될 때는 항상 머리를 짧게 자른 오십에 가까운 여인을 불러 집을 보게 하곤 했다. 예전에 그 부인이 누구냐고 선생님에게 물었을 때 선생님은 누구로 보이냐고 오히려 되물었다. 나는 그 사람을 선생님의 친척으로 착각했다. 선생님은 "나에게 친척은 없다네"라고 대답했다. 선생님은 고향에 있는 친척뻘 되는 사람들과 연락을 끊고 살았다.

내가 알고 싶어 했던 여인은 선생님과는 인연이 없는 사모님 쪽 친척이었다. 선생님의 우편물을 폭이 좁은 끈으로 뒤로 돌려 묶고 있던 그 여인의 모습이 문득 떠올랐다. 만약 선생님과 사모님이 어딘가로 피서를 떠난 후에 이 우편물이 도착한다면, 머리가 짧은 그 부인은 그것을 곧바로 선생님이 떠난 곳으로 보내 줄 만한 마음씀씀이와 친절함을 가지고 있을까 라는 생각도 해 보았다. 그러면서도 나는 그 편지 속에 이렇다 할 정도의 특별한 사실을 적지 않았다. 나는 그저 외로울 뿐이었다. 그래서 선생님의 답장을 기대하고 편지를 썼던 것이다. 하지만 답장은 결국 오지 않았다.

아버지는 내가 요전 겨울에 왔을 때만큼 장기를 두고 싶어 하지는 않았다. 장기판은 먼지가 덮인 채로 마루 위 한쪽 구석에 놓여 있었다. 특히 천황의 병환에 대한 소식을 접한 이후로 아버지는 무언가 깊은 생각에 잠겨 있는 듯 보였다. 매일 신문이 배달되어 오는 것을 기다렸다가 제일 먼저 받아 읽었다. 그리고 읽고 난 신문은 일부러 나에게 가져다 주었다.

"이거 봐라. 오늘도 텐시天子 천황을 이르는 말님에 대해 아주 자세히 나와 있구나."

아버지는 천황을 항상 텐시님이라고 불렀다.

"안타까운 이야기지만, 텐시님의 병환도 나와 비슷하지 않나 싶구나."

이렇게 말하는 아버지의 얼굴에는 깊은 근심의 그림자가 어렸다. 이런 말을 듣는 내 마음속에도 아버지가 언제 다시 쓰러지실지 모른다는 걱정이 들어섰다.

"하지만 괜찮아지실 게다. 나처럼 보잘것없는 사람도 이렇게 멀쩡히 잘 버티고 있으니까."

아버지는 스스로에게 건강하다는 암시를 부여하면서도, 당장이라도 자신에게 덮쳐 올 위험을 예감하고 있는 듯했다.

"아버지는 정말로 병을 두려워하고 계세요. 어머니가 말씀하신 것처럼 십 년 이십 년 살 수 있다는 마음은 없으신 것 같아요."

내 말을 들은 어머니는 당혹스러운 표정을 지었다.

"가끔은 장기라도 두자고 권해 보렴."

나는 마루 구석에 놓여 있던 장기판을 꺼내 먼지를 털었다.

5

아버지는 시간이 지나면서 쇠약해져 갔다. 나를 놀라게 했던 수건이 달린 낡은 밀짚모자도 자연히 등한시하게 되었다. 나는 검게 그을린 낡은 선반 위에 놓여 있는 그 모자를 볼 때마다 아버지가 불쌍하다고 생각했다. 아버지가 예전처럼 가벼운 몸놀림으로 움직일 때는 "거동을 좀 삼가면 좋을 텐데" 하고 걱정을 했다. 그런데 막상 자리에 들어앉아 꼼짝도 하지 않게 되자 역시 예전이 더 건강했다는 생각이 들었다. 나는 아버지의 건강에 대해 어머니와 자주 대화를 나누었다. "그건 네 기분 탓 아니겠니?"라고 어머니가 말했다. 어머니는 천황의 병과 아버지의 병을 연관지어서 생각했지만, 나는 그렇게 여겨지지 않았다.

"기분 탓만이 아니에요. 정말로 몸이 아프신 게 아닌가 하는 생각이 듭니다. 아무래도 건강이 나빠지고 있는 듯해요."

나는 유명한 의사라도 불러 아버지를 한번 보이는 게 좋지 않을까 라는 생각이 들었다.

"너도 올 여름은 무료하겠구나. 졸업하고 돌아왔는데 잔치도

열지 못하고, 아버지 몸도 저렇고 말이다. 게다가 텐시님의 병환도 겹치고. 지금 생각하면 돌아오자마자 사람들을 불렀어야 했어. 그렇게 했어야 했는데 말이야……."

내가 돌아온 것은 7월 5일인가 6일로, 아버지와 어머니가 내 졸업을 축하하기 위해 손님을 부르려고 한 것은 그로부터 일주일 후였다. 그러고 나서 드디어 날짜를 정하게 된 건 그로부터 다시 일주일이나 지난 뒤의 일이었다. 시간에 속박되지 않는 여유로운 시골로 돌아온 나로서는 덕분에 바라지 않던 사교상의 고통으로부터 자유로워진 거나 다름없었다. 그렇지만 나를 이해하지 못하는 어머니는 조금도 눈치 채지 못하고 계신 듯했다.

천황의 승하 소식이 전해졌을 때 아버지는 신문을 손에 쥔 채 그저 '아아, 아아'라고만 했다.

"아아, 아아, 텐시님도 결국은 돌아가시고 말았군. 나도……."

아버지는 그 뒤의 말을 잇지 못했다.

나는 검은 천 조각을 구하기 위해 시내로 나갔다. 그리고 그것을 깃봉에 감싸 맨 뒤 깃봉 끝에서 석 자 정도의 폭을 두고 펄럭거리는 조각을 달아서 일장기와 함께 출입문 옆에 비스듬히 밖을 향하여 꽂았다. 일장기도 검은 천도 바람이 통하지 않아서 밑으로 축 처졌다. 우리 집 낡은 문의 지붕은 짚으로 이어져 있었다. 비바람을 맞아 낡고 색이 바랜 그 지붕은 엷은 회색빛을 띠고 있었으며 군데군데 울퉁불퉁한 자국들이 눈이 띄었다. 나는 혼자 문 밖으로 나가 검은 천조각과 하얀 메린스merinos 천 속에 빨갛게 물들인 동그란 원을 바라보았다. 그것이 지저분한 지붕 위의 짚과 비교되는 모습도 바라보았다. 예전에 선생님이 "자네 집은 어떤 모양새를 하고 있는가? 내 고향과는 분위기가 다르지 않을까?"라고 물었던 일이 떠올랐다. 나는 내가 태어난 이 낡은 집을 보이고 싶은 마음도 들었지만, 또 한편으론 그러고 싶지 않았다.

나는 다시 집 안으로 들어갔다. 그리고 방으로 들어가 신문을 읽으며 먼 도쿄에서 일어나고 있을 일들을 상상했다. 상상은 일본 제일의 도시가 어두운 암흑 속에서 어떻게 움직이고 있을까 하는 것에 모아졌다. 나는 그 어두움 속에서도 어떻게든 움직이지 않으면 어쩔 도리가 없는, 대도시의 불안함으로 웅성웅성 대는 그 속에서 한 점의 등불과 같이 빛나고 있는 선생님 집을 보았다. 나는 그때 그 불빛이 소리 없이 다가오는 소용돌이 속으로 자연스럽게 빨려들어 가고 있다는 사실을 눈치 채지 못했다. 잠시 후면 그 불빛 역시 갑자기 꺼져 버리고 말 운명임을 전혀 느끼지 못하고 있었던 것이다.

이번 사건에 대해 선생님에게 편지를 쓸 생각으로 펜을 들었다. 그리고 한 열 줄쯤 써내려 가다가 그만두었다. 쓰다 만 편지지는 갈기갈기 찢어서 쓰레기통에 던져 버렸다. ― 선생님에게 그런 일을 적어 보낸다고 해도 별 뾰족한 수가 없는 듯했고, 전례에 비추어 볼 때 도저히 답을 주지 않을 것 같았기 때문이다.

하지만 나는 외로웠다. 그래서 편지를 썼다. 그리고 답장이 오면 다행이라고 생각했다.

6

8월 중순경이 되어 나는 한 친구로부터 편지를 받았다. 그 편지는 지방 중학교의 교사 자리가 있는데 갈 의향이 있는지 묻는 내용이었다. 이 친구는 경제적인 사정으로 일찍부터 그런 자리를 찾고 있었다. 이 일자리도 처음엔 자신에게 제시됐던 자리인데, 더 좋은 자리가 들어와 나에게 양보할 생각으로 일부러 알려준 것이었다. 나는 편지를 써서 그 자리를 거절했다. 다른 친구들 중에 교사직을 손에 넣으려고 애쓰는 이들이 있으니 그들에게 제의하면 좋지 않겠냐고 적었다.

편지를 보낸 후 부모님에게 그 이야기를 했다. 두 사람 모두 내 결정에 이의는 없어 보였다.

"그런 곳까지 가지 않아도 좋은 일자리는 얼마든지 있을 게다."

이렇게 말하는 이면에서 나는 두 사람이 나에 대해 가지고 있는 과분한 희망을 읽을 수 있었다. 세상 물정에 어두운 부모님은 대학을 갓 졸업한 나에게 당치도 않은 지위와 수입을 기대하고 있는 듯했다.

"제게 맞는 아주 좋은 일자리가 말이죠. 요즘은 좀처럼 찾기 힘듭니다. 특히 형과 저는 분야도 다르고 시대도 다르니까 두 사람을 똑같이 생각해서는 좀 곤란합니다."

"하지만 졸업한 이상 독립하지 않으면 안 된다. 사람들이 '그

집 둘째는 대학을 졸업하고 지금 무엇을 하고 있습니까' 라고 물었을 때 대답하기 곤란하다면 나도 체면이 서지 않으니 말이다."

아버지는 얼굴을 찌푸렸다. 아버지의 사고방식은 낡았다. 익숙해져 있는 고향에서 뛰쳐나갈 줄 몰랐다. 그런 고향에서 누군가로부터 대학을 졸업하면 대충 100엔당시의 쌀 한 가마니 값의 소매가격이 대충 25전 5리 정도였다고 함. 1엔은 100전-역주 정도의 월급을 받을 수 있을 거라는 말을 들은 아버지는 체면이 구겨지지 않도록 막 졸업한 나를 정리하고 싶었던 것이다. 넓은 도시를 근거로 생각하고 있던 나는 부모님의 입장에서 본다면 마치 하늘을 향해 걷고 있는 기형의 인간이나 다름없었다. 사실은 나 역시 그런 인간이 되고 싶다는 생각을 가끔씩 하곤 했다. 하지만 내가 생각하고 있는 모든 것을, 있는 그대로 털어놓기에는 너무나도 커다란 괴리감을 갖고 있는 부모님 앞에서 나는 그저 아무 말 없이 있을 따름이었다.

"네가 항상 선생님, 선생님 하고 부르는 그분에게 부탁해 보면 어떻겠니? 때가 이러니……."

어머니는 이렇게밖에 달리 선생님을 해석할 수 없었다. 그 선생님은 내게 고향으로 돌아가면 아버지가 살아 있는 동안에 빨리 재산을 나누어 받도록 권했던 사람이다. 졸업하면 일자리를 주선해 주는 그런 사람이 아니었던 것이다.

"그 선생님은 지금 무엇을 하고 계시느냐?"

아버지가 물었다.

"아무것도 하고 계시지 않습니다."

나는 아주 오래전부터 부모님에게 선생님이 무엇을 하고 계신지 말씀드렸다. 그리고 아버지는 틀림없이 기억하고 계실 터였다.

"아무것도 하지 않는다는 것은 도대체 무슨 영문이지? 네가 그렇게 존경하는 사람이라면, 뭔가 하고 있어야 할 것 같은데……."

아버지는 은연중에 나를 공격했다. 아버지는 쓰임이 있는 사람은 모두 세상 밖으로 나가 그에 상응하는 지위를 얻어 일을 해야 한다고 생각했다. 선생님이 틀림없이 쓸모가 없는 사람이기 때문에 일을 하지 않고 있다고 결론을 내린 듯했다.

"나 같은 사람도 월급이란 걸 받고 있지 않지만, 그렇다고 놀고 있지도 않잖아."

나는 아무 말도 하지 않았다.

"네가 훌륭한 사람이라고 말하는 걸 보면, 틀림없이 일자리를 찾아 줄 게다. 한번 부탁해 보렴."

어머니가 말했다.

"싫습니다."

"그럼 할 수 없지. 그런데 왜 부탁을 하지 않는 거지? 그렇다면 편지라도 써서 보내 보렴."

"예."

나는 그저 건성으로 대답하고 자리에서 일어났다.

7

아버지는 확실히 자신의 병을 두려워하고 있었다. 그렇다고 의사가 찾아올 때마다 시끄러운 질문으로 상대방을 귀찮게 하는 그런 성격도 아니었다. 의사도 역시 주저하며 아무 말도 하지 않았다.

아버지는 죽은 후의 일에 대해 생각하고 있었다. 적어도 자신이 사라지고 난 후의 이 집을 상상하는 듯했다.

"아이에게 배움의 길을 열어 주는 것도 그저 좋다고만은 할 수 없군. 기껏 공부를 시켜 놓으면 아이들은 다신 집으로 돌아오지 않아. 이거야말로 부모와 자식을 떼어 내기 위해서 공부를 시키는 거나 다름없잖아."

공부를 한 탓에 형은 먼 지방에서 살고 있다. 나 역시 도쿄에서 살 결심을 확고히 하고 있다. 따라서 아버지의 이런 푸념이 불합리한 건 아니었다. 오랜 세월을 살아오면서 함께 낡아 버린 시골 집에 혼자 남겨질 어머니는 아버지에게 외로움 그 자체로 보였을 것이다. 아버지는 내 집은 절대로 움직일 수 없다고 굳게 믿고 있었다. 그 속에 살고 있는 어머니도 생명이 다하는 날까지 움직일 수 없다고 믿고 있었다. 자신이 죽은 뒤 아내 혼자 덩그러니 남겨질 일이 아버지로선 도저히 참을 수 없을 정도로 불안했던 것이다. 그러면서도 내게 도쿄에서 좋은 직장을 구하라는 아버지의 말은 모순이었다. 나는 그 모순을 이상하게 생각하면서도 그 덕분에 다시 도쿄로 나갈 수 있게 된 것에 기뻤다.

　나는 아버지와 어머니 앞에서 최선을 다해 직장을 구하고 있다는 듯이 행동하지 않으면 안 되었다. 나는 선생님에게 편지를 써서 집안 사정을 아주 자세히 이야기했다. 만약 내 힘으로 할 수 있는 일이 있다면, 무슨 일이든 할 테니 주선을 부탁한다는 말도 잊지 않았다. 나는 선생님이 나의 의뢰를 받아들이지 않을 거라고 생각하면서 편지를 썼다. 또 받아들인다 해도 인간관계의 폭이 좁은 선생님으로선 어찌해 볼 도리가 없을 거라고 생각했다. 하지만 나는 이 편지에 대한 답신은 꼭 올 거라고 믿었다.

　그리고 편지를 부치기 전에 어머니에게 말했다.

　"어머니가 말씀하신 대로 선생님에게 편지를 썼습니다. 잠시 읽어 보시겠어요?"

　어머니는 내가 생각한 대로 읽지는 않았다.

　"그래? 그럼 어서 부치거라. 그런 일은 옆에서 재촉하지 않아도 스스로 알아서 빨리 처리해야 하는 법이란다."

　어머니는 나를 어린아이로 생각했다. 나 역시도 아직 어린아이 같다는 생각이 들었다.

　"하지만 편지만으로는 뭔가 부족해요. 어차피 9월에 제가 도쿄로 나가지 않는 한⋯⋯."

　"그야 그럴지 모르지. 그렇지만 혹시라도 좋은 일자리가 나타날 수도 있으니 될 수 있으면 서둘러 부탁해 놓는 것이 낫지 않겠니?"

"예. 어쨌든 답장은 틀림없이 올 테니, 그때 다시 이야기하기로 하지요."

나는 이런 일에 한해서는 아주 꼼꼼한 선생님이라는 것을 믿고 있었다. 나는 선생님의 답장이 오기를 간절히 바랐다. 그렇지만 내 예상은 보기 좋게 빗나가고 말았다. 일주일이 지나도 선생님에 게서는 아무런 소식이 없었던 것이다.

"아마 어딘가에 피서라도 가 계실 겁니다."

나는 어머니에게 변명이라도 하는 듯한 말투로 말했다. 그리고 그 말은 어머니에 대한 변명일 뿐 아니라 나의 마음에 대한 변명 이기도 했다. 심지어 나는 어떤 사정을 가정해 가면서까지 선생님 의 태도를 변호하지 않으면 불안했다.

나는 가끔씩 아버지의 병조차 잊어버렸다. 그리고 좀더 빨리 도 쿄로 떠날까 하는 생각까지 했다. 가끔씩 아버지조차도 자기 병에 대해 잊어버릴 때가 있었다. 아버지는 미래를 걱정하면서도 그 어 떤 조치도 취하지 않고 있었던 것이다. 나는 결국 선생님이 충고 한 재산 분배에 대해 말할 기회조차 얻지 못한 채 시간을 보냈다.

8

드디어 9월 초가 되어 나는 도쿄로 떠나게 되었다. 그리고 아버지에게 당분간은 지금처럼 돈을 보내 줄 것을 부탁했다.

"여기서 이렇게 시간을 보내고 있어도 아버지가 말씀하시는 그런 일자리를 얻을 수 있는 건 아니니까요."

나는 아버지가 원하는 일자리를 얻기 위해 도쿄로 떠난다는 듯이 말했다. 나는 마음속으로는 그런 일자리가 도저히 내 머리 위로 떨어질 것 같지 않다고 생각했다. 그렇지만 세상 물정에 어두운 아버지는 아직도 확신하고 있었다.

"돈은 어떻게든 마련할 테니 걱정하지 말아라. 대신에 너무 길어지면 안 된다. 네게 걸맞은 좋은 직장을 잡으면 바로 독립하는 거야. 원래 학교를 졸업하면 그 다음부터는 남의 신세를 져서는 안 되는 법이거든. 요즘 젊은이들은 돈을 쓸 줄만 알았지, 벌 생각일랑 전혀 하지 않는 것 같단 말이야……."

아버지는 이 말 외에도 여러 가지 잔소리를 했다. 그중에는 '예전에는 자식이 부모를 먹여 살렸는데, 지금은 부모가 자식에게 먹힐 뿐이다'는 말도 있었다. 나는 그저 묵묵히 듣고만 있었다.

아버지의 잔소리가 어느 정도 끝났다 싶었을 때 나는 조용히 자리에서 일어섰다. 아버지는 내게 언제 떠날지 물었다. 나로서는 빠르면 빠를수록 좋았다.

"어머니께 적당한 날짜를 물어보렴."

"예, 그러지요."

나는 아버지 앞에서 얌전하게 굴었다. 될 수 있으면 아버지의 신경을 거스르지 않고 떠나려는 생각에서였다. 아버지가 다시 나를 붙잡았다.

"네가 도쿄로 떠나면 집안은 다시 썰렁해질 거다. 나와 어머니만 남게 될 테니. 내가 몸이라도 건강하면 좋을 텐데, 지금 상태로는 무슨 일이 일어날지 알 수가 없단다."

나는 정성껏 아버지를 위로해 드린 후 방으로 돌아왔다. 나는 책이 널브러져 있는 틈 사이를 비집고 앉아 몹시 불안해 하는 아버지의 모습을 몇 번이고 되뇌어 보았다. 그때 나는 매미 울음소리를 들었다. 자세히 들어 보니 그 울음소리는 얼마 전에 들었던 소리와는 달리 쓰르라미 소리였다. 나는 종종 가만히 앉아 흐드러지게 울어 대는 매미 울음소리를 들으면 불현듯 슬픈 감정이 들 때가 있었다. 나의 애수는 언제나 이 곤충의 격렬한 울음소리와 함께 마음 깊숙한 곳으로 스며드는 듯했다. 그럴 때면 항상 꼼짝도 않고 혼자서 내 자신을 되돌아보곤 했다.

나의 애수는 이번 여름, 고향으로 돌아온 이후 조금씩 정조情調를 바꾸어 왔다. 유자매미의 울음소리가 쓰르라미의 울음소리로 바뀌듯이 나를 둘러싼 운명이 커다란 윤회라는 법칙 속에서 슬슬 움직이고 있다고 생각했다. 나는 외로워 보이는 아버지를 생각하면서 아직까지 답장을 보내지 않고 있는 선생님을 떠올렸다. 선생님과 아버지는 전혀 반대되는 인상을 준다는 점에서 비교하거나 연상을 할 때면 함께 내 머릿속에 떠올랐다.

나는 아버지의 거의 모든 것을 알고 있었다. 만약 아버지 곁을 떠난다고 해도, 정분상의 미련만 남을 뿐이었다. 하지만 선생님에 대해서는 아직 잘 알지 못한다. 말하기로 약속했던 과거에 대해 아직까지 들을 기회를 얻지 못했다. 다시 말해 선생님은 내게 어두운 부분만을 보여 주었다. 나는 꼭 그 부분을 지나 밝은 곳으로 가지 않으면 성이 차지 않을 것 같았다. 선생님과의 관계를 끊는다는 사실은 나에게 커다란 고통이었다. 나는 어머니와 의논하여 도쿄로 떠날 날을 정했다.

9

내가 드디어 집을 떠나려 할 즈음에 — 기억이 틀림없다면, 출발 이틀 전의 저녁이었다고 생각된다 — 아버지가 갑작스레 쓰러지셨다. 나는 그때 책과 옷을 넣은 여행 가방을 정리하고 있었다. 아버지는 욕탕에 들어가 계시던 참이었다. 아버지의 등에 물을 끼얹으러 가셨던 어머니가 갑자기 큰소리로 나를 불렀다. 나는 벌거벗은 채로 어머니에게 기댄 채 안겨 있는 아버지를 보았다. 그런 아버지를 어렵사리 객실까지 업고 오자 아버지는 이제 괜찮다고 말했다. 혹시나 하는 마음에 머리맡에 앉아 젖은 수건으로 아버지의 머리를 식혀 주고 있던 나는 9시가 되어서야 겨우 구색을 갖춘 야식을 먹을 수 있었다.

다음 날이 되자 아버지는 생각보다 건강해 보였다. 말리는 것도 뿌리치고 화장실을 다녀오기도 했다.

"이젠 괜찮아."

아버지는 작년 연말에 쓰러졌을 때 했던 말을 똑같이 반복했다. 그때는 과연 말대로 괜찮았다. 나는 이번에도 그렇게 될지 모른다고 생각했다. 그러나 의사는 아직도 조심하는 것이 제일이라고 주의를 줄 뿐 확실한 말은 하지 않았다. 결국 도쿄로 떠나기로 한 날이 왔지만 불안한 마음에 쉽사리 떠날 수가 없었다.

"조금 더 상황을 지켜본 다음에 떠날까요?"

내가 어머니에게 물었다.

"그래 주겠니?"

어머니는 아버지가 정원으로 나가거나 뒷문으로 출입할 때는 아무렇지도 않은 듯이 있더니, 막상 이런 일이 생기자 필요 이상으로 걱정을 하고 또 안절부절 못했다.

"오늘, 도쿄로 떠나기로 했던 거 아니냐?"

아버지가 물었다.

"예, 그런데 조금 더 늦추었습니다."

"나 때문에?"

아버지가 다시 물었다. 나는 조금 주저했다. 그렇다고 하면 아버지의 병이 무겁다는 사실을 인정하는 꼴이 된다. 나는 아버지가 더 이상 신경 쓰게 하고 싶지는 않았다. 그러나 아버지는 이런 나의 마음을 꿰뚫어 보고 있는 듯했다. 아버지는 미안하다는 말을 하고 정원 쪽으로 가셨다.

나는 방으로 돌아와서 그곳에 놓여 있던 여행 가방을 쳐다보았다. 여행 가방은 언제 들고 일어서도 될 만큼 아주 단단하게 잘 꾸려져 있었다. 나는 멍하니 그 앞에 서서 다시 가방 끈을 풀까 하고 고민했다.

불안한 마음으로 다시 4일을 보냈다. 그러던 중에 아버지가 다시 졸도했다. 의사 선생님은 절대적으로 환자가 편히 누워 있어야 한다고 지시했다.

"무슨 일로 그러는 걸까?"

어머니가 아버지에게 들리지 않도록 낮은 목소리로 말했다. 어머니는 정말 불안하기 짝이 없는 표정을 지었다. 나는 형님과 여동생에게 전보를 칠 준비를 했다. 그렇지만 잠을 자고 있는 아버지의 얼굴에는 괴로운 흔적이라고는 전혀 보이지 않았다. 말을 하는 모습을 보면, 그저 감기에나 걸린 듯했다. 게다가 식욕도 보통 때보다 왕성해졌다. 옆에 있는 사람들이 아무리 주의를 주어도 들으려 하지 않았다.

"어차피 죽을 테니, 맛있는 거라도 잔뜩 먹고 죽어야지 않겠니?"

맛있는 거라고 하는 아버지의 말이 우습게, 또 비참하게 들렸다. 아버지는 언제든 맛있는 것을 먹을 수 있는 도시에서 살아 보지 못했기 때문이다. 저녁에는 떡을 구워오게 하여 아작아작 씹기도 했다.

"어째서 이렇게 식욕이 왕성해지는 거지? 역시 아직도 마음은 건강할 때와 별 차이가 없는지도 몰라."

어머니는 실망해야 할 부분을 기대감으로 채웠다. 그래서인지 아버지가 무언가에 목말라하는 것을 식욕과 연관시켜 해석한 것이다.

백부님이 병문안을 왔을 때 아버지는 결코 쉽사리 돌려보내려 하지 않았다. 외로우니까 좀더 있다가 돌아가라는 게 주된 이유였지만, 어머니와 내가 먹고 싶은 만큼의 음식을 주지 않는다고 불평하는 것도 그 목적 중 하나였던 것 같다.

10

아버지의 병은 똑같은 증상으로 일주일 이상 지속되었다. 나는 그 사이에 규슈에 있는 형에게 긴 편지를 보냈다. 여동생에게는 어머니더러 연락하도록 했다. 나는 마음속으로 아마 이것이 아버지의 건강에 관해 두 사람에게 보내는 마지막 연락일 거라는 생각이 들었다. 그리고 때가 됐다고 생각되면 전보를 칠 테니 즉시 오라는 내용도 함께 써 넣었다.

형은 아주 바쁜 직업에 종사하고 있었다. 그리고 여동생은 임신 중이었다. 그래서 아버지가 위험한 상태를 맞기 전에 한 번씩 불러들이기엔 무리가 따랐다. 그렇다고 해서 모처럼 틈을 내어 왔는데 상황이 잘 맞아떨어지지 않는다면, 그것도 우스웠다. 나는 전보를 치는 시기에 대해 남모를 책임감을 느꼈다.

"뭐라 말씀을 드려야 할지 모르겠군요. 하지만 위험한 시기가 언제 올지 모른다는 사실만큼은 알아 두십시오."

정류장이 있는 마을에서 모셔온 의사는 이렇게 말했다. 나는 어머니와 의논한 뒤 의사의 주선으로 마을 병원에서 간호사를 한 사람 부탁하기로 했다. 아버지는 머리맡에 와서 인사하는 하얀 간호복을 입은 여자를 보고 이상한 표정을 지었다.

아버지는 예전부터 불치병에 걸려 있다는 사실을 자각하고 있었다. 그렇지만 바로 눈앞으로 다가온 죽음 자체는 아직 눈치 채지 못하고 있었다.

"이번에 나으면 도쿄에 한번 놀러 가 볼까? 사람이란 언제 죽을지 모르니 살아 있을 때 하고 싶은 일은 다 해 봐야지."

어머니는 어쩔 수 없다는 듯이 아버지의 기분을 맞춰 주었다.

"그때는 나도 함께 데리고 가세요."

어떤 때는 무척 쓸쓸해 보였다.

"내가 죽는다면, 부디 네 어머니를 잘 보살펴 드려라."

나는 이 '내가 죽으면'이라는 말에 특별한 기억을 가지고 있었

다. 도쿄를 떠날 때 선생님이 사모님에게 몇 번씩이나 이 말을 되풀이 한 것은 내가 졸업하던 날 밤의 일이었다. 나는 웃음 띤 선생님의 얼굴과 불길하다며 귀를 막았던 사모님의 모습을 떠올렸다. 그때의 '내가 죽으면'은 그저 단순한 가정이었다. 그러나 지금 내가 듣고 있는 말은 언제 일어날지 모르는 실제 상황이었다. 나는 어떻게 해서든 아버지의 기분을 전환시켜 드리지 않으면 안되었다.

"그런 약한 말씀을 하시면 안 됩니다. 곧 나으시면 어머니와 함께 도쿄로 나들이를 가기로 하셨잖아요. 이번에 오시면 아마 굉장히 놀라실 겁니다. 많이 변했거든요. 전차 노선만 해도 많이 늘었습니다. 전차가 다니게 되면 자연히 주위의 풍경이나 모습도 변하게 되고, 그러면 시와 구의 개정도 뒤따르지요. 도쿄가 가만히 있는 것은 아마 하루 종일을 통틀어 단 일분도 없다고 해도 과언이 아닐 겁니다."

나는 하는 수 없이 말하지 않아도 될 말까지 떠들어 댔다. 아버지는 다시 만족스럽게 내 말을 듣고 있었다.

병자가 있는 탓에 자연히 집 안팎의 출입도 빈번해졌다. 근처에 있는 친척들은 이틀에 한 사람 꼴로 번갈아 가며 병문안을 왔다. 그중에는 비교적 먼 거리에 살고 있어서 평소 소원한 관계였던 사람도 있었다.

"이 정도라면 괜찮겠어. 말도 자유자재로 하지, 무엇보다도 얼굴이 전혀 마르지 않았는걸."

이런 말을 하면서 돌아가는 사람도 있었다. 내가 이곳으로 돌아왔을 때만 해도 한적하기 그지없던 집이 조금씩 시끄러워져 갔다.

그런 와중에 아무런 차도도 보이지 않던 아버지의 병이 자꾸 나빠졌다. 나는 어머니와 백부와 의논한 후 드디어 형과 여동생에게 전보를 쳤다. 형에게선 곧 오겠다는 연락이 왔다. 여동생은 유산한 경험이 있어서 이번에야말로 습관성 유산이 되지 않도록 아주 조심하고 있다며 어렵사리 말을 꺼낸 매제가 동생을 대신하여 오게 될 거라고 했다.

11

이렇게 불안한 속에서도 나는 아직 조용하게 앉아 있을 여유를 가지고 있었다. 가끔은 책을 펼치고 열 페이지 이상 계속해서 읽을 시간도 있었다. 단단히 꾸렸던 내 여행 가방은 어느새 풀려 있었다. 나는 필요에 따라 그 속에서 여러 가지 물건을 다시 꺼냈다. 도쿄를 떠날 때 마음속으로 다짐했던 올 여름의 일과를 되돌아보았다. 계획했던 일과의 삼분의 일도 해내지 못했다. 나는 지금까지 이런 유쾌하지 못한 기억을 몇 번씩이나 반복해 왔다. 그러나 올 여름처럼 생각했던 일들을 실행에 옮기지 못했던 적은 없었다. 이런 게 인지상정이려니 하면서도 씁쓸한 마음을 지울 수가 없었다. 나는 불쾌함 속에서도 아버지의 병에 대해 생각했다. 아버지가 돌아가신 후의 일을 상상했다. 그리고 다시 선생님을 떠올렸다. 나는 불쾌한 마음의 양쪽 끝에 자리한 지위, 교육, 성격이 전혀 다른 두 사람의 그림자를 바라보았다.

아버지 곁을 떠나 혼자 어지럽게 널린 책 속에서 팔짱을 끼고 앉아 있는 내게 어머니가 얼굴을 내밀었다.

"낮잠이라도 좀 자 두렴. 너도 무척 지쳤을 테니."

어머니는 내 마음을 전혀 헤아리지 못했다. 나 역시 어머니에게 눈치 채일 만큼 어리지도 않았다. 나는 간단한 인사말을 건넸다. 어머니는 아직도 방 입구에 서 계셨다.

"아버지는요?"

"지금 쿨쿨 아주 잘 주무신다."

어머니가 말했다. 그런데 어머니가 갑자기 방 안으로 들어오시더니 내 옆에 앉았다. 그리고 이렇게 물었다.

"선생님에게선 아직 아무런 소식도 없니?"

어머니는 그때의 내 말을 믿고 있었던 것이다. 나 역시 답장이 올 거라고 장담했었다. 하지만 결코 아버지나 어머니가 희망하는 그런 대답이 올 거라고는 기대하지 않았다. 결국 내가 큰맘 먹고 어머니를 속인 거나 다름없는 결과가 되고 말았다.

"한 번 더 편지를 써 보면 어떻겠니?"

아무런 도움이 되지 않을 편지를 몇 통씩이나 쓰는 것이 어머니를 안심시킬 수 있다면 번거롭더라도 이를 마다할 내가 아니었다. 그렇지만 그런 용건으로 선생님을 독촉하는 듯해서 내 마음이 편치가 않았다. 나는 아버지에게 야단을 맞거나 어머니를 화나게 만드는 일보다도 선생님에게 멸시당하는 일이 훨씬 더 두려웠다. 얼마 전의 의뢰에 대해 아직까지 답장이 없는 것은 혹시 그럴 만한 이유가 있는 건 아닐까 하는 엉뚱한 추측을 해 보기도 했다.

"편지를 쓰는 것은 어렵지 않지만, 이런 일은 우편으로는 도저히 결말이 나지 않습니다. 아무래도 제가 도쿄로 가서 직접 부탁을 드리는 편이 좋지 않을까 합니다."

"하지만 아버지가 저러시니 네가 언제 도쿄로 갈 수 있을지 알 수 없잖니?"

"그래서 지금은 가지 않을 겁니다. 나을지 어떨지 모르니 그동안은 이곳에 있을 생각입니다."

"그야 그렇겠지. 지금 당장 어찌 될지 모르는 중환자를 내버려 두고 떠날 사람이 어디 있겠나?"

나는 처음엔 아무것도 모르는 어머니를 가엾게 생각했다. 하지만 어머니가 왜 이런 문제를 이렇게 어수선한 때 들고 나왔는지 이해할 수 없었다. 내가 아버지의 병을 떠안고서도 조용히 앉아서 책을 읽거나 하는 여유가 있는 것과 마찬가지로 어머니도 눈앞의 환자를 깜박 잊고서 다른 일을 생각할 정도로 마음에 여유가 있구나 하는 생각이 들었다. 그때 어머니가 말했다.

"사실은…… 사실은 말이다. 아버지가 살아 계실 동안에 네 일자리가 정해지면 무척이나 기뻐하시지 않을까 하는 생각이 들더구나. 저런 상태로는 도저히 그런 네 모습을 보기가 힘들 것 같다는 생각이 드는데……. 아직 또박또박 말을 하고, 정신도 말짱할 때 아버지를 기쁘게 해 드리는 것도 효도라는 생각이 드는구나."

가엾은 나는 효도조차 해 드릴 수 없는 처지에 놓여 있었다. 그렇지만 나는 단 한 통의 편지도 더 이상 보내지 않았다.

12

　형이 왔을 때 아버지는 누워서 신문을 읽고 계셨다. 아버지는 평생 동안 다른 것은 빼먹더라도 신문만은 반드시 읽는 습관을 가지고 있었는데, 드러눕게 된 후로는 지루함을 이겨내려고 더더욱 신문을 읽길 원했다. 어머니도 나도 될 수 있으면 아버지가 원하는 대로 하도록 내버려두었다.

　"상태가 아주 나쁘리라 생각하고 달려왔는데 상당히 좋아 보이시는데요."

　형은 아버지와 담소를 나누었다. 형의 그 활기찬 분위기가 나는 오히려 부자연스럽게 보였다. 그렇지만 아버지 앞에서 물러나와 나와 마주 보고 앉았을 때는 사뭇 가라앉아 있었다.

　"신문 같은 거 읽게 하면 안 되지 않니?"

　"그렇게 생각은 하고 있지만, 도저히 받아들이시지 않으니 난들 어쩌겠어요?"

　형은 내 변명을 그저 듣고만 있었다. 그러고는 "잘 알아듣기는 하시는지……" 하고 말했다. 형은 아버지의 이해력이 병으로 인해 둔해졌다고 생각한 듯했다.

　"아직은 괜찮으신 것 같아요. 제가 좀전에 20분 정도 머리맡에 앉아서 여러 가지 이야기를 했는데, 이상한 흔적은 조금도 찾아볼 수 없었어요. 어쩌면 저 상태로 오래 가실지도 모르겠어요."

형의 뒤를 이어 곧바로 도착한 매제의 의견은 우리들보다도 훨씬 더 낙관적이었다. 아버지는 여동생에 관해 이것저것 물었다.

"조심해야 할 텐데 함부로 기차 같은 것을 타면 안 되지. 무리해서 병문안을 온다고 하면 오히려 더 부담스럽다. 아니, 이제 곧 나으면 아기 얼굴을 보러 우리가 갈 테니 그렇게 걱정하지 않아도 돼."

노기乃木장군1848-1912 일본의 육군대장으로 러일전쟁 시에 제3군사령관을 지냈다. 그리고 죽은 메이지천황의 뒤를 따라 자살했으며 그의 부인도 그를 따라 죽었다이 죽었을 때도 아버지가 제일 먼저 신문을 통해 그 사실을 알았다.

"큰일이다. 큰일이야."

아무것도 모르고 있었던 우리들은 아버지의 고함 소리를 듣고 놀랐다.

"정말 그때는 이제 드디어 머리가 어떻게 되신 게 아닌가 하고, 놀란 마음에 가슴을 쓸어내렸다."

형이 내게 말했다.

"실은 저도 놀랐어요."

매제 역시 동감이라는 말투였다. 당시 신문은 시골 사람들이 매일 기다리고 있는 그런 기사들로 가득했다. 나는 아버지 머리맡에 앉아 아주 차분히 그 기사를 읽었다. 그리고 읽을 시간이 없을 때는 살며시 내 방으로 가지고 와서 남김없이 읽었다. 나는 오랜 세월 군복을 입었던 노기장군과 마치 궁녀 같은 복장을 하고 있었던 그의 부인의 모습을 잊을 수가 없었다.

비통한 바람이 시골 구석까지 불어와 한창 잠들어 있던 나무와 풀들을 뒤흔들어 깨우고 있을 무렵 나는 선생님으로부터 뜻밖의 전보를 한 통 받았다. 양복을 입은 사람을 보면 개가 짖어 대는 그런 곳에서 전보는 큰 사건이었다. 그것을 받아든 어머니는 많이 놀랐는지 일부러 나를 인적이 없는 곳으로 불렀다.

"무슨 내용이니?"

어머니는 내가 봉투를 열길 지켜보고 계셨다.

전보에는 잠깐 만나고 싶으니 올 수 있겠는가 하는 간단한 내용이 적혀 있었다. 나는 고개를 갸우뚱했다.

"틀림없이 부탁했던 일자리에 관한 것일 게다."

어머니가 말했다. 나도 그럴지 모른다는 생각을 했다. 그러나 그렇다고 하기에는 조금 이상한 부분이 있었다. 어쨌든 형과 매제까지 부른 내가 아버지를 내버려 두고 도쿄로 갈 수는 없는 노릇이었다. 나는 어머니와 의논한 뒤 지금은 갈 수 없다는 답신을 보내기로 했다. 될 수 있는 한 아주 간략한 말로 아버지의 병환이 위독한 상태에 이르렀다는 사실을 덧붙였지만, 그것만으로는 부족한 듯해서 더 자세한 내용을 편지에 담아서 그날 중에 우편으로 보냈다. 부탁했던 일자리만을 굳게 믿고 있었던 어머니는 "정말 좋지 않은 때 연락이 왔구나. 어쩔 수 없는 일이지……"라고 말하며 유감스러운 표정을 감추지 못했다.

13

내 편지는 상당히 긴 내용이었다. 어머니도 나도 이번에야말로 정말 선생님이 무슨 말이라도 해 주지 않겠는가 라는 생각을 했다. 그런데 편지를 보내고 이틀 후에 다시 전보가 왔다. 거기에는 오지 않아도 괜찮다는 그런 말밖에 없었다. 나는 그것을 어머니에게 보여 드렸다.

어머니는 오로지 선생님이 나를 위해서 일자리를 주선해 주려는 거라고 굳게 믿는 듯했다. 나 역시 그럴지도 모른다고 생각했지만, 평소의 선생님을 생각해 보면 아무래도 의심이 갔다. 선생님이 일자리를 찾아 준다는 것은 아무리 생각해도 있을 수 없는 일이었다.

"어쨌든 내 편지는 아직 그곳에 도착했을 리 없으니 이 전보는 그전에 보낸 것임이 틀림없어요."

나는 어머니에게 딱 잘라 말했다. 어머니도 잠시 생각하더니 "그렇겠구나"라고 대답했다. 내 편지를 읽기도 전에 선생님이 이 전보를 쳤다는 사실이 어머니가 선생님을 이해하는 데 아무런 도움도 되지 않는다는 사실을 나는 잘 알고 있었다.

그날은 마침 주치의가 마을에서 원장을 모시고 오기로 되어 있었기 때문에 어머니와 나는 그 시간 이후로 더 이상 이야기할 기회가 없었다. 두 의사는 함께 아버지에게 관장灌腸을 해 준 뒤 돌아갔다.

　아버지는 누워서 안정을 취해야 한다는 말을 들은 뒤로 대변까지 누운 채로 처리했다. 결벽주의자인 아버지는 처음에는 이를 무척이나 거부했지만, 몸이 말을 듣지 않아 하는 수 없이 누운 상태에서 볼일을 보게 되었다. 그러던 것이 병환 탓으로 점점 둔해진 것인지 이젠 아무렇지도 않게 여기게 되었다. 가끔씩 덮는 이불과 밑에 깐 이불을 더럽혀 옆에서 간호하는 사람이 눈살을 찌푸릴 때도 있었는데, 도리어 본인은 아무렇지도 않은 듯했다. 오줌의 양은 병의 성격상 아주 많이 줄었다. 식욕도 점점 줄어 갔다. 가끔씩 무언가를 먹고 싶어 해도 그저 입에서 원할 뿐이지 실제로 식도를 타고 내려가는 양은 극히 적었다. 좋아하던 신문을 손에 쥘 힘조차 잃고 말았다. 돋보기는 언제까지고 검은 돋보기 집에 넣어진 채로 머리맡에 놓여 있을 뿐이었다. 어렸을 적부터 사이가 좋았던 사쿠作라는, 지금은 집에서 1리 정도 떨어진 곳에 살고 있는 사람이 문병을 왔을 때 아버지는 "어이, 사쿠" 하고 부르며 퀭한 눈을 들었다.

　"사쿠, 잘 와 주었네. 자넨 몸이 건강해서 참 부럽군. 난 이제 틀렸어."

　"무슨 그런 말을……. 자넨 아이가 둘씩이나 대학을 졸업했잖은가? 병에 좀 걸렸을 뿐이지 부족한 데가 어디 있는가 말이야. 나를 보라구. 어머니와 형님은 돌아가셨지, 아이는 없지. 마지못해 살고 있을 뿐이라네. 건강하다고 해 봤자 아무런 재미가 없잖은가."

관장을 한 것은 사쿠 씨가 오고 2~3일이 지나서였다. 아버지는
의사 선생님 덕분에 몸이 아주 가벼워졌다며 무척 기뻐했다. 그리
고 살 수 있다는 자신감이 좀 생겼는지 기력을 회복했다. 곁에 있
던 어머니는 그 모습에 기분이 좋아졌는지 아니면 실제로 아버지
가 원기를 찾아서인지, 선생님이 아버지의 희망대로 내 일자리를
도쿄에 마련해 놓은 것처럼 이야기했다. 옆에서 듣고 있던 나는
입이 근질거렸지만, 그렇다고 어머니의 말을 가로막을 수도 없었
다. 그래서 그저 아무 말 없이 듣고만 있었다. 아버지는 그 말을
듣고 기쁜 표정을 지었다.

"그래? 그거 아주 잘 됐군."

매제도 아버지를 거들었다.

"어떤 일인지는 아직 모르니?"

형이 물었다. 일이 그렇게 되자 사실대로 말할 용기가 나지 않
았다. 나는 나 자신도 모를 그런 애매한 대답을 하고는 자리에서
일어났다.

14

아버지의 병은 최후의 일격을 기다리는 상태까지 와서 잠시 주

저하고 있는 듯이 보였다. 우리들은 운명의 선고가 오늘 내려질까, 내일 내려질까 하는 조마조마한 마음으로 매일 밤을 아버지 곁에서 서성댔다.

아버지는 옆에 있는 사람들이 보기에 안쓰러울 정도의 고통스런 모습은 보이지 않았다. 그 점에 있어서는 간호가 무척 편했다. 만약의 경우를 대비하여 밤에는 한 사람씩 번갈아 가며 아버지를 지키고, 나머지 사람들은 각자 잠자리에 들기로 했다. 언젠가 잠이 오지 않아 뒤척이다가 아버지의 신음 소리를 들었다고 착각한 나는 한밤중에 일어나 아버지에게 달려간 적이 있었다. 그날 밤은 어머니가 간호하는 날이었다. 어머니는 아버지 옆에서 책상다리를 하고 앉은 채로 잠들어 있었다. 아버지도 아주 깊은 잠에 빠진 사람처럼 조용했다. 나는 조심스레 뒷걸음질쳐서 다시 내 방으로 돌아왔다.

나는 형과 함께 모기장 안에서 잠을 자고 있었다. 매제만이 손님 대접을 받아 혼자 객실에 들어가서 잠을 잤다.

"세키關도 가엾군. 며칠씩이나 이곳에 묶여 돌아가지도 못하고."

세키는 매제의 성이었다.

"그렇게 바쁜 몸이 아니라서 머물러 있는 것이겠지요. 매제보다는 형님이 더 힘드시겠습니다. 이렇게 길어져서."

"길어도 하는 수 없지. 여느 일과는 엄연히 다르니까."

나는 형과 나란히 누워서 이런 이야기를 주고받았다. 형의 머리에도 내 가슴에도 아버지는 이제 다시 건강을 회복하시지 못할 거라는 생각이 있었다. 어차피 회복하시지 못할 바에는 하는 생각 도 들었다. 우리들은 아들이라는 입장에서 부모의 죽음을 기다리고 있는 거나 마찬가지였다. 그러나 그 사실을 말로 표현하자니 어쩐지 거부감이 느껴졌다. 그러면서도 우리는 서로가 무슨 생각을 하고 있는지 잘 이해하고 있었다.

"아버지는 다시 일어나시려는 생각으로 있으신 거지?"

형이 나에게 물었다. 사실 그렇지 않다고도 말할 수 없었다. 근처의 이웃들이 문안을 오면, 아버지는 반드시 그들을 만나려고 했다. 그리고 내 졸업 파티를 하지 못한 것을 유감스러워했다. 그리고 병이 나으면 반드시 열겠다는 말도 가끔씩 덧붙였다.

"네 졸업 파티는 그만두기를 잘했다. 난 마음이 약했었거든."

형이 내 기억을 건드렸다. 나는 술로 뒤범벅이 되었던 당시의 모습이 떠올라 쓴웃음을 지었다. 마시고 먹을 것을 권하며 이리저리 비틀대던 아버지의 모습도 쓸쓸하게 눈에 어른거렸다.

우리들은 그다지 사이좋은 형제는 아니었다. 어렸을 때는 자주 싸웠고, 나이가 어렸던 내가 항상 울고 나서야 끝이 났다. 대학에 들어간 후의 전공도 성격 차이를 그대로 드러냈다. 대학에 다닐 때 나는, 특히 선생님을 알게 된 후의 나는 먼 곳에서 형을 바라보며 항상 동물적이라고 생각했다. 오랜 시간 형과 만나지 못했기 때문에, 그리고 아주 멀리 떨어진 곳에서 살았기 때문에, 시간적으로나 공간적으로나 형은 항상 나에게 가까운 존재가 아니었다.

그렇지만 이렇게 오랜만에 만나고 보니, 부드러운 형제애가 어디선가 자연스럽게 흘러나왔다. 상황이 상황인 만큼 그것도 크게 작용했을 것이다. 두 사람에게 공통분모인 아버지. 그 아버지가 돌아가시려는 차에 형과 나는 악수를 한 것이다.

"너는 앞으로 어쩔 셈이냐?"

형이 물었다. 그런데 나는 의외로 엉뚱한 질문을 했다.

"집의 재산은 도대체 어떻게 되는 거지요?"

"나는 모르겠다. 아버지께서 아직 아무 말도 없으시니까. 하지만 재산이라고 한들 대수롭지 않을 정도 아니겠니?"

어머니는 어머니 나름대로 선생님의 답장이 오지 않는 것을 몹시 걱정했다.

"아직 소식은 없니?"

어머니는 나에게 독촉하듯이 물었다.

15

"선생님, 선생님 하는데 도대체 누구를 말하는 거지?"

형이 물었다.

"요전에 내가 말했잖아요."

나는 남의 말을 귀담아 듣지 않는 형에게 순간적으로 불쾌감을 느꼈다.

"듣기는 들었는데……."

형은 필경 들었어도 모른다고 했을 것이다. 나는 형에게 억지로 선생님을 이해시킬 필요성을 느끼지 못했다. 그렇지만 화가 났다. 또 형다운 버릇이 나오는 거라고 생각했다. 형은 '선생님, 선생님' 하며 내가 존경하는 이상 그 사람이 반드시 저명인사가 아니면 안 된다고 생각했다. 적어도 대학 교수 정도는 돼야 한다는 것이었다. 이름도 없는 사람, 아무것도 하지 않는 사람, 그런 사람에게서 도대체 어떻게 가치를 찾는단 말인가. 형의 생각은 이런 점에서는 아버지와 똑같았다. 그렇지만 아버지가 아무것도 할 수 없으니까 놀고 있는 거라는 속단을 내리는 것과는 달리 형은 무언가 할 수 있는 능력이 있는데도 태평하게 놀고 있는 것은 정말 보잘것없는 인간에 지나지 않는다는 식이었다.

"에고이스트는 그래서 안 돼. 아무 짓도 하지 않고 그저 먹고 살려고만 하는 것은 정말 뻔뻔스럽기 그지없어. 사람은 자신의 재능을 최대한 사용하지 않으면 안 돼."

나는 형에게 자신이 사용하고 있는 에고이스트라는 단어의 의미나 제대로 이해하고 있는지 되묻고 싶었다.

"그래도 그 사람 덕에 일자리를 얻을 수 있다면 다행이구나. 아버지도 기뻐하시는 것 같던데."

선생님에게서 확실한 편지가 오지 않는 이상 나는 그렇게 믿을 수 없었고, 또 그렇게 말할 용기도 없었다. 사실 어머니가 성급한 마음에 말해 버린 사실을 갑자기 부정할 수도 없게 되었다. 나는 어머니가 재촉하지 않아도 선생님의 편지를 기다렸다. 그리고 그 편지 속에 모두가 바라고 있는 내 일자리에 관한 이야기가 적혀 있으면 하고 바랐다. 나는 죽음의 기로에 서 있는 아버지의 체면과 일하지 않으면 사람이 아니라는 듯이 말하는 형의 체면, 그 외에 매제라든가 백부나 백모님의 체면 따위를 지금으로서는 도저히 신경 쓰지 않을 수 없었다.

아버지가 이상한 노란 물 같은 것을 토했을 때, 나는 예전에 선생님과 사모님으로부터 들었던 위험한 상황이 떠올랐다.

"저렇게 오랫동안 누워 있기만 하니 위가 나빠질 만도 하지."

나는 아무것도 알지 못하는 어머니 앞에서 눈물을 머금었다.

거실에 있을 때 형은 내게 "들었니?" 하고 물었다. 그것은 의사 선생님이 돌아가시면서 형에게 한 이야기를 들었느냐는 말이었다. 나는 설명을 듣지 않아도 그 의미를 잘 알고 있었다.

"너, 이곳으로 돌아와서 집을 보살필 생각은 없니?"

형이 나를 돌아보았다. 나는 아무런 대답도 하지 않았다.

"어머니 혼자 이곳에 남게 되면 아무것도 할 수 없지 않겠니?"

형이 다시 말했다. 형은 내가 이 땅의 흙냄새를 맡으면서 그렇게 늙어간다고 해도 결코 후회하지 않을 거라고 생각하고 있었다.

"책을 읽는 건 시골에서도 충분히 가능할 테고, 게다가 일할 필요도 없으니 좋지 않겠니?"

"형님이 돌아오는 것이 순서가 아닐까 싶은데⋯⋯."

내가 말했다.

"그게 가능할 것 같니?"

형은 한마디로 거절했다. 형의 마음속엔 열심히 일해 보겠다는 의욕이 가득했다.

"네가 싫다면, 숙부님에게라도 보살펴 달라고 부탁을 드려야겠지. 그렇지만 결국은 누군가가 어머니를 돌봐 드리지 않으면 안될 게다."

"내 생각에는 어머니가 이곳을 떠날지, 안 떠날지가 가장 큰 의문인데……."

우리는 아버지가 돌아가시기도 전에 이런 식의 대화를 나누었다.

16

아버지는 가끔씩 헛소리를 하기 시작했다.

"노기대장에게 죄송하군. 정말 면목 없어. 아니야. 나도 이제 곧……."

어머니는 무척 불안해 하셨다. 그리고 될 수 있으면 모두를 아버지 곁에 두고 싶어 하셨다. 정신이 돌아오면 몹시 외로워 하는 아버지 역시 그렇게 해 주기를 바라는 듯했다. 특히 방 안을 둘러보고 어머니의 모습이 보이지 않으면, 아버지는 "히카루는?" 하며 어머니를 찾았다. 부르지 않아도 눈빛이 이를 말해 주었다. 그러면 나는 벌떡 일어나서 어머니를 찾으러 나갔다.

"무슨 일이세요?" 하며 어머니가 하던 일을 내팽개쳐 둔 채 병실로 들어오면 아버지는 어머니의 얼굴을 그저 바라보기만 할 뿐아무 말도 하지 않았다. 그런가 하면 전혀 의외의 말을 할 때도 있었다. 갑자기 "히카루, 당신에겐 정말 신세를 많이 졌어"라며 상냥하게 말을 할 때도 있었다. 어머니는 그런 말을 들으면 건강했을 때의 아버지를 떠올리며 꼭 눈물을 글썽거렸다.

"살다 보니 저런 말도 듣게 되는구나. 저래 봬도 한때는 엄청났단다."

어머니는 아버지에게 빗자루로 등을 맞던 기억을 되살리며 말했다. 지금까지 여러 번 그 이야기를 들었던 형과 나는 들을 때마다 새로운 기분으로, 마치 아버지의 유물이라도 되는 듯이 받아들었다.

아버지는 자신의 눈앞에 희미하게 보이는 죽음의 그림자를 바라보면서도 아직 유언다운 말은 한마디도 하지 않으셨다.

"지금이라도 무언가 들어 둘 필요가 있지 않을까?"

형이 내 얼굴을 보면서 말했다.

"그렇지요?"

내가 답했다. 하지만 나는 그런 말을 꺼내는 것은 병자에게 좋지 않을 것 같다는 생각이 들었다. 우리는 망설인 끝에 결국 숙부님과 의논을 했다. 숙부님도 고개를 끄덕였다.

"하고 싶은 말이 있는데 하지 못하고 죽는 것도 유감이지만, 그렇다고 이쪽에서 재촉하는 일도 좋은 것만은 아니니……."

이야기는 결국 흐지부지 되고 말았다. 그러는 사이에 혼수상태가 왔다. 아직 아무것도 알지 못하는 어머니는 그것을 단순히 잠자는 걸로 받아들이고 오히려 기뻐했다.

"아아, 저렇게 편하게 주무시고만 있어도 옆에서 간호하는 사람이 얼마나 편하겠니."

아버지는 가끔 눈을 뜨고는 '누구는 어디 있지' 하는 식으로 갑작스럽게 묻곤 했다. 그 누구는 반드시 조금 전까지 옆에 앉아 자신을 돌보던 사람이었다. 아버지의 의식에 어두운 부분과 밝은 부분이 생기면서 그 밝은 부분이 어둠을 꿰매는 하얀 실과 같이 일정한 거리를 두고 연속적으로 이어지고 있는 듯이 보였다. 어머니가 혼수상태를 그저 자는 것으로 착각하는 것도 무리는 아니었다.

그러는 사이에 혀가 꼬부라지기 시작했다. 무슨 말을 해도 흐지부지하게 끝을 맺었기 때문에 무엇을 말하려고 하는지 알아듣지 못하는 경우도 많았다. 그런데도 말을 시작할 때는 위독한 병자로는 도저히 보기 어려울 정도로 강하고 뚜렷한 소리를 내었다. 그럴 때면 우리들은 여느 때와는 달리 잔뜩 긴장을 하고 입 근처까지 귀를 갖다 대지 않으면 안 되었다.

"머리를 차갑게 하면 기분이 좋아지세요?"

"응."

나는 아버지의 물베개를 갈고 새로 얼음을 넣은 얼음 주머니를 머리 위에 놓았다. 투박하게 으스러져 날카롭기만 한 얼음 덩어리의 파편들이 주머니 속에서 녹아내리는 사이 나는 아버지의 벗겨진 이마 한구석을 부드럽게 눌렀다. 그때 형이 들어와 한 통의 편지를 아무 말 없이 건네주었다. 놀고 있는 왼손을 내밀어 그 편지를 받아든 나는 순간 불길한 느낌이 들었다.

그것은 보통의 편지와 비교할 수 없을 정도로 무척 무거웠다. 일반 편지봉투도 아니었다. 게다가 일반 편지봉투에 넣을 수 있는 분량도 아니었다. 반지半紙로 싸서 이음매를 풀로 조심스럽게 붙여서 보낸 것이었다. 나는 그것을 받아든 순간, 이내 그것이 등기 우편이라는 사실을 알 수 있었다. 뒤집어 보니 뒷면에는 선생님의 이름이 아주 조심스런 서체로 씌어져 있었다. 상황이 상황인지라 아버지 간호로 틈을 낼 수 없었던 나는 편지를 뜯어 보지 못한 채 품속에 집어넣었다.

17

그날은 아버지의 병세가 특히 나빠 보였다. 내가 화장실을 가기 위해 자리에서 일어났을 때 복도에서 마주친 형은 나에게 어딜 가느냐고 마치 경계병이 수하誰何를 묻듯이 물었다.

"아무래도 상태가 심상치 않으니 잠시라도 곁을 비우면 안 될 거야."

나도 그렇게 생각했다. 품속에 있는 편지는 꺼내지도 못한 채 다시 병실로 돌아섰다. 아버지는 눈을 뜨고는 어머니에게 그곳에 나란히 앉아 있는 사람들의 이름을 물었다. 어머니가 이쪽은 누구, 그리고 이쪽은 누구 하는 식으로 한 사람 한 사람 설명해 주자 아버지는 그때마다 고개를 끄덕였다. 끄덕이지 않을 때는 어머니가 목소리에 더 힘을 주어 "누구누구예요, 알아보시겠어요?" 하며 확인을 했다.

"고맙다. 여러 가지로 폐를 끼치고 있구나."

아버지는 이렇게 말하고 다시 혼수상태로 빠져 들었다. 머리맡에 둥그러니 둘러앉아 있던 사람들은 말 없이 아버지의 모습을 지켜보고 있었다. 그리고 그중 한 사람이 일어나서 옆방으로 건너갔다. 그러자 다시 한 사람이 일어섰다. 나도 세 번째로 일어나 내 방으로 돌아왔다. 좀전에 품에 넣었던 편지를 꺼내 보고 싶었기 때문이었다. 그것은 아버지의 머리맡에서도 읽을 수 있었지만,

안에 씌어진 분량이 너무 많았기 때문에 단숨에 전부 읽을 수는 없었다. 그래서 시간을 틈타 읽으려는 것이었다.

나는 섬유질의 질긴 봉투를 거칠게 찢었다. 안에서 나온 것은 상하좌우로 그은 줄 속에 가지런히 적어 내려간 원고지 같은 편지였다. 그리고 봉투 안에 넣기 쉽게 사등분으로 접혀 있었다. 나는 접힌 자국으로 인해 휘어진 편지지를 읽기 쉽도록 반대로 다시 접었다가 폈다.

내 마음은 이 많은 분량의 종이와 그 속에 배어 있는 잉크가 나에게 무슨 이야기를 해 줄까 하는 생각으로 두근거리기 시작했다. 그리고 그와 동시에 병실에 누워 있는 아버지의 일도 걱정되었다. 나는 이 편지를 다 읽기도 전에 아버지는 틀림없이 어떻게 될 것이고, 적어도 읽고 있는 사이에 형이나 어머니로부터, 그렇지 않으면 숙부로부터 부름을 받을 거라는 예감이 들었다. 마음을 가라앉혔지만, 선생님의 편지를 읽을 기분이 나지 않았다. 나는 안절부절못한 채 제일 첫 페이지만을 읽었다. 거기에는 다음과 같은 글이 적혀 있었다.

자네가 내 과거에 대해 물었을 때 대답할 용기가 없었던 나는 지금 자네 앞에서 그 사실을 명백하게 이야기할 수 있는 자유를 얻었다고 믿고 있네. 그러나 그 자유란 자네가 올라오기를 기다리고 있는 사이에 다시 사라지고 말, 세상의 보편적인 그런 자유일 뿐이라네. 그래서 그것을 이용할 수 있을 때 이용하지 않으면 내 과거를 알려줄 기회를 영원히 잃고 말 거란 생각이 들었지. 그렇게 되면 내가 그때 그렇게 굳게 약속했던 말이 거짓말이 되어 버리기에 하는 수 없이 말로 해야 할 나의 과거를 펜을 들어 자네에게 알리기로 했네.

나는 비로소 이 긴 편지가 무엇 때문에 쓰이게 되었는지, 그 이유를 명확히 알 수 있었다. 선생님에게는 처음부터 내 일자리 때문에 편지를 보낼 정도의 마음씀씀이가 없음을 나는 확신하고 있었다. 그렇지만 펜을 드는 것을 싫어하는 선생님이 어떻게 마음이 변한 것일까? 왜 선생님은 내가 돌아갈 때까지 기다릴 수 없었던 것일까?

'자유로워지면 이야기한다. 하지만 그 자유란 다시 영원히 사라지고 마는 것이다.'

나는 마음속으로 이렇게 되뇌이면서 그 의미를 알기 위해 노력했다. 갑자기 나는 불안해지기 시작했다. 더 읽으려 했지만 병실 쪽에서 나를 부르는 형의 커다란 목소리가 들렸다. 나는 깜짝 놀라 자리에서 일어나 복도를 가로질러 모두가 있는 병실로 재빨리 갔다. 드디어 아버지의 마지막 순간이 왔다고 생각했다.

18

병실에는 어느새 의사가 와 있었다. 될 수 있으면 환자를 편하게 해 주려는 생각에 다시 관장을 시도하고 있었다. 간호사는 간밤의 간호로 지친 몸을 풀기 위해 별실에서 잠을 자고 있었다. 익숙하지 않은 형은 자리에서 일어나 어찌할 바를 몰라 했다. 형은 내 얼굴을 보자 "좀 도와주렴"이라고 말하고는 그냥 자리에 앉았다. 나는 형을 대신하여 기름종이를 아버지의 엉덩이 밑에 깔았다.

아버지는 조금 편안해진 듯이 보였다. 30분 정도 머리맡에 앉아 있던 의사는 관장 결과를 확인한 후, 다시 온다는 말과 함께 돌아갔다. 그리고 만약의 일이 생기면 언제든지 부르라는 말을 덧붙였다.

나는 금방이라도 어떻게 될 것 같은 아버지를 두고 다시 선생님의 편지를 읽으러 나갔다. 하지만 도무지 마음을 진정시킬 수가 없었다. 책상 앞에 앉자마자 다시 나를 부르는 형의 커다란 목소리가 들려올 것만 같았다. 그리고 이번에 부르면 편지는 아예 못 읽게 될 거라는 두려움이 내 손을 떨게 만들었다. 나는 선생님의 편지를 그저 무의미하게 넘기고 있었다. 내 눈은 틀 속에 꽉 차 있는 문자들을 꼼꼼히 살폈지만, 그것들을 읽을 수는 없었다. 대충 주워 읽을 여유조차 없을 정도로 불안하기만 했다. 나는 가장 끝 페이지까지 순서대로 훑은 뒤 다시 그것을 원래의 모양으로 접어서 책상 위에 두려고 했다. 그때 문득 결말에 가까운 한 어귀가 내 눈에 들어왔다.

"이 편지가 자네 손에 들어갈 때쯤이면, 나는 이미 이 세상 사람이 아닐 걸세. 아마도 사자死者의 몸이 되어 있을 거야."

소름이 끼쳤다. 지금까지 분주하게 움직이고 있던 내 가슴이 단번에 굳어 버린 듯한 느낌이었다. 나는 재빨리 앞 페이지를 넘겼다. 그리고 한 장에 한 구 정도의 비율로 거꾸로 읽어 올라갔다. 나는 짧은 순간에 내가 알지 않으면 안 될 사실들을 알아 두기 위해 아른거리는 문자를 꿰뚫어 보려고 했다. 그때 내가 알려고 한 것은 그저 단 한 가지, 선생님의 안부였다. 선생님의 과거, 예전에 선생님이 나에게 이야기하려고 약속했던 어두운 과거, 그런 것은 이제 전혀 쓸모없는 것들이었다. 나는 거꾸로 페이지를 넘기면서도 나에게 필요한 정보를 쉽사리 얻을 수 없어 몸둘 바를 모른 채 편지를 애써 접었다.

나는 다시 아버지의 상태를 살피러 병실 문 앞까지 갔다. 병자의 머리맡은 의외로 조용했다. 그다지 도움이 될 것 같지 않은 피곤한 얼굴을 한 채 아버지 옆에 앉아 있던 어머니에게 손짓을 한 다음 물었다.

"어떠세요? 상태는⋯⋯."

"지금 좀 안정을 찾으신 것 같다."

어머니가 대답했다.

"어떠세요? 관장을 마치니까 조금 편해지셨어요?"

나는 아버지의 눈앞에 얼굴을 들이밀었다. 아버지는 고개를 끄덕이며 확실한 어조로 고맙다는 말을 했다. 의외로 아버지는 아직 정신이 혼미하지는 않았다.

나는 다시 병실을 뒤로하고 방으로 돌아왔다. 그리고 시계를 보면서 열차 시각표를 알아보았다. 나는 갑작스레 일어서서 허리끈을 다시 잘 매고 소맷자락 안에 선생님의 편지를 집어넣었다. 그리고 부엌을 통해 밖으로 나왔다. 나는 정신없이 의사에게 달려갔다. 나는 의사에게 아버지가 앞으로 2~3일 더 버틸 수 있는지, 확실하게 알아보고 싶었다. 주사를 이용하든 다른 무엇을 이용하든 2~3일을 더 견딜 수 있도록 부탁하려고 했다. 하지만 공교롭게도 의사는 자리를 비우고 없었다. 나는 물끄러미 앉아서 그가 돌아오기를 기다릴 수 없었다. 불안한 마음 때문이었다. 잠시 후 나는 인력거꾼을 불러 정류장으로 갔다.

나는 정류장 벽에 종이 조각을 대 놓고, 그 위에다 어머니와 형에게 편지를 썼다. 편지는 지극히 간단한 것이었다. 하지만 아무말 없이 가는 것보다는 나을 것 같아, 서둘러 편지를 집에 전해 줄 것을 인력거꾼에게 부탁했다. 그리고 과감히 도쿄행 기차에 몸을 실었다. 삑삑 울리는 기적 소리를 들으며 삼등열차 속에서 다시 소맷자락 속에 넣었던 선생님의 편지를 꺼냈다. 그리고 차분하게 처음부터 마지막까지 읽어 내려갔다.

선생님과 유서

1

……나는 올 여름부터 두세 통의 편지를 받았네. 도쿄에서 적당한 일자리를 얻고 싶으니 잘 부탁한다는 내용이 적혀 있었던 것은 내 기억이 정확하다면 아마 두 번째 편지였을 거네. 나는 그 편지를 읽고 어떻게든 해 주고 싶었네. 적어도 답장 정도는 보내지 않으면 미안하다는 생각이 들었지. 그러나 솔직히 고백하자면, 나는 자네의 부탁에 대해 아무런 노력도 하지 않았네. 잘 알고 있겠지만, 인간관계가 좁다고 하기보다 이 세상에 오직 혼자 살고 있다고 표현하는 것이 가장 적당한 나에게 그런 노력을 할 여지가 있을 리 없지. 하지만 문제는 그게 아니야. 사실 나 자신을 어찌할 것인가를 두고 고민에 고민을 거듭하고 있던 참이었거든. 이대로 인간들 틈에서 살아남은 미라와 같이 존재할 것인가, 그렇지 않으면……. 당시 나는 '그렇지 않으면'이라는 말을 마음속으로 반복할 때마다 온몸에 소름이 돋았지. 그러니까 절벽 끝까지 단숨에 달려와 갑자기 끝이 보이지 않는 계곡을 바라보는 사람처럼 말이지. 나는 비겁한 사람이라네. 그리고 세상의 많은 비겁한 사람들

과 똑같다는 점에서 번민했지. 유감스러운 말이지만, 그때의 나에게는 자네라는 사람이 거의 존재하지 않았다네. 더 나아가서 말한다면, 자네가 찾고 있는 일자리, 자네의 그럭저럭한 재산, 그런 것들은 나에겐 전혀 무의미한 것이었네. 다시 말해 어찌 되든 전혀 상관없었단 말일세. 정작 나에겐 그에 비할 수 없는 커다란 고민이 있었으니까. 나는 편지꽂이에 자네의 편지를 꽂아 놓고 여전히 팔짱을 낀 채 깊은 생각에 빠져 있었지. 집안에 어느 정도 재산이 있는 사람이, 무엇이 아쉬워서 졸업을 한 시점에 일자리 어쩌고 하면서 필사적으로 매달리는 것일까 하고. 나는 오히려 씁쓸한 생각으로 멀리 있는 자네를 한 번 생각했을 뿐이라네. 그리고 답장을 보내 변명을 해야겠다는 생각에 이런 이야기를 하고 있는 것이지. 하지만 자네를 화나게 만들기 위해서 일부러 무례하게 말하는 건 절대 아니니 이 점만은 믿어 주게. 뒷장을 읽으면 곧 내 진심을 알게 될 것이네. 어쨌든 자네에게 미안하다는 말이라도 건네야 했는데, 아무런 말도 하지 못했으니 그 죄만은 진심으로 사과하는 바이네.

나중에 나는 자네에게 전보를 쳤지. 사실대로 말하자면, 그때 나는 자네가 보고 싶었네. 그리고 자네가 원한 대로 자네를 위해 내 과거를 털어놓고 싶었지. 자네가 도쿄로 올 수 없다고 전보를 쳤을 때 나는 실망한 나머지 오랫동안 그 전보를 멍하니 바라보았다네. 자네도 역시 전보만으로는 영 마음이 내키지 않았던지, 다시 긴 편지를 보냈더군. 그 덕에 자네가 도쿄로 올 수 없는 이유를 충분히 이해하게 되었네. 나는 자네를 무례한 사람이라거나 혹은 그 이상의 무엇이라고는 생각하지 않네. 그럴 리가 없지. 둘도 없는 아버님의 병환을 눈앞에 두고 어떻게 자네가 집을 비울 수가 있었겠는가. 오히려 아버님이 생사의 기로에 서 계시다는 사실을 잊고 있었던 내가 실례를 범했다고 할 수 있지. 사실 나는 그 전보를 칠 때 자네 아버님의 일일랑 까맣게 잊고 있었다네. 그런 주제에 자네가 도쿄에 있을 때는 난치병이니까 아주 조심해야 한다고 그렇게 충고하지 않았던가. 나란 사람은 이런 모순 덩어리라네. 내 뇌수_{腦髓}보다도 내 과거가 나를 압박하며 그런 모순적인 인간으로 만든 것일지도 모르지. 나는 이 점도 충분히 인정한다네. 그러니 부디 나를 용서해 주게.

자네로부터 받은 편지 ─ 자네에게서 받은 마지막 편지 ─ 를 읽었을 때 나는 내가 참 나쁜 짓을 했구나 하는 생각이 들었다네. 그래서 그런 뜻의 답장을 보내려고 펜을 들었지만, 한 줄도 쓰지 못하고 그만두고 말았지. 어차피 적을 거라면,

이 편지를 써 보내고 싶었네. 그리고 이 편지를 쓰기에는 아직 좀 이른 감이 있지 않나 싶어 그만두었던 거라네. 내가 간단히 올 필요가 없다는 전보를 다시 친 것도 그 때문이라네.

2

그러고 나서 나는 이 편지를 쓰기 시작했다네. 평생 펜을 들지 않았던 나는, 내가 생각하는 만큼 사건이나 사고방식이 잘 전개되지 않는다는 사실이 가장 고통스러웠다네. 사실 나는 자네에 대한 내 의무를 그대로 방치해 둘 참이었네. 하지만 아무리 그만두자고 생각하고 펜을 내팽개쳐도 결국 한 시간도 채 지나지 않아 다시 쓰고 싶어지더군. 자네는 이것을 의무 수행을 중하게 여기는 내 성격 탓이라고 생각할지도 모르겠네. 굳이 그 사실을 부정하지는 않겠어. 나는 자네가 알고 있는 대로 거의 세상과 접촉하지 않는 고독한 인간이기 때문에 주위를 돌아봐도 의무라고 할 변변한 것이 아무것도 없지. 고의적인지 아니면 자연스러운 것인지 모르겠지만, 나는 될 수 있는 한 그런 생활에 충실했던 것일세. 그렇지만 내가 의무에 냉담하기 때문에 이렇게 된 것은 아니라네. 오히려 너무 예민해서 자극에 견딜 만큼의 정력이 없기 때문에 자네가 본 그대로, 소극적인 모습으로 세월만 보내게 된 거지. 하지만 일단 약속한 이상 그것을 지키지 않으면 내 마음이 도저히 편하지 않다네. 내가 자네에 대해 이런 찜찜한 마음을 갖지 않기 위해서라도 내팽개친 펜을 다시 들지 않을 수 없었지.

그런 연유도 있고, 또 나는 지금 무언가를 쓰고 싶은 마음이라네. 의무라는 것은 제쳐 두고 일단 내 과거를 쓰고 싶은 것일세. 내 과거는 나만의 경험이니 오직 나만이 가지고 있다고 해도 틀린 말이 아니지만, 그것을 다른 사람에게 알리지 않고 죽는다는 것도 아쉬운 일이지. 나도 조금은 그런 기분이 드네. 하지만 받아들일 수 없는 사람에게 알려준다면, 오히려 나는 내 목숨과 함께 내 경험을 묻어 버리는 편이 더 나을 거라고 생각하네. 그리고 실제로 자네라고 하는 오직 한 사람이 존재하지 않았다면, 내 과거는 그냥 나만의 과거로 끝나 아무런 도움도 되지 않았을 것이네. 나는 몇 천만의 일본인 중에서 오직 자네에게만 내 과거를 말하고 싶은 것이네. 자네는 성실하고 진지하니까. 자네는 정말 성실하게, 인생 그 자체에서 살아 있는 교훈을 얻고 싶다고 말했으니까.

나는 지금부터 어두운 세상의 그림자를 주저없이 모두 자네의 머리 위로 내던질 것이네. 하지만 그것을 무서워해서는 안 되네. 어두운 것을 뚫어져라 바라보면서 그 속에서 자네에게 참고가 될 만한 것이 있다면 그것을 잡으면 되네. 내가 말하는 어두운 것이란 소위 윤리적으로 어두운 것을 말하네. 나는 윤리적으로 태어난 남자지. 그리고 윤리적으로 자란 남자라네. 내가 윤리적이라고 하는 생각들이 지금의 젊은 사람들과는 다를지도 모르네. 하지만 그것이 틀렸다고 해도 그것은 나만의 것이라네. 임시변통으로 돈을 내고 빌린 남의 옷이 아니라는 말이지. 그래서 지금부터 발전을 거듭해 나갈 자네에게는 어느 정도 참고가 될 거라고 생각하는 거라네.

자네는 가끔 내게 오늘날의 사상 문제에 관해서 물어보았지. 그리고 그에 대한 내 태도도 잘 알고 있을 것이네. 나는 자네의 의견을 경멸하지는 않았지만, 결코 존경할 만한 정도도 아니었다고 생각하네. 자네의 생각에는 아무런 배경도 없었고, 자네는 자신의 과거를 갖기에는 너무나도 젊었기 때문이네. 나는 가끔씩 웃었지. 그러면 자네는 이따금씩 무언가 아쉬운 듯한 얼굴을 보였어. 그러고는 내 과거를 마치 옛날이야기라도 하듯이 자네 앞에서 활짝 열어봐 달라며 나를 보챘네. 그때 나는 처음으로 자네를 존경하게 되었네. 왜냐하면 자네가 아무 거리낌 없이 내 마음속에서 살아 있는 어떤 물체를 잡아내려고 하는 의지를 보였기 때문이지. 내 심장을 쪼개 아주 따뜻한 선혈을 들이켜려고 했기 때문이야. 그때의 나는 생생하게 살아 있었지. 그리고 죽는 것이 싫었어. 그래서 다른 날을 기약하고 자네의 요구를 물리치고 말았네. 나는 지금 스스로 내 심장을 쪼개어 그 붉은 피를 자네 얼굴에 뿌리려고 하네. 내 심장의 고동 소리가 멈췄을 때 자네의 가슴에 새로운 생명이 자리 잡게 된다면, 나는 그것으로 만족하네.

3

　부모님이 돌아가신 것은 내가 스무 살이 채 되기 전이었네. 언젠가 아내가 자네에게 이야기했다고 기억되는데, 두 분은 같은 병으로 돌아가셨네. 게다가 아내가 의심스럽다고 말했던 대로 거의 동시에 가까운 죽음이었어. 아버지의 병은 무서운 장티푸스였다네. 그것이 옆에서 간호하던 어머니에게 전염된 거지.

　나는 두 사람 사이에서 태어난 외동아들이라네. 집안에 많은 재산이 있었기 때문에 부족함 없이 여유롭게 자랐지. 그때 부모님이 돌아가시지만 않았다면, 아버지나 어머니 중에 어느 한 분만이라도 살아 계셨다면, 나는 지금까지 그때의 부족함 없고 여유로웠던 생활을 누렸을 거라는 생각이 들어.

　결국 두 사람이 떠난 빈 자리에 나만 홀로 남게 되었지. 나에게는 지식도, 경험도, 또 사물에 대한 분별력도 없었는데 말일세. 아버지가 돌아가실 때 어머니는 그 곁에 있어 드리지 못하셨지. 어머니에게는 아버지가 돌아가셨다는 사실조차 알려 드리지 않았다네. 어머니는 그 사실을 알고 계셨는지, 아니면 아버지가 조금씩 회복되고 있다는 말을 정말로 믿으셨는지 그것은 알 수가 없었네. 어머니는 그저 숙부에게 모든 것을 맡기셨지. 그 곁에 같이 앉아 있던 나를 손가락으로 가리키며 "모쪼록 이 아이를 잘 부탁합니다"라고 말씀하셨지. 나는 그전부터 부모님의 동의 아래 도쿄

로 올라올 예정이었기에 어머니는 그것까지 겸사겸사 부탁하려고 했던 듯하네. 그래서 "도쿄에"라는 말을 덧붙이자마자 숙부는 이내 "괜찮습니다. 뒤는 걱정하시지 않으셔도 됩니다"라고 말했지. 숙부는 높은 열을 견뎌내는 어머니를 보며 "빈틈없고 강한 분이시다"라고 칭찬하더군. 이것이 어머니의 유언이었는지 아닌지는 지금 생각해도 잘 알 수 없지만. 물론 어머니는 아버지가 걸리신 무서운 병의 이름을 알고 있었다네. 그리고 자신이 전염되었다는 사실도 잘 알았지. 그렇지만 그 병으로 목숨을 잃게 될 거라는 사실을 알고 있었는지 어떤지는 아직도 잘 모르겠네. 열이 높을 때에도 어머니는 말씀은 하셨지만, 전혀 기억하지 못하는 경우도 가끔 있었다네. 그래서……. 하지만 그런 것일랑 어떻게 되든 전혀 개의치 않는다네. 그저 이렇게 가슴속에 묻혀 있는 말들을 꺼내 털어놓기도 하고, 혹은 빙글빙글 돌려가며 바라보는 그런 버릇은 이미 그때부터 내 몸에 자리 잡고 있었던 듯싶네. 그것은 자네에게도 처음부터 미리 말해 두지 않으면 안 된다고 생각하네. 이 천성이 윤리적으로 개인의 행위나 태도까지 영향을 끼쳐 더욱더 타인의 도덕성에 의심을 갖게 된 것 같네. 하지만 그것이 내 괴로움이나 번민에 적극적으로 커다란 힘을 부여하고 있다는 것만은 사실이니 그 점은 꼭 기억해 주길 바라네.

이야기가 샛길로 빠져 버리면 이해하기가 어려워지니까 다시 앞으로 돌아가기로 하지. 세상이 온통 잠의 세계로 빠져들고 지금까지 들리던 전차 소리도 끊겼다네. 창 밖에는 어느새 처량하기 짝이 없는 벌레의 울음소리가 나도 모르게 이슬 맺히는 가을밤을 떠올리게 만들고, 아무것도 모르는 아내는 옆방에서 깊은 잠에 빠져 있네. 내가 펜을 들고 한 자 한 자 써내려 갈 때마다 펜 끝에서 소리가 나는군. 하지만 내 마음은 참으로 차분하기 그지없네. 익숙하지 않은 손놀림에 행여 글이 옆으로 삐져 나갈지도 모르지만, 머릿속이 복잡하고 어지러워 글이 산만해지지 않도록 다시 한 번 스스로 다짐하는 바이네.

4

어쨌든 홀로 남게 된 나는 어머니 말씀대로 숙부님에게 의존할 수밖에 없었네. 숙부님도 모든 것을 받아들이고 나를 보살펴 주었지. 그리고 내가 원하는 대로 도쿄에 갈 수 있도록 모든 신경을 써 주었네.

나는 도쿄에서 고등학교에 들어갔네. 그 당시 고등학교 학생들은 지금보다 훨씬 살벌하고 거칠었다네. 내가 아는 한 친구는 밤에 직공과 싸워 상대방의 머리를 나막신으로 내리쳐 상처를 입혔는데, 그것은 술을 마시고 정신없이 서로 치고받고 하는 사이에 벌어진 일이었지. 그러다가 그만 학교 제복을 상대방에게 뺏기고 말았다네. 그런데 뺏긴 모자의 안쪽에 친구의 이름이 정확하게 붙어 있었던 게 문제가 되었지. 결국 일은 커지고, 상대는 여차하면 경찰서를 통해 학교에 쳐들어올 기세였는데, 친구들이 애를 써 준 덕분에 아무 일도 없었던 것으로 되었지. 이런 난폭한 행동을 얌전하게 자란 자네에게 들려준다면 틀림없이 바보 같은 짓이라고 생각하겠지. 나도 사실은 그렇게 생각했었다네. 그러나 그들에게는 지금의 학생들에게는 없는 순박한 마음이 있었지. 당시 내가 달마다 숙부님에게 받은 돈은 자네가 지금 아버님에게서 받는 학비에 비하면, 훨씬 적은 돈이었다네. ― 물론 물가도 다르지만 ― 그렇지만 나는 아무런 부족함을 느끼지 못했네. 뿐만 아니라 경제적인 면에선 결코 타인을 부러워할 그런 불쌍한 처지에 있었던 건 아니었다네. 오히려 다른 사람의 부러움을 살 정도였지. 왜냐하면 나는 달마다 정해진 용돈 외에도 책값 ― 나는 그때부터 책 사는 것을 좋아했다네 ― 과 비상금을 숙부님에게 자주 청구하여 아무 거리낌 없이 쓰고 싶은 곳에 쓸 수 있었으니까.

세상 물정을 전혀 모르는 나는 숙부님을 믿었을 뿐만 아니라 항상 감사의 마음을 지니고 있었고, 고마우신 숙부님을 존경하기까지 했네. 숙부님은 사업을 하셨지. 현의 의원이기도 하셨고. 그런 관계 때문이었는지 정당과도 인연이 있었다고 기억되네. 아버지의 친동생이셨지만, 그런 점에서 두 분은 전혀 달랐다네. 아버지는 선조로부터 물려받은 유산을 소중하게 지켜 가는 성실한 분이셨지. 차와 꽃을 즐기셨고, 시집을 읽는 것도 좋아하셨지. 서화나 골동품 같은 것들에도 많은 관심을 가지고 계셨던 듯싶네. 집은 시골에 있었지만 20리 정도 떨어진 시에 숙부님이 살고 계셨네. 그 시의 매매업자가 족자族子나 향로香爐 같은 것을 들고 아버지를 가끔씩 찾아온 적도 있었으니까. 아버지는 한마디로 말한다면, 재산가라고 할 수 있었지. 비교적 고풍스런 취미를 가지고 있었던 시골의 신사였다네. 그래서 활달한 숙부와는 현격한 차이가 있었지. 그런 두 사람이었지만, 묘하게도 사이는 아주 좋았다네.

아버지는 숙부님을 평하기를 자신보다 훨씬 더 활동적이고 믿음직한 사람이라고 하셨지. 자신처럼 부모로부터 재산을 물려받은 사람은 자신만의 재간이란 게 없다고, 다시 말해 세상과 싸울 필요가 없으니 쓸모없는 사람이 된다고까지 말씀하셨지. 이 말은 어머니도 들으셨고 나도 들었다네. "너도 잘 기억해 두는 편이 좋다"라며 아버지는 일부러 내 얼굴을 쳐다보면서 말씀하셨지. 그래서 나는 지금도 그 말을 기억하고 있네. 이 정도로 아버지가 믿었고, 또 칭찬하셨던 숙부님을 내가 어떻게 의심할 수가 있었겠는가. 나에게는 그저 가만히 있기만 해도 자랑스럽기만 한 숙부님이셨지. 아버지와 어머니가 돌아가시고, 모든 것을 숙부님에게 의지하지 않으면 안 되는 나에게는 이미 단순한 자랑거리가 아니었지. 숙부님은 어느새 나의 존재를 위한 필수 불가결한 사람이 되어 있었다네.

5

내가 여름방학을 이용하여 처음으로 시골 집에 내려갔을 때 부모님이 사셨던 집에는 숙부님과 숙모님이 새로운 집주인으로 바뀌어 있더군. 그것은 내가 도쿄로 떠나기 전의 약속이었지. 혼자 남게 된 내가 집에 없는 이상 그렇게 할 수밖에 달리 다른 방도가 없었지.

숙부님은 그 무렵 시에 있는 여러 회사들과 관계가 있었던 모양이었네. 업무상으로 본다면 지금까지 살던 집이 20여 리나 떨어진 내 집으로 옮기는 것보다 훨씬 더 편하다고까지 말하며 웃기도 했지. 이 말은 부모님이 돌아가신 후 집을 어떻게 처리하고 도쿄로 떠날 것인가를 상의할 때 숙부님의 입에서 나온 말이라네. 우리 집은 아주 오랜 역사를 간직한 낡은 집으로 사람들에게 잘 알려져 있었지. 자네의 고향에서도 마찬가지라고 생각하네만, 시골에선 유서 깊은 집을 상속인이 있음에도 부수거나 팔면, 정말 대사건이 아닐 수가 없었지. 지금의 나라면 그 당시 일을 아무렇지도 않게 생각했겠지만, 그때는 아직 어렸기 때문에 도쿄로 떠나왔고, 집은 그대로 남겨 두지 않으면 안 될 것 같아서 나는 그 처분에 무척이나 고심을 했다네.

숙부님은 하는 수 없이 나의 빈 집으로 들어오는 것을 승낙했다네. 하지만 시에 있는 집은 그대로 둔 채, 두 집을 왔다 갔다 하는 편리함을 봐주지 않으면 곤란하다는 말까지 덧붙였지. 그리고 나로선 그 말에 이의를 달 수가 없었네. 나는 어떤 조건이든 도쿄로 떠나기만을 바랐으니까.

어린 나이인 만큼 나는 고향을 떠나 있어도 아직 마음의 눈으로는 그리움에 가득한 고향 집을 바라보고 있었다네. 무엇보다도 그것은 자신에게 돌아갈 집이 있다는 나그네의 마음과 같았지. 그렇게도 도쿄로 떠나고 싶었던 나도 방학이 오면, 돌아가지 않으면 안 된다는 그런 강한 귀향 본능이 들었지. 나는 열심히 공부하고 즐겁게 놀았지만, 꿈에서는 방학이 되면 돌아갈 수 있는 고향 집을 보곤 했다네.

내가 도쿄에서 생활하고 있는 사이에 숙부님이 어떤 식으로 멀리 떨어진 시에 있는 집과 우리 집 사이를 왔다 갔다 했는지 알 수 없었네. 내가 도착했을 때는 숙부님 가족 모두가 우리 집에 살고 있었지. 학교에 다니는 사촌은 평소에는 시의 집에 있었지만, 역시 방학을 맞아 우리 집에 머물러 있게 된 것이었지.

모두들 내 얼굴을 보더니 기뻐하더군. 나도 역시 부모님이 살아 계실 때보다 더 시끌벅적하고 사람 사는 듯한 모습이 된 집을 보니 기쁜 마음이 들더군. 숙부님은 원래 내 방이었던 곳을 점령하고 있던 장남을 몰아내고 나를 그 방에서 지내도록 해 주었네. 객실이 없는 것도 아니었기 때문에 나는 다른 방도 괜찮다며 사양했지만, 숙부님은 내 집이라고 하며 말을 듣지 않았지.

나는 가끔씩 돌아가신 부모님을 생각하면서도 아무런 불편없이 그해 여름을 숙부님의 가족과 지내고 다시 도쿄로 돌아왔네. 다만, 내 마음에 희미하게 어두운 그림자를 던진 한 가지 사건이라고 한다면, 숙부님 부부가 입을 맞추어 이제 막 고등학교에 들어간 나에게 결혼을 권했다는 사실이네. 아마 네다섯 번은 결혼 이야기가 반복되었던 것으로 기억되는군. 처음엔 워낙 갑작스러워서 놀랄 수밖에 없었네. 하지만 그 이야기가 두 번째 나왔을 때 나는 확실하게 거절했다네. 그리고 세 번째 결혼 이야기가 나왔을 때 그 이유를 반문하지 않으면 안 되었지. 숙부님의 주장은 의외로 간단했다네. 빨리 아내를 맞아 이 집에 들어와서 돌아가신 아버지의 뒤를 이어야 한다는 말이었지. 나는 집은 방학을 맞아 돌아올 수만 있으면 그것으로 족하다고 생각했지. 아버지의 뒤를 잇는다, 그러기 위해서는 아내를 맞이해야 한다, 그럴듯하게 들렸다네. 특히 시골 사정을 너무나 잘 알고 있는 나에게는 이해하지 못할 일도 아니었지. 그리고 나 자신도 절대로 안 된다고는 생각하지 않았으니까. 하지만 공부를 위해 도쿄로 떠난 지 얼마 되지 않는 나는, 그것이 망원경으로 먼 곳을 바라볼 때처럼 희미하고 멀게만 느껴졌다네. 나는 숙부님의 말을 받아들일 수 없었지. 그리고 다시 도쿄로 돌아왔다네.

6

　나는 그것으로 결혼 이야기는 까맣게 잊어버렸다네. 내 주위를 둘러싸고 있는 젊은 청년들의 얼굴을 보고 있자니, 그중에 살림꾼 티가 나는 이는 한 사람도 없었다네. 모두들 자유 그 자체를 만끽하는 독신이었던 셈이지. 이렇게 마음 편한 이들 중에도 그 이면을 들여다보면, 혹시 가정 사정으로 인해 어쩔 수 없이 아내를 맞아들인 친구가 있었을지도 모르지. 그렇지만 어리기만 했던 내 눈에 그런 눈치가 있었을 리가 없었다네. 그리고 특별한 사정에 처한 사람이라도 될 수 있으면 학생 신분과는 거리가 먼 그런 집안 이야기는 삼가고 있었을 것이네. 나중에 생각해 보니 내가 이미 그런 부류였는데, 나는 그 사실조차 알지 못하고 그저 어린 기분에 마냥 즐겁게 배움의 길을 닦아 나가고 있었던 것이네.

　1학년이 끝나 갈 즈음, 나는 다시 여행 가방을 꾸려 부모님의 무덤이 있는 시골집으로 돌아왔다네. 그리고 한 해 전과 마찬가지로 부모님이 계셨던 나의 집에서 다시 숙부님의 가족들과 마주쳤다네. 나는 그곳에서 그리운 고향의 냄새를 맡을 수 있었네. 그 냄새는 나에게 변함없는 그리움이었지. 일 년 동안의 단조로움을 깨뜨리는 변화이면서 고맙기 그지없는 소중한 보물이었다고나 할까?

　하지만 이런 나를 키워 준 그 그리운 냄새를 음미하는 것도 잠깐, 나는 다시 결혼 문제를 코앞에 들이민 숙부님과 맞부딪치지 않으면 안 되었다네. 숙부님이 내민 이유는 이전과 똑같았지. 그저 다른 것이 있다면 이전에는 상대가 없는 상태에서 권유를 했던 것에 반해, 지금은 가장 중요한 상대를 물색해 놓아 나를 더욱 곤란하게 만들었다는 사실이었지. 게다가 그 상대라는 사람은 숙부님의 딸로, 다시 말해 내 사촌이었다네. 그녀를 내가 받아들인다면 서로 편하기 그지없을 것이다, 아버지도 살아 계셨을 때 그런 말씀을 하셨다, 숙부님은 이렇게 말하며 나를 설득하려 했지. 나도 그렇게 하면 편하겠다는 생각은 했었네. 사실 처음 듣기는 했지만 아버지가 그런 말씀을 하셨다는 것도 있을 수 있는 일이라고 생각했지. 그래서 나는 놀라기도 했지만, 숙부님의 희망 사항이 무리는 아니라는 사실도 충분히 이해했다네. 내가 어리석은 것일까? 어쩌면 그럴지도 모르지만, 나는 그 사촌에게 일말의 감정도 없었다네. 나는 어렸을 적부터 시에 있는 숙부님의 집에 자주 놀러 가곤 했었지. 그냥 가는 게 아니라 그곳에서 며칠씩 묵기도 해서 그 사촌과는 어렸을 적부터 무척 친했다네. 자네도 잘 알고 있겠지? 형제 간에 사랑이 성립된 예가 없다는 사실을. 이 공인된 사실에 내 마음대로 부연 설명을 하고 있는지도 모르지만, 나는 어려서부터 자주 접촉해 친하게 된, 아니 그 이상의 형제와도 같은 관계가 된 남녀 사이에 사랑에 필요한 자극을 일으킬 참신한 느낌이란 있을 수 없다고 생각했네. 향기를 맡을 수 있는 것은 향불을 지필 때 한한다는 말처럼, 술맛을 느낄 수 있는 것은 술을 마시기 시작한 그 찰나에 있다는 말처럼, 사랑에 대한 충동에도 이런 순간적인 느낌 같은 것이 시간이라는 흐름 위에 존재하고 있다고 나는 믿었지. 일단 한번 그 느낌이 든 순간을 지나쳐 버리고 나면, 익숙해지면 익숙해질수록 친숙함만 늘어갈 뿐 사랑을 불러일으킬 신경은 점점 마비되어 간다고 나는 생각했다네. 그런데 아무리 거듭 생각해도 사촌을 아내로 맞아들일 마음은 생기지 않더군.

숙부님은 내가 바란다면, 졸업할 때까지 연기해도 좋다고 말씀하시더군. 그렇지만 쇠뿔은 단김에 빼라는 말이 있지 않은가. 숙부님은 될 수 있으면 말이 나온 김에 축하의 잔을 들고 싶다고 했지. 하지만 사촌에게 관심이 없는 나로서는 어느 쪽이든 결과는 마찬가지였기에 다시 정중히 거절했지. 그러자 숙부님의 얼굴이 굳어지시더군. 그리고 사촌은 울음을 터뜨렸다네. 그녀는 나와 짝이 되지 못해 슬퍼서 운 게 아니라네. 결혼이라는 제의를 거절당했다는 사실이 여자로서 자존심 상했던 거지. 내가 그녀를 사랑하지 않은 것처럼 그녀도 나에게 사랑이란 감정을 갖고 있지 않았다는 사실쯤은 잘 알고 있었지. 그리고 나는 다시 도쿄로 돌아왔다네.

7

내가 세 번째로 다시 고향을 찾은 건 그로부터 일 년이 지나 막

여름이 시작될 무렵이었다네. 나는 항상 학년말 시험이 끝나면 기다렸다는 듯이 무조건 도쿄로부터 도망쳤다네. 그만큼 고향이란 곳이 그리웠기 때문이지. 자네도 그런 기억이 있겠지? 태어난 곳은 공기가 다르다, 땅 냄새도 각별하다, 부모님에 대한 기억이 세세하게 떠오른다, 이런 말들도……. 일 년 중 7, 8월의 두 달을 이런 기억에 둘러싸여 마치 땅 속으로 들어간 뱀이라도 된 듯이 꼼짝 않고 지낼 수 있다는 사실이 나에겐 무엇보다도 소중하고 따뜻한 기억이었네.

나는 단순하기 그지없는 사촌과의 결혼 이야기가 그다지 머리를 싸매고 고민할 것이 못 된다고 생각했다네. 내키지 않는 일은 거절한다, 거절하기만 한다면 나중에 미련 남을 것이 없다, 나는 이렇게 믿었지. 그래서 숙부님이 희망한 바에 대해 내 뜻을 굽히지 않았고, 내 신변엔 달리 아무런 변화도 없었다네. 지난 일 년간, 한 번도 그 일로 편지를 쓴 적이 없던 나는 변함없이 건강한 모습으로 고향으로 돌아왔지.

그런데 돌아와 보니 숙부님의 태도가 변해 있더군. 예전같이 부드러운 얼굴로 나를 맞이하지 않았네. 그래도 밝고 구김살 없이 자란 나는 고향에 돌아온 처음 4~5일간은 그 사실을 전혀 눈치채지 못했지. 그리고 어떤 일을 계기로 갑작스레 그 사실을 깨달았다네. 태도가 변한 사람은 숙부님만이 아니라는 사실도 알게 되었지. 숙모님의 태도도 어딘가 모르게 이상했다네. 물론 사촌들도 달라 보였고. 중학교를 졸업한 후 도쿄의 고등 상업학교에 진

학할 생각이라며 내게 편지로 학교에 대한 정보를 자세히 물어봤던 숙부님의 큰아들조차 태도가 이상하더군.

그들의 변화를 깨닫게 된 나는 성격상 혼자서 고민할 수밖에 없었네. 어째서 내 마음이 이렇게 변한 것일까? 아니지, 어째서 이들이 이렇게 변한 것일까? 나는 갑자기 돌아가신 부모님이, 둔하기 짝이 없는 나의 눈을 깨끗이 씻겨 주어서 세상을 정확히 꿰뚫어 보도록 해 준 것이 아닌가 하는 생각이 들었다네. 나는 부모님이 이 세상을 떠나신 후에도 살아 계셨을 때와 마찬가지로 나를 사랑하고 있다고 믿었네. 그 무렵에도 그랬지만, 나는 결코 이치에 어두운 사람은 아니었어. 하지만 조상에게 물려받은 미신 같은 커다란 덩어리가 강한 힘으로 내 혈관을 뚫고 핏속으로 들어와 숨어 있었던 것이네. 아마 지금도 숨어 있을 걸세.

나는 혼자 산에 가서 부모님 무덤 앞에 무릎을 꿇었다네. 반은 애도의 의미였지만, 나머지 반은 감사였지. 그리고 내 미래의 행복이 이 차가운 돌 밑에 누워 있는 두 사람의 손에 있다는 사실을 믿으며 부모님께 내 운명을 지켜 달라고 빌었다네. 자네가 이 말을 들으면 웃을지도 모르겠지만 그래도 할 수 없네. 나는 원래 그런 사람이었으니까.

내가 속한 세상은 마치 손바닥을 뒤집듯이 하루아침에 뒤바뀌고 말았다네. 하지만 이것이 나로선 처음 겪는 경험이 아니었네. 내가 열여섯인가 열일곱 살 때였다고 짐작되는군. 처음으로 세상에 아름다운 것이 존재한다는 사실을 발견했을 때 나는 너무 놀란 나머지 그 자리에서 얼어붙고 말았지. 몇 번씩 내 눈을 의심하며 비벼 댔다. 그리고 마음속으로 "아, 정말 아름답군!" 하고 외쳤다네. 열여섯, 열일곱이라고 하면 남자든 여자든 속된 말로 성에 눈을 뜨기 시작하는 시기가 아닌가. 이성에 처음으로 눈뜬 나는 세상에 존재하는 대표적인 아름다움이 여자라는 사실을 처음으로 알게 되었다네. 그때까지 여자라는 존재에 전혀 관심이 없었던 나에게 여자는 거의 맹목적이라 할 만큼 호기심의 대상으로 다가왔다네. 그후 내가 바라보는 세상은 전혀 다른 새로운 모습으로 바뀌었지.

내가 숙부님의 태도가 변했음을 눈치 챈 것도 이와 같지 않을까? 어느 날 갑자기 그 사실을 깨달은 것이지. 그것은 어떤 예감 따위의 준비도 없이 갑작스레 나를 찾아왔지. 돌연 숙부님과 그 가족이 지금까지와는 전혀 다른 사람들로 내 눈에 비치기 시작했다네. 나는 무척 놀랐지. 그리고 이대로 두어서는 앞날이 어떻게 될지 모른다는 생각을 했다네.

8

나는 지금까지 숙부님에게 전부 맡겼던 집과 재산에 대한 상세한 정보를 알아 두지 않으면, 돌아가신 부모님에게 죄송하다는 생각이 들었다네. 숙부님은 바쁜 몸이라고 스스로 말했듯이 매일 밤 같은 곳에서 잠을 자지 않았네. 이틀 동안 집에서 머무르면, 3일은 시에 있는 자신의 집에서 생활하는 식으로 두 집 사이를 왕래하면서 그날그날을 왠지 불안한 마음으로 살아가고 있었네. 그리고 매일 바쁘다는 말을 입버릇처럼 연발했지. 아무런 의심도 없던 때에는 나 역시 정말로 바쁜 것이려니 하고 생각했다네. 그리고 우습게도 바쁘지 않다면, 현대인이 아니라고 생각했지. 그렇지만 다소 시간이 걸릴 만한 재산에 관한 이야기를 할 목적으로 다가가면, 숙부님은 그저 단순히 나를 피하기 위한 구실로 바쁘다는 핑계를 댔지. 그래서 나는 좀처럼 숙부님과 대면할 시간을 만들지 못했네.

나는 옛 중학 동창에게 숙부님이 시에 첩을 두고 있다는 소문을 들었다네. 첩을 두는 것이 숙부님에게는 아무렇지 않은지 모르지만, 아버지가 살아계실 때 한 번도 그런 소문을 들은 적이 없었던 나는 무척 놀랐다네. 그 친구는 그 외에도 숙부님에 대한 많은 소문을 들려주더군. 한 번 사업에 실패할 뻔했던 숙부가 2, 3년 사이에 사세事勢를 다시 예전의 번창한 때로 되돌려 놓았다는 사실도 이야기해 주었는데, 그게 바로 숙부에 대한 나의 의심을 크게 만들었지.

나는 결국 숙부님과 담판을 짓기로 했다네. 담판이라고 한다면 조금 어폐가 있을지 모르지만, 그런 말로밖에 표현할 수 없는 지경이었지. 숙부님은 어떻게든 나를 어린아이 취급을 하려고 했

지. 그리고 나는 숙부님을 의심의 눈초리로 쳐다보았고. 그러니 문제가 쉽게 풀릴 리가 없었지.

유감스럽게도 나는 지금 그 담판의 결과를 자세히 적을 여유가 없을 정도로 서두르고 있다네. 사실 내가 이보다도 더 큰일을 앞두고 있기 때문이지. 내 펜대는 처음부터 그 이야기에 이끌려 가고 있는지도 몰라. 지금 그것을 억지로 참고 있다고나 해야 할까…….

자네를 만난 후로 조용히 이야기할 기회를 영원히 잃어버리고만 나는, 펜대를 제대로 잡는 법조차 익숙하지 않을뿐더러 귀중한 시간이 아쉬워서라도 쓰고 싶은 많은 일들을 어느 정도 생략하지 않으면 안 될 것 같네.

자네 기억하나? 내가 언젠가 자네에게 이 세상에는 천성적인 악인이 존재하지 않는다고 했던 말을. 많은 선인들이 만일의 경우가 닥치면 갑자기 악인으로 변하는 것이니 방심해서는 안 된다고 했던 말을. 그때 자네는 내가 흥분해 있다고 주의를 주었지. 그리고 어떤 경우에 선인이 악인으로 변하는지 물었지. 내가 간단명료하게 돈이라고 대답했을 때 자네는 불만스러운 얼굴을 했네. 나는 그때의 자네 얼굴을 잘 기억하고 있다네. 지금 자네에게 털어놓지만, 사실 나는 그때 숙부님을 생각하고 했던 말일세. 보통 사람이 돈을 보고 악인이 되는 예로서, 세상에는 믿어도 좋은 그런 존재가 있지 않다는 예로서, 증오심과 함께 나는 숙부님을 생각하고 있었던 것일세. 내 대답은 사고의 세계를 더 깊이 파고들어 가고 싶어 하는 자네에겐 불충분했을지도 모르지. 또한 너무 진부한 답이었겠지. 그렇지만 나에게는 그것이 살아 있는 생생한 정답이라네. 그저 단순하게 흥분해 있었던 건 절대 아니었다네. 나는 냉정한 사고력으로 새로운 사실을 입에 담기보다도, 뜨거워진 내 입으로 평범하기 그지없는 주장을 내세우는 편이 더 생생하다고 믿고 있는 사람이라네. 끓는 피의 힘으로 내 몸이 움직이기 때문이지. 말이란 공기 속의 파동을 전달하는 것뿐만 아니라, 좀더 강한 존재에게 좀더 강한 호소를 할 수 있는 것이라고 생각하거든.

9

한마디로 말하자면, 숙부님은 내 재산을 가지고 나를 속였다네. 모든 일이 내가 도쿄에서 생활하고 있던 3년 사이에 전부 일어났지. 모든 것을 숙부님에게 맡기고 태평하게 지냈던 나는 세상 사람들이 흔히 말하는 바보였다네. 세상 사람들이 바라보는 그 이상의 견지에서 평하자면, 순수하고 존경할 만한 남자라고도 할 수 있겠지만. 나는 그때 내 자신을 돌아보며 왜 인간이 처음부터 악인으로 태어나지 못했는가를 생각했다네. 그리고 너무 정직하기만 했던 내가 그렇게 분할 수가 없었지. 한편으론 어떻게 해서든 다시 한 번 태어나 악인의 삶을 살아 보고 싶다는 생각도 들었지.

잘 기억해 두게. 자네가 알고 있는 나는 먼지로 더럽혀질 만큼 더럽혀져 있다는 사실을. 세상에 물든 채 많은 세월을 보낸 나를 그래도 선배라고 부른다면, 그런 점에서 나는 정말 자네에겐 인생의 선배라고 해야 할 걸세.

만약 내가 숙부님이 바라던 결혼을 했다면, 그 결과가 물질적으로 나에게 유리했을까? 이것은 생각해 볼 필요도 없는 일이라고 생각하네. 숙부는 꾀를 써서 자신의 딸을 내게 떠다민 거나 다름없네. 호의적으로 두 집안 사이의 편의를 도모했다기보다는 계속해서 비열한 이해관계에 사로잡혀 결혼 문제를 들고 나온 것이지. 나는 사촌을 사랑하고 있지 않을 뿐 싫어한 건 아니었지만, 나중에 생각해 보니 숙부님의 제의를 거절했던 그 행위 자체가 나를 무척 유쾌하게 만들더군. 사촌을 받아들이지 않음으로써 숙부님의 의중을 과감히 빗나가게 할 수 있었으니까 어느 정도 나의 주장은 관철한 셈이었지. 하지만 그것은 거의 문제시되기 어려운 아주 사소한 일이었다네. 특히 아무 관계가 없는 자네가 듣는다면, 무척 바보스런 고집으로 보였을 수도 있겠지.

나와 숙부님 사이에 다른 친척이 끼어들었다네. 나는 그 사람도 전혀 믿지 못했네. 믿지 못할 뿐만 아니라 적개심까지 품고 있었지. 나는 숙부님이 나를 속였다는 사실을 깨달음과 동시에 다른 사람들도 틀림없이 나를 속일 것이라고 믿었다네. 아버지가 그렇게 입이 닳도록 칭찬을 하던 숙부님조차도 그 정도였으니 다른 사람들은 오죽하겠는가 하는 것이 바로 내 윤리였다네.

그들은 나를 위해서 내가 소유한 일체의 물건들을 정리해 주었지. 그것들을 금액으로 환산했지만, 내가 예상한 것보다 훨씬 적은 액수였다네. 그 상황에서 나는 그것을 아무 말 없이 받을 것인지, 아니면 숙부를 상대로 공식적인 경로를 통해 해결을 볼 것인가 하는 두 가지 선택을 안고 고민했다네. 어쨌든 나는 분했고, 또 당혹스러워 어찌할 바를 몰랐다네. 그런데 만약 소송을 건다면, 사태가 진정될 때까지 상당한 시간이 걸린다는 사실도 다소 부담스럽더군. 나는 아직 공부를 해야 하는 학생이었고, 학생의 신분으로 소중한 시간을 빼앗긴다는 사실에 나는 몹시 괴로웠네. 나는 고민을 거듭한 끝에 시에 있는 동창에게 부탁하여 내가 받을 모든 것을 돈으로 환산하기로 했다네. 친구는 그러지 않는 게 좋겠다며 충고했지만, 나는 그 말에 귀를 기울이지 않았지. 그리고 그때 나는 처음으로 오랫동안 고향을 떠나 있어야겠다는 생각을 하게 되었다네. 앞으로 숙부님을 절대 보지 않으리라고 맹세하면서.

나는 고향을 떠나기 전에 부모님의 무덤을 찾았네. 그리고 그 후로 아직껏 그 무덤을 찾지 않았다네. 아마 앞으로도 그럴 기회는 오지 않을 거라고 생각하네.

내 친구는 내가 말한 대로 모든 것을 돈으로 바꾸어 주었는데, 그것을 받은 건 내가 도쿄에 도착하고도 많은 시간이 지난 후의 일이었다네. 시골에서 밭으로 쓰던 땅을 팔려 해도 쉽사리 팔리지 않았고, 여차하면 약점을 잡혀 떼어먹힐 염려가 있어 서두른 탓인지 내가 손에 거머쥔 액수는 기대에 훨씬 못 미치는 것이었다네.

솔직히 말하지만, 재산이라고는 집을 나오면서 품에 넣어온 약간의 공채公債와 나중에 이 친구가 보내온 돈이 전부라네. 부모님이 물려준 유산에서 턱없이 부족하다고 할 수 있지. 게다가 내가 헤프게 써서 줄어든 것이 아니니 나로서는 무척 기분이 상하는 일이었지. 그렇지만 학생으로서 생활해 나가기엔 그런대로 충분했다네. 솔직히 나는 그 돈에 붙는 이자의 반도 채 쓰지 못했지. 그런데 학생으로서 여유롭기만 했던 이런 생활이 나를 생각지도 못한 구렁텅이로 빠뜨렸던 것이네.

10

돈에 구애받지 않고 생활할 수 있었던 나는 어수선한 하숙 생활을 청산하고 집 한 채를 살까 하는 생각도 했다네. 그렇지만 그렇게 하려면 살림 도구를 사야 했고, 돌봐줄 아주머니도 필요할 것 같았고, 또 그 아주머니가 정직하지 않으면 안 되고, 집을 비워도 아무 걱정하지 않아도 될 사람이어야 했고……. 마음에 걸리는 이런저런 걱정을 하다 보니 막상 실행에 옮기기가 좀 불안해지더군. 어느 날 나는 우선 집이라도 찾아볼까 하는 마음에 산보를 겸해 혼고다이本郷台의 서쪽으로 내려가 고이시가와小石川 현재의 일본 분쿄 구文京區에 있는 지명−역주 언덕을 곧바로 덴츠우인傳通院 분교

구에 있는 정토종의 절 이름—역주 방향으로 올라갔지. 전차 통로로 개발된 후로 부근이 몰라보게 변했지만, 그 당시엔 왼편에 포병공창砲兵工廠 관동대지진이 있기 전까지 현재의 고라쿠엔後樂園에 있었던 육군병기창—역주 흙담이, 오른편에는 평지인지 언덕인지 분간이 잘 안 되는 잡초가 무성한 공터가 있었다네. 나는 그 잡초 속에 서서 아무 생각 없이 맞은편 절벽을 바라보았지. 지금도 그다지 나쁜 경치는 아니지만, 그 무렵엔 서쪽으로 펼쳐진 경관이 아주 그만이었네. 눈에 보이는 모든 곳이 숲이 우거진 녹지대로, 보기만 해도 마음이 가라앉았지. 그때 나는 문득 이 부근에 적당한 집이 없을까 하는 생각이 들더군.

　나는 곧바로 잡초 덤불을 가로질러 작은 길을 따라 북쪽으로 갔네. 지금도 깨끗하고 살기 좋은 동네가 되지 못하고, 삐걱거리기만 하는 가옥 풍경이지만, 그 무렵엔 훨씬 더 지저분한 모습이었지. 나는 골목을 벗어나기도 하고 샛길로 빠지기도 하면서 사방팔방으로 그 일대를 돌아다녔다네. 결국은 작은 골목 가게 안주인에게 부근에 작고 아담한 셋집이 있는지 물어보았지. 그러자 그 안주인은 "글쎄요"라고 말하면서 고개를 갸우뚱하더니 "셋집은 글쎄……" 하며 전혀 짐작갈 만한 데가 없다는 표정을 짓더군. 가망이 없겠다 싶어 내가 돌아가려고 하자, 그 안주인이 "전문적으로 하는 건 아니지만 하숙집이 한 군데 있는데 괜찮겠습니까?"라며 다시 묻는 것이었어. 그때 마음이 조금 흔들리더군. 조용한 가정집에서 혼자 하숙을 하는 것도 어떻게 보면 집을 얻게 되었을 때 생길 불편한 일들을 생략할 수 있어 좋겠다는 생각이 들었지. 그래서 결국 그 가게에 눌러앉아서 안주인으로부터 상세한 이야기를 들었네.

안주인이 말하는 그 집엔 어느 군인의 가족 — 아니지, 그 유족이라 해야겠군 — 이 살고 있는데 바깥양반이 확실치는 않지만, 청일전쟁 땐가 죽었다고 하더군. 일 년 전까지는 이치가야의 사관학교 근처에 마구간이 딸린 집에서 살았는데, 그곳이 너무 넓어서 팔고 이사를 왔다더군. 그런데 사람이 없다 보니 집안이 쓸쓸하기 그지없어서, 적당히 돌봐 주며 함께 살 사람이 있으면 소개해 달라는 부탁을 받았다더군. 그 집에는 미망인과 외동딸, 그리고 하녀뿐이라는 사실을 확인했지. 한적하고 조용해 아주 좋겠구나 싶더군. 그렇지만 나 같은 사람이 갑자기 같이 살겠다고 하면, 근본을 알 수 없는 학생이라며 금방 거절하지 않을까 하는 걱정도 들더군. 하지만 그때 나는 마침 대학 제복을 입고 있었지. 자네는 웃을지 모르지. 대학 제복이 어쨌단 말인가 하고. 그렇지만 그 당시의 대학생은 지금과는 달리 세상 사람들이 무조건 믿어 주는 그런 혜택을 누리고 있었지. 나 역시 사각 모자에 일종의 자신감이란 것을 느꼈을 정도니까. 나는 결국 안주인에게 들은 그 집을 혼자서 불쑥 찾아갔다네.

그리고 미망인을 만나 하숙을 하고 싶다는 뜻을 전했지. 미망인은 나의 출신, 학교, 전공 등에 관해 여러 가지 질문을 하더군. 그리고 이 사람 정도면 괜찮겠다는 생각을 했는지 언제든 들어와도 괜찮다며 그날 바로 허락해 주었네. 미망인은 예의 바르고 똑 부러지는 성격을 가진 사람이었지. 나는 군인의 아내되는 사람이란 으레 이런 식인가 하는 생각을 하면서 한편으론 감탄을 금할 수 없었네. 이런 성격에 어떻게 외롭다는 생각을 하는 것일까 하는 의문도 들더군.

11

나는 곧바로 그 집으로 이사를 했네. 그리고 처음 그 집을 방문했을 때 미망인과 이야기를 나누었던 방을 빌리기로 했지. 그 방은 그 집에서도 가장 좋은 방이었다네. 혼고本郷 주변에 하숙집이 뜨문뜨문 세워지고 있을 무렵 나는 학생 신분으로 얻을 수 있는 가장 좋은 방의 모습을 익히 알고 있었지. 그런데 나를 새 주인으로 맞이한 그 방은 그런 곳보다도 훨씬 훌륭했다네. 학생이었던 내 신분으로는 너무 과분하다는 생각이 들 정도였으니까.

방의 넓이는 다다미를 여덟 장 깐 크기였지. 한쪽 구석으로 장식용 선반이 있고, 툇마루와 그 반대편으로 한 칸의 서랍이 달려 있었네. 창문은 하나밖에 없었지만 툇마루가 남향인 덕에 따뜻한 햇살이 잘 비치는 그런 방이었지.

이사를 한 날 나는 방 안에 장식된 꽃병과 그 옆에 세워진 거문고를 보았다네. 솔직히 그 어느 것도 내 맘에 들지는 않았네. 나는 시와 책, 그리고 차를 즐겨 드시는 아버지 밑에서 자랐기 때문에 어렸을 적부터 중국풍의 취미가 몸에 배어 있었네. 그 때문인지 어느 틈엔가 이런 종류의 장식을 경멸하는 버릇이 생겼던 거지.

아버지가 살아 계셨을 때 모은 많은 서예 작품들이 숙부님 탓에 엉망이 되기도 했지만, 그래도 다행히 그중의 일부가 남아 있었다네. 나는 고향을 떠나면서 그것들을 동창에게 맡겼지. 그리고 그중 마음에 드는 네, 다섯 작품을 가방 속에 넣어서 가지고 왔다네. 그리고 옮기자마자 그것들을 꺼내어 벽에 걸고 즐길 생각이었지. 그런데 지금 말한 거문고와 꽃병을 보자 갑자기 용기가 없어지는 것이었네. 나중에야 알게 된 사실이지만, 그 꽃은 나에 대환 환영의 뜻으로 장식한 것이라고 하더군. 그 말을 들었을 때 나는 마음속으로 쓴웃음을 지었지. 거문고는 원래부터 그 자리에 있었던 것으로 달리 옮길 곳이 없어 하는 수 없이 그대로 세워 놓았다더군.

이 정도 들으면, 이제 당연히 자네의 머릿속엔 젊은 여자의 그림자가 스쳐 지나가지 않는가? 물론 이사를 한 나 역시 이사 전부터 그런 호기심이 발동하고 있었다네. 이런 장난기가 오히려 나를 자연스럽지 못하게 만든 것인지, 아니면 아직 내가 사람에 익숙하지 않았던 탓인지, 나는 처음으로 하숙집에서 그녀 — 하숙집 외동딸을 말하네 — 와 마주쳤을 때 당황하여 어쩔 줄 몰라 도대체 어떻게 인사를 나누었는지 모를 정도였다네. 그녀도 나를 보고 얼굴을 붉히더군.

나는 그때까지 미망인의 자태나 태도로 미루어 이미 그녀에 대한 모든 것을 상상으로 만들어 놓고 있던 상태였다네. 하지만 그 상상의 결과란 그녀에게 그다지 득이 되지 못할 그런 것이었다네. 군인의 아내니까 저렇겠지, 그리고 그런 미망인의 딸이니 이렇겠지 하는 식으로 생각에 생각을 이어간 결과가 빚어낸 내 추측은 결국 엉뚱한 곳으로 흘러가고 만 셈이지. 그녀의 얼굴을 처음 보았을 때 나는 내 추측이 모조리 빗나갔다는 사실을 깨달았네. 그리고 내 머릿속엔 지금까지 상상도 하지 못했던 이성이라는 향기가 새롭게 가슴으로 파고들어와 자리를 잡았다네. 그리고 그때부터 꽃병이 그렇게 맘에 들 수가 없더군. 옆에 있던 거문고 역시 방해가 된다는 생각은 이미 사라져 버렸지.

꽃은 시들 무렵이 되면 어김없이 새 꽃으로 바뀌었다네. 거문고는 가끔씩 모퉁이를 돌면 나타나는 별실로 사라지곤 했지. 나는 내 방 책상에 앉아 턱을 괴고는 사라진 거문고가 내는 소리를 듣곤 했다네. 거문고를 잘 타고 있는 것인지 못 타고 있는 것인지 분간할 수 없었지만, 아주 정교한 손놀림이 아니란 것만은 거문고에 문외한인 나로서도 금방 알 수 있었다네. 고작해야 방 안에 장식된 꽃꽂이 정도의 실력이 아닐까 하는 생각을 했지. 꽃이라면 어느 정도 안목이 있던 나는 그녀의 꽃꽂이가 그다지 뛰어나지 않다는 사실을 금방 알 수 있었거든.

그럼에도 그녀는 기죽지 않고 여러 가지 꽃으로 자주 갈아 주

었다네. 하지만 꽃꽂이 스타일은 항상 똑같았지. 꽃병 역시 똑같은 것이었다네. 한편 다른 방에서 들리는 노랫소리는 더 이상했다네. 뜨문뜨문 현을 뜯는 소리가 나기는 하는데 사람의 육성은 전혀 들리지 않았거든. 노래를 하지 않는 건 아닌데 마치 비밀 이야기를 나누기라도 하듯 아주 작은 목소리밖에 들리지 않더군. 게다가 한 번 꾸중을 들으면 그 가냘픈 목소리가 아예 들리지 않았지.

그렇지만 나는 기쁜 마음으로 엉성한 꽃꽂이 솜씨를 감상했고, 서투르기 그지없는 거문고 소리에 귀를 기울였지.

12

내 마음은 고향을 떠나면서 이미 염세적으로 바뀌었다네. 사람이란 믿을 게 못 된다는 관념이 그때, 뼛속 깊이까지 스며들었다는 생각이 들어. 나는 내가 적대시하던 숙부님과 숙모님, 그리고 그 외의 다른 친척들을 마치 인류의 대표자라도 된 듯이 생각하고 있었지. 기차에 올라타서도 옆자리의 사람을 끊임없이 주의 깊게 살폈을 정도니까. 가끔씩 상대편에서 말이라도 걸어오면, 더욱 경계심을 늦추지 않았지. 그 당시 내 마음은 우울하기 짝이 없었거든. 마치 납덩이를 집어 삼키기라도 하듯이 괴로울 때가 가끔씩 있었다네. 그러면 어김없이 내 신경은 날카롭게 곤두섰지.

내가 도쿄에 와서 하숙집을 나온 것도 이것이 커다란 원인이 되었다는 생각이 들어. 돈에 큰 불편함이 없기에 집 한 채를 얻을 생각을 한 것이 아니냐고 한다면 달리 할 말은 없지만, 원래 나란 사람은 비록 많은 여유 자금을 손에 쥐고 있다고 해도 자진해서 귀찮은 일을 벌이지는 않는다네.

나는 고이시가와로 이사를 한 후에도 한동안은 마음의 여유를 가질 수가 없었다네. 내 스스로 생각해도 부끄러울 정도로 자꾸만 주위를 두리번거리며 둘러보았지. 이상하게 잘 움직이고 있는 것은 내 머리와 눈이고, 입은 그와는 반대로 점점 둔해져 말이 서툴러지고 있었지. 나는 마치 고양이처럼 집안사람들을 주의 깊게 관찰하면서 묵묵히 책상에 앉아 있곤 했지. 가끔 그들이 가엾다는 생각이 들어도 나는 방심하지 않았고, 경계의 벽을 허물지 않았다네. 나는 마치 물건을 훔치지 않는 소매치기 같은 사람이다, 가끔씩 이런 생각을 하는 내 자신이 싫어질 때도 있었지.

자네는 틀림없이 이상하게 여기겠지? 그런 내가 어떻게 그녀를 좋아할 수가 있었을까? 그녀의 서투른 꽃꽂이를 어떻게 즐겁게 바라볼 수 있었을까? 서투른 그녀의 거문고 솜씨를 어떻게 기뻐하며 들을 수 있는 여유가 있었을까? 나는 그저 모두 사실이기 때문에 사실을 알려주는 거라고 말할 수밖에 없네. 나름대로의 해석은 영리한 자네에게 맡기기로 하고, 나는 그저 한마디만 덧붙이기로 하지. 나는 돈에 연관해서 세상 사람들을 의심하기 시작했지만, 사랑에 대해서는 아직 의심하지 않았네. 그래서 타인의 눈에 이상하더라도, 또 스스로 생각했을 때 모순이라고 해도, 내 마음속에선 아무렇지 않게 양립할 수 있었던 것일세.

나는 미망인을 항상 부인이라고 불렀네. 부인은 나를 조용한 사람, 어른다운 구석이 있는 사람이라고 평가해 주었지. 그리고 공부 벌레라는 칭찬도 해 주었다네. 그렇지만 나의 불안하기 짝이 없는 눈초리나 주위를 두리번거리는 모습에 대해서는 아무 말도 하지 않았지. 눈치를 채지 못한 것인지, 일부러 못 본 체하고 있었던 것인지, 어느 쪽이 맞는지 나도 잘 알지 못하지만, 그런 것들엔 그다지 신경을 쓰지 않는 듯이 보였다네. 그뿐만 아니라 어떤 때는 나를 아주 의젓한 사람이라고 말하면서 마치 존경스럽다는 듯이 말한 적도 있지. 그때 나는 얼굴을 붉히면서 부인의 말을 부정했다네. 그러자 부인이 "당신은 자기 자신을 잘 알지 못하니까 그렇게 말하는 거랍니다"라며 정성스럽게 설명해 주더군. 부인은 처음엔 나 같은 학생을 집에 둘 생각은 없었다고 했네. 어딘가 관공서에 근무하는 사람에게 객실을 빌려줄 생각으로 이웃에게 부탁을 했다고 말했지. 예전부터 부인은 급료가 많지 않아 하는 수 없이 비전문으로 하숙을 하는 집에 들어올 만한 사람을 생각하고 있었던 듯하네. 그런데 부인은 자신이 가슴속에서 그렸던 손님과 나를 비교하여 내가 더 의젓하다고 칭찬했던 것일세. 과연 듣고 보니 그렇게 빠듯하게 생활하는 사람과 비교한다면, 내가 금전적인 면에서 어느 정도 여유로울 수 있었겠지. 그것은 성격 문제가 아니었기 때문에 내 정신적인 면과는 거의 관계가 없는 것이나 마찬가지였지. 그런데 부인은 그런 생각을 나에 관한 모든 면에 적용하려고 애쓰고 있었다네.

13

하지만 부인의 이런 태도가 조금씩 내 기분을 바꾸기 시작했다네. 그리고 얼마 지나지 않아 나는 예전처럼 주위를 두리번거리지 않게 되었네. 내 마음이 지금 내가 살고 있는 곳에서 제대로 안정을 찾아가고 있다는 생각이 들었지. 다시 말해 부인을 시작으로 집안의 모든 것들이 비뚤어진 내 눈과 의심 많은 내 태도에 잘 맞아떨어지지는 않았지만, 이젠 나에게 커다란 행복을 주고 있었지. 상대방에게서 반사되어 나오는 것이 없어졌기 때문에 나는 조금씩 안정을 되찾아 갔네.

부인이 이해심이 많아 일부러 그렇게 대해 줬을 수도 있고, 또 자신이 공공연히 떠들어 댔듯이 나를 정말로 의젓하고 침착하게 보았는지도 모르네. 나의 좀스럽게 구는 버릇이 그다지 밖으로 드러나지는 않았기 때문에 어쩌면 부인이 속고 있었는지도 모르지.

나는 마음의 안정을 찾음과 동시에 조금씩 집안사람들과 가까워지기 시작했네. 부인과 그녀에게 농담을 주고받을 정도로. 그들이 차를 마신다며 자신들의 방으로 나를 부르는 일도 있었고,

내가 저녁에 과자를 사다 놓고 두 사람을 부르기도 했지. 나는 급작스레 교제 범위가 넓어졌다는 느낌이 들었다네. 그 덕분에 소중한 공부 시간을 빼앗기게 되는 일도 적잖이 생겼지. 그런데 이상하게도 그런 방해에도 아무런 거부감이 들지 않았다네. 부인은 원래부터 하는 일이 없어 늘 무료해 하는 그런 사람이었지. 그녀도 학교를 다니며 과외로 꽃꽂이나 거문고를 배우고 있었으니 매우 바쁘지 않을까 짐작했지만, 의외로 시간적인 여유가 많은 듯이 보였다네. 그래서 세 사람은 얼굴만 마주쳤다 하면 모여 앉아 세상 돌아가는 이야기를 하면서 어울렸다네.

나를 부르러 오는 사람은 대개 그녀였다네. 그녀는 툇마루를 직각으로 돌아올 때도 있었고, 거실을 가로질러 다음 방으로 이어지는 칸막이 문에서 모습을 드러내는 경우도 있었지. 일단 거기까지 오면 그녀는 잠시 걸음을 멈췄네. 그러고 나서 반드시 내 이름을 부르고, "공부?" 하며 물었네. 나는 대개 아주 어려운 책을 책상 위에 올려놓고 보고 있었으니 모르는 사람이 본다면 마치 공부벌레같이 보였을 것이네. 하지만 솔직히 말해 나는 그 정도로 열심히 책을 읽었던 것은 아니라네. 오히려 눈으로는 책을 보고 있으면서도 그녀가 부르러 오기를 기다리고 있었다는 편이 맞을지도 모르지. 기다리고 있어도 오지 않을 경우에는 내 쪽에서 하는 수 없이 자리를 털고 일어나곤 했다네. 그리고 그녀의 방 앞으로 가서 "공부?"라고 묻는다네.

그녀의 방은 거실 옆에 딸린 다다미 여섯 장 크기의 방이었다네. 부인은 그 옆의 거실에 있거나 혹은 그녀의 방에 함께 있기도 했지. 다시 말해 거실과 그녀의 방은 문이 있기는 했지만, 거의 없는 거나 마찬가지여서 부인과 그녀가 언제든 왔다갔다 했기에 누구의 방이라고도 할 수 없는 그런 식이었다네. 내가 밖에서 소리를 내면, "들어오세요"라고 말하는 것은 반드시 부인이었지. 그녀는 함께 있어도 거의 대답한 적이 없었다네.

가끔 그녀가 볼일이 있어 내 방에 들렀을 때는 내친김에 눌러앉아 이야기를 주고받게 되는 일도 있었다네. 그런 때는 내 마음이 이상하게 불안해지는 것이었어. 지금까지 나는 젊은 여성과 단둘이 마주 보고 앉는 일이 불안한 것이라고는 생각하지 않았다네. 하지만 어딘가 모르게 안절부절못하게 되곤 했지. 내 자신이 나를 배신하고 있는 듯한 그런 부자연스러운 태도가 나를 괴롭혔지. 그런데 그녀는 의외로 아주 태연했다네. 이 여자가 거문고를 다루면서 제대로 목소리조차 내지 못하는 그녀가 맞는지 의심이 갈 정도로 전혀 부끄러움을 타지 않는 거였어. 너무 시간이 지체되어 거실에서 어머니가 불러도 "예" 하며 대답만 할 뿐 쉽사리 자리에서 일어서지 않기도 했지. 어쩌면 그녀는 결코 어린아이가 아니었는지 몰라. 그런 모습이 나의 눈에 띄기도 했었지. 그렇게 보이도록 행동하는 것을 확실하게 알아챈 적도 있었다네.

14

그녀가 자리를 뜨면 그제야 나는 안도의 한숨을 내쉬었지. 그와 동시에 무언가 부족하고 아쉬운 듯한, 그리고 미안한 마음이 드는 것이었네. 어쩌면 나는 여자 같았는지도 모르네. 지금의 자네들이 본다면 더욱 그럴지 몰라. 하지만 그 당시의 우리들이란 대개 그런 식이었다네.

부인은 좀처럼 외출을 하지 않았지. 가끔 집을 비우게 될 때도 그녀와 나를 단둘이 남게 하는 그런 일은 없었다네. 그것이 우연이었는지 아니면 고의적인 것이었는지는 잘 모르겠네. 내 입으로 말하기도 좀 이상하지만, 부인의 행동을 잘 관찰하고 있으면, 어딘지 모르게 자신의 딸과 나를 접근시키려고 하는 것처럼 보였다네. 그러면서도 어떤 때는 은근히 나에 대한 경계를 늦추지 않았지. 처음 그런 경우를 접했을 때는 기분이 상하기도 했었지.

나는 부인이 어느 한쪽으로 마음을 정했으면 하는 바람이 있었다네. 내 이론으로 치자면 그것은 확실한 모순이었기 때문이지. 하지만 숙부님으로부터 속았던 기억이 채 아물지 않았던 나로서는 한 발짝 더 다가선 의심을 하지 않을 수 없었네. 나는 부인의 태도 중 어느 한쪽은 진짜이고, 남은 한쪽은 거짓이라고 추측했지. 그리고 그 판단 앞에서 머뭇거렸다네. 그뿐 아니라, 왜 그런 묘한 행동을 할까 하며 그 의미를 쉽사리 받아들이지 못했지. 그 이유를 도저히 찾아낼 수 없었던 나는 그저 여자라는 말로 대체하는 것에 만족한 적도 있었네. 분명히 여자이기 때문에 그런 것이다, 여자란 동물은 어차피 어리석기 그지없다. 생각이 막혀 버리면 나는 언제나 이렇게 결론을 내곤 했지.

그만큼 여자를 깔보고 있던 나이지만, 웬일인지 그녀에게 만큼은 그럴 수가 없었다네. 내 원리 원칙이 그녀 앞에서는 무용지물이 되곤 했지. 나는 그녀에게 거의 신앙에 가까운 사랑의 감정을 가지고 있었다고 말할 수 있네. 내가 종교에만 국한되는 이런 말을 젊은 여성에게 하는 것이 이상하다고 생각할지 모르겠네. 하지만 지금도 나는 그렇게 믿는다네. 진정한 사랑이란 종교를 믿는 마음과 그렇게 차이가 나지 않는다는 사실을 굳게 믿고 있다네. 나는 그녀의 얼굴을 볼 때마다 아름다워지려는 마음을 갖게 되었다네. 그녀에 대해 생각하면 고상한 마음이 금방이라도 나에게로 옮겨질 듯했지. 만약 사랑이라고 하는 불가사의한 물체에 두 가지 단면이 있어 그중 높은 곳에 있는 한 가지는 신성한 느낌이 작용하고, 낮은 곳에 있는 한 가지엔 성욕이란 것이 작용한다면, 나의 사랑은 정확히 높은 곳에 있는 극점을 취한 거라고 생각하네. 나는 원래부터 육체를 떠난 인간을 상상할 수 없었던 그런 사람이었으나 이상하게도 그녀를 보는 내 눈이나 마음에는 육체를 탐하는 그런 느낌은 전혀 없었다네.

나는 부인에게는 반감을 가지면서도 그녀에겐 연애의 감정을 높여 갔으니, 이 세 사람의 관계가 처음과는 달리 무척 복잡해졌다고 할 수 있지. 하지만 그 변화는 대부분이 내면적인 것이어서 밖으로 드러나지는 않았다네. 그러던 중에 나는 어떤 조그만 기회를 계기로 지금까지 내가 부인을 오해하고 있지 않았는가 하는 생각을 했다네. 나에 대한 부인의 모순된 태도가 그 어느 쪽도 거짓이 아니라고 생각을 바꾸게 된 거지. 그리고 그것들이 서로 다르게 부인의 마음을 지배하는 것이 아니고, 동시에 존재한다는 것도 알았다네. 다시 말해 부인이 나에게 딸을 접근시키면서 동시에 나에 대한 경계심을 늦추지 않고 있다는 사실은 모순이지만, 다른 한편의 태도를 잊는다거나 혹은 뒤집거나 하지 않고 변함없이 우리 두 사람이 가깝게 지내도록 했던 것이지. 자신이 올바르다고 생각하는 정도 이상으로 두 사람이 밀착되는 것을 꺼리고 있다고 해석한 거라네. 딸에게 육체적으로 접근하려는 생각이 전혀 없었던 나는 그때 괜한 걱정이라고 생각했네. 물론 그 뒤로 부인에 대한 나쁜 감정은 사라졌지.

15

부인의 태도를 종합해 본 결과 나는 이 집에서 무척 신뢰받고 있다는 확신을 가졌다네. 게다가 그 신뢰는 내가 부인과 첫 대면을 했을 때부터 시작되었다는 것도 알게 되었지. 타인을 의심하던 내 마음에 이 확신은 좀 기이하게 여겨질 정도로 영향력을 발휘했네. 나는 남자와 비교할 때 여자가 더 직관력이 풍부하지 않을까 생각하네. 그리고 동시에 여자가 남자를 위해 속는 이유도 여기에 있지 않을까 싶네. 부인을 그렇게 간파한 내가 딸에 대해서도 같은 직관력을 강하게 발휘하고 있었으니, 지금 생각해 보면 정말 이상한 일이었지. 나는 타인을 믿지 않겠다고 가슴속 깊이 맹세했으면서도 딸은 절대적으로 믿고 있었다네. 그러면서도 나를 믿고 있는 부인은 이상하게 여겼지.

나는 고향에 대해 그다지 많은 사실을 이야기하지는 않았네. 특히 이번 사건에 대해서는 아무 말도 하지 않았지. 그 사건을 머릿속에 떠올리기만 하면 나는 일종의 불쾌감에 사로잡히곤 했어.

될 수 있으면 나는 부인의 이야기를 듣기만 하려고 노력했네. 그런데 상대는 나를 가만두지 않았네. 조그마한 틈이라도 노려 어떻게 해서든 고향에 대한 이야기를 들으려고 했지. 결국 나는 모든 것을 이야기하고 말았다네. 두 번 다시 고향으로 돌아가지 않을 거란 사실도. 그리고 돌아간다 해도 아무것도 없다는 것과 있다고 해도 부모의 무덤뿐이라는 사실을 말한 순간 부인은 연민의 감정을 억누르지 못하는 듯한 모습이었다네. 딸은 울기까지 했지. 나는 솔직히 이야기하길 잘했다고 생각했다네. 정말 기뻤지.

나에 관한 모든 것을 알게 된 부인은 자신의 직감이 적중했다는 그런 행동을 취하지는 않았다네. 그리고 나를 친척뻘쯤 되는 젊은이로 대우해 주었어. 나 역시 이에 대해 화가 나기는커녕 오히려 유쾌함을 느낄 정도였다네. 그런데 그러는 사이에 내 마음속에서는 다시 의심이 일어나게 되었다네.

내가 부인을 다시 의심하기 시작한 것은 아주 사소한 일 때문이었어. 하지만 그 사소한 일이 점점 쌓여 가면서 의혹은 깊게 뿌리 내리기 시작했다네. 나는 어느 순간부터 갑자기 부인이 숙부님처럼 딸을 나에게 접근시키기 위해 노력한다고 생각하게 된 거야. 그리고 그때부터 아주 친절하게 보였던 부인이 교활한 책략가로 내 눈에 비친 거였지. 나는 입술을 꽉 깨물었다네.

부인은 처음부터 사람이 없고 적적해서 하숙을 한다고 말했지. 나도 그것을 거짓이라고는 받아들이지 않네. 하지만 경제적으로 그다지 풍족한 생활을 한다고는 말할 수 없었지. 이해 문제를 놓고 생각해 보면, 나와 특별한 관계를 맺는 일이 부인의 입장에서 결코 손해는 아니었지.

나는 다시 부인을 경계하기 시작했다네. 그렇지만 딸에 대해서는 앞에서 말한 대로 강한 사랑의 감정을 가지고 있는 내가, 그 어머니에 대해 제아무리 경계를 한다고 한들 그런 게 어찌 가능하겠는가? 나는 혼자서 나 자신을 비웃었다네. 참 바보 같다고 욕한 적도 있었지. 하지만 그 정도의 모순이라면, 아무리 바보스럽다고 해도 그 정도의 고통으로 모든 것을 끝냈을 것이네. 부인과 마찬가지로 딸도 역시 책략가가 아닐까 하는 의문이 생기면서 나의 번민은 더욱 커졌지. 두 사람이 서로 입을 맞추고 모든 것을 계획대로 추진하고 있는 건지도 모른다는 생각이 들자, 갑자기 괴로워

서 참을 수가 없었다네. 그저 불쾌한 정도가 아니라, 절체절명의
괴로움에 사로잡혔지. 그러면서도 다른 한편으로 나는 딸을 굳게
믿으며 의심하지 않았던 걸세. 그러니 나는 미신과 신념이라는 그
중간에 서서 조금도 움직일 수가 없었지. 나에게 그 어느 쪽은 상
상이었고, 또 다른 쪽은 진실이었다네.

16

나는 변함없이 학교를 다니고 있었네. 하지만 교단에 서서 강
의하는 교수님의 말씀이 그저 가물가물할 뿐이었다네. 공부도 마
찬가지였지. 눈에 들어오는 활자가 마음 깊은 곳까지 도달하기 전
에 이미 연기처럼 사라지고 말았지. 그리고 나는 다시 말수가 줄
었다네. 두세 명의 친구들은 마치 내가 명상의 세계에라도 푹 빠
져 있는 것처럼 떠들고 다녔지. 나는 그 오해를 풀려 하지 않았네.
지금 처한 상황을 잘 가릴 수 있는 아주 적절한 가면을 쓰게 되었
음을, 오히려 행복해 하고 기뻐했다네. 그렇지만 가끔씩 그것으
로는 만족하지 못했는지 발작적으로 크게 떠들어 그들을 놀래키
기도 했다네.

하숙집은 사람의 출입이 아주 적었지. 친척들도 그리 많지 않
은 듯이 보였어. 딸의 학교 친구들이 가끔씩 놀러오는 일은 있었

지만, 그들은 아주 작은 목소리로 있는지 없는지 알 수 없을 정도로 조용히 있다가 돌아가곤 했지. 그것이 나에 대한 배려에서였다는 사실을 쉽사리 눈치 채지는 못했네. 나를 찾아오는 사람들은 거칠다고 해야 할 정도는 아니었지만, 그렇다고 집안사람들을 배려하지도 않았으니까. 이렇게 되다 보니 하숙생인 내가 마치 주인이고, 정작 딸은 식객이 된 듯했지.

그러나 이 사실은 그저 생각나는 대로 적은 것일 뿐 어찌 되어도 상관없는 일이라네. 단지 한 가지 사실만은 그렇지가 않았네. 거실인지 아니면 딸의 방인지 정확하지는 않았지만, 어느 날 갑자기 남자 목소리가 들렸지. 그 목소리는 역시 내 손님들과는 달리 매우 낮은 목소리였다네. 그래서 무슨 이야기를 하고 있는지 전혀 감을 잡을 수 없었네. 나는 시간이 흐를수록 신경이 더욱 곤두섬을 느꼈지. 가만히 앉아 있어도 이상하게 불안하기 그지없었네. 나는 우선 그 사람이 친척인지, 아니면 그저 알고 지내는 지인知人인지 생각해 보았지. 그리고 젊은 남자인지, 나이를 먹은 남자인지 생각했네. 하지만 가만히 앉아서 그런 일들을 알 수는 없었지. 그렇다고 해서 무작정 달려가 문을 열고 확인할 수도 없는 노릇이었어. 이제는 내 온 신경이 떨린다기보다는 커다란 파도를 치듯이 나를 괴롭혔다네. 나는 손님이 돌아간 후에 그 사람이 누구인지 물어보았네. 두 사람의 대답은 아주 간단명료했지. 나는 무언가 모자란 듯한 얼굴을 보이면서도 만족할 때까지 추궁할 용기도 가지고 있지 않네. 물론 그럴 만한 권리도 없었지. 나는 품격을 소중히 여기지 않으면 안 된다는 자존심과 동시에 그 자존심을 저버리고 무언가를 바라는 그런 모습을 두 사람 앞에서 내보였다네. 그들은 웃음을 터뜨렸지. 그것이 조롱하는 의미가 아니고 호의에서 오는 웃음인지, 아니면 호의에서 오는 웃음처럼 보이려고 하는 것인지, 도저히 알 수 없어 나는 마음을 진정시키지 못했다네. 그리고 그 시간이 지나고 나면 바보 취급을 당했다, 바보 취급을 당한 게 아닐까 하며 몇 번씩 되풀이해서 생각했다네. 나는 자유로운 몸이었네. 예를 들어 학교를 도중에 그만두든, 다른 곳으로 가서 어떻게 살든, 어떤 사람과 결혼을 하든, 누구와도 상의하지 않고 혼자서 결정을 내릴 수 있는 처지에 있었다는 말일세. 나는 그때까지 부인에게 딸을 달라고 과감히 이야기할까 하는 생각을 몇 번이나 했었다네. 그러나 그때마다 주저하게 되었고, 결국 입 밖으로는 꺼내지도 못한 채 시간만 보내기 일쑤였지. 거절당하는 게 두려운 것이 아니었다네. 만약 거절당하면 내 운명이 어떻게 변할지 모르지만, 그 대신에 지금까지와는 다른 방향에서 새롭게 세상을 바라볼 수 있는 기회도 생기기 때문에 그 정도의 용기는 낼 수도 있었을 것이네. 그러나 나는 꼬임에 말려드는 게 아주 싫었지. 남의 꾀에 빠지고 만다면 나는 무척 화가 났을 것이네. 숙부님에게 속은 기억이 있는 나는, 앞으로 어떤 일이 있어도 다시 속지 않을 거라고 결심했다네.

17

내가 책만 사는 것을 본 부인이 옷도 좀 사라고 하더군. 사실 나는 그때 시골에서 짠 무명옷밖에 가지고 있지 않았지. 당시의 학생들은 비단옷을 입을 정도는 아니었네. 내 친구 중에 요코하마에서 장사를 하는 집 아들이 있었는데 무척 부자였지. 그에게 어느 날, 얇고 부드러운 견직물로 만든 소매 없는 보온용 내복이 배달된 적이 있었다네. 그것을 보고 모두들 웃었지. 그 친구는 부끄러워 하더니 애써 집에서 보내온 옷을 입어 보지도 않고 가방 안에 집어넣었네. 그러자 그 주변에 모여 있던 많은 친구들이 일부러 그 옷을 꺼내 입어 보는 것이었다네. 그런데 운 나쁘게도 그 옷 속에 이가 들끓게 되었지. 그 친구는 마침 잘 됐다는 식으로 그 옷을 둘둘 말아 밖으로 나가더니 네즈根津 도쿄의 분교 구의 지명―역주의 커다란 하수구에 던져 버리고 말았다네. 그때 함께 있었던 나는 다리 위에 서서 친구의 행동을 바라보며 웃고 있었지만, 버린 옷이 아깝다는 생각은 조금도 하지 않았네.

그 무렵과 비교해 보면 나는 지금 꽤나 어른스러워졌지. 그렇지만 스스로 외출복을 살 생각을 할 정도는 아니었다네. 나는 졸업을 하고 수염을 기를 때가 될 때까지는 복장 걱정은 하지 않아도 된다는 묘한 생각을 가지고 있었지. 그래서 부인에게 책은 필요하지만 옷은 필요 없다고 대답했네. 부인은 내가 사는 책의 분량을 알고 있었는데, 산 책을 모두 읽느냐고 묻더군. 내가 산 책 중에는 당연히 읽어 봐야 하는데도 불구하고 첫 페이지조차 넘겨 보지 않은 것들이 다소 있었기 때문에 나는 대답하지 못하고 우물 쭈물했다네. 그래서 어차피 보지 않을 거라면, 책을 사는 것이나 옷을 사는 것이나 마찬가지라는 사실을 깨닫게 되었지. 그리고 나는 신세를 많이 진다는 핑계로 딸에게 마음에 드는 기모노용 허리 끈이나 혹은 옷감을 사 주고 싶었던 것일세. 그래서 부인을 불러 모든 것을 부탁했지.

부인은 내게 함께 가자고 명령조로 말하더니, 딸에게도 함께 가지 않으면 안 된다고 하더군. 지금과는 다른 분위기 속에서 자란 우리들은 학생 신분으로 젊은 여성과 함께 걷는다는 건 감히 상상도 못했다네. 그 무렵 나는 더욱 그런 관습에 얽매인 노예였던지라 많이 주저했지만, 결국 과감히 함께 가기로 마음을 먹었지.

딸은 아주 화려하게 옷을 차려입었지. 피부색이 하얀데다가 분을 바르니 더욱 눈에 띄더군. 길거리에서 많은 사람들이 힐끔힐끔 그녀를 쳐다보았네. 그리고 그녀를 쳐다본 사람들은 꼭 시선을 돌려 내 얼굴을 쳐다보니 참으로 이상할 수밖에.

우리는 니혼바시日本橋 도쿄의 중앙부에 위치해서 번화했던 장소-역주로 가서 물건을 샀네. 사기까지는 몇 번씩이나 마음이 변했기 때문에 생각보다 시간이 걸리더군. 부인은 일부러 나를 불러 어떤지를 물어보았다네. 가끔은 옷감을 딸의 가슴 부위에 대어 보고는 나에게 두세 발 떨어져서 봐 달라고 하기도 했지. 나는 그때마다 뒤로 물러서서 보고는 그것은 안 어울린다, 그것은 잘 어울린다 하며 어찌 되었든 한 사람 몫을 해냈다네.

집으로 돌아오니 이미 저녁을 먹을 시간이었다네. 부인은 나에 대한 감사의 뜻으로 맛있는 것을 대접한다며 기하라다나木原店 현재의 니혼바시 도큐백화점 북측 부근에 위치했던 만담장인 '기하라테이木原亭'를 이르는 말−역주라고 하는 만담장漫談場이 있는 좁은 옆 골목으로 나를 데리고 갔다네. 골목도 좁았지만, 저녁을 먹는 집도 좁기는 마찬가지였다네. 그 주변의 지리를 잘 알지 못했던 나는 부인에게 그저 놀랄 따름이었지.

우리들은 밤늦게 집으로 돌아왔다네. 그 다음 날은 일요일이었기 때문에 나는 하루 종일 방 안에 처박혀 있었지. 월요일이 되어 학교에 간 나는 이른 아침부터 동급생인 친구로부터 놀림을 받았다네. 언제 아내를 맞아들였느냐 시치미를 떼며 묻는 것이었지. 그리고 아내가 무척 미인이라고 칭찬하더군. 내가 니혼바시에 나갔던 것을 그 친구가 본 모양이었네.

18

나는 집으로 돌아와 그 이야기를 부인과 딸에게 했다네. 부인은 웃었지. 하지만 무척 곤란했겠다면서 내 얼굴을 바라보았지.

나는 그때 마음속으로 부인이 이런 식으로 내 마음을 떠보는 것인가 하고 생각했다네. 부인의 눈은 내가 그렇게 생각하기에 충분했지. 그때 내 마음을 직설적으로 고백했더라면 좋았을지도 모르지. 하지만 나에게는 호의狐疑 의심하여 주저함라고 하는, 상대방을 의심하는 께름칙한 덩어리가 항상 나를 괴롭히고 있었다네. 나는 고백을 하려다가 주춤거리며 멈추고 말았지. 그러고는 일부러 이야기를 다른 방향으로 돌렸다네.

나는 말해야 할 가장 중요한 부분을 대화의 핵심에서 빼냈던 것일세. 그리고 딸의 결혼에 대한 부인의 의중을 떠보려 했지. 부인은 나에게 두세 군데 그런 이야기가 없던 것도 아니었다며 확실하게 말했다네. 그리고 아직 학교를 다니고 있고 어리기 때문에 그다지 서두르지는 않는다고 하더군. 부인은 말은 하지 않았지만, 딸의 용모에 무척 자신감을 가지고 있는 것으로 보였네. 정하려고 들면 언제든지 정할 수 있다는 말까지 했을 정도니까. 다만 외동딸이라 쉽사리 품에서 떼어 내고 싶지 않은 듯했다네. 시집을 보낼까, 데릴사위를 맞을까 고민하고 있는 것처럼 생각되었지.

나는 부인으로부터 여러 가지 정보를 얻었다는 느낌이 들었다네. 하지만 그것 때문에 기회를 놓치고 말았지. 결국 내가 하고 싶은 말은 한마디도 꺼내지 못했거든. 적당한 시간을 틈타 이야기를 끝내고 나는 방으로 돌아왔다네.

좀전까지 곁에 있으면서 그건 너무했다는 둥 어쨌다는 둥 하며 웃고 있던 딸은 어느새 한쪽 모퉁이로 옮겨가 등을 돌린 채로 있었다네. 나는 일어서면서 그 뒷모습을 보았네. 하지만 뒷모습만으로는 사람의 마음을 읽을 수 없는 법이지. 딸이 이 문제를 어떻게 생각하고 있는지 전혀 짐작할 수 없었다네. 그녀는 벽장을 앞에 두고 앉아 있었는데 벽장이 조금 열린 틈으로 무엇인가를 꺼내 무릎 위에 올려놓고 바라보고 있는 듯했어. 그 열린 틈새로 엊그제 산 옷감이 눈에 띄었지. 내 기모노도 그녀의 옷감도 같은 벽장 안에 포개져 있었네. 내가 아무 말도 없이 자리를 털고 일어나자 부인이 갑자기 태도를 바꾸면서 어떻게 생각하느냐고 묻더군. 도대체 무엇을 어떻게 생각하는지 도리어 물어보지 않으면 안 될 정도로 돌발적인 물음이었지. 그것이 딸을 하루라도 빨리 정리하는 편이 어떻겠느냐는 의미였다는 것을 확실히 알게 되었을 때, 나는 될 수 있으면 천천히 진행시키는 게 좋지 않겠느냐고 대답했다네. 부인도 그렇게 생각한다고 했지.

부인과 딸과 나의 관계가 이렇게 진행되고 있을 때, 다른 또 한 명의 남자가 끼어들게 되었지. 그 남자가 하숙집의 일원이 된 결과 내 운명에 커다란 변화가 생기게 되었다네. 만약 그 남자가 내 생활의 행로를 가르지만 않았어도, 필시 이렇게 긴 편지를 자네에게 남길 필요도 없었을 것이네. 나는 아무 손도 못쓰고 악마가 지나가는 길목에 서서 그 일순간의 그림자로 인해 내 일생이 어두워졌는데도 전혀 알아차리지 못하고 있었던 것과 마찬가지였다네. 고백하지만, 나는 그 남자를 내 스스로 끌고 왔네. 물론 부인의 승낙도 필요했기에 나는 처음부터 아무것도 감추지 않고 부탁했었네. 그런데 부인은 그러지 말라고 하더군. 내가 데리고 올 만한 충분한 사정이 있음에도 불구하고 부인은 만류했다네. 하지만 나는 그것을 강제적으로 결행시켰다네.

19

그 친구를 K라고 부르기로 하겠네. K와 나는 어린 시절부터 친한 사이였다네. 어린 시절부터라고 하면 말하지 않아도 이해되지 않는가? 우리가 같은 고향이라는 인연이 있었던 것을. K는 정토종의 분파인 진종眞宗에 속하는 중의 아들이었다네. 원래 그는 장남이 아니고 차남이었지. 그리고 어느 의사의 양자로 보내졌다네. 내가 태어난 지방은 혼간지本願寺 교토 시에 있는 정토진종의 본－역주의 영향력이 대단히 커서 진종의 중은 다른 지역에 비해 물질적으로 풍요로운 편이었다네. 예를 들어, 그중의 딸이 결혼 적령기에 접어들었다면, 단가檀家 사람이 상담을 해서 어딘가 적당한 곳으로 시집을 보내 준다네. 물론 그 비용은 중의 품속에서 나오지 않지. 그래서 진종의 절은 대부분이 부유하다고 할 수 있었지.

K가 태어난 집도 제법 부유했지. 하지만 차남을 도쿄로 유학 보낼 정도의 여력이 있었는지 없었는지는 잘 모르겠네. 또 유학을 보낸다는 조건으로 양자로 준 건지 어떤지도 잘 모르겠네. 어쨌든

K는 의사에게 양자로 보내졌지. 그것은 우리들이 아직 중학생일 때의 일이었네. 나는 선생님이 출석을 부를 때 K의 성이 갑자기 바뀐 사실을 알고 무척 놀랐던 것을 지금도 기억하고 있다네.

　K를 양자로 받아들인 곳도 대단한 재산가였다네. K는 그곳에서 학비를 받아 도쿄로 왔지. 나와 같은 시기는 아니었지만, 도쿄에 도착하고 이내 같은 하숙집에 머무르게 되었지. 그 당시엔 한 방에 두 명 혹은 세 명이 책상을 나란히 놓고 생활하곤 했다네. K와 나도 둘이서 같은 방을 썼지. 마치 산에서 사로잡힌 두 마리의 짐승이 한 우리 속에 갇혀져 서로 감싸 안은 채로 밖을 노려보고

있는 것과 같았지. 두 사람은 도쿄와 도쿄 사람들을 두려워했었네. 하지만 여섯 다다미의 좁은 방에서는 천하를 옆눈으로 흘겨보는 듯한 말을 하곤 했었지.

그렇지만 우린 정말 성실하게 살았네. 정말로 훌륭한 사람이 될 생각을 가지고 있었기 때문이지. 특히 K는 건강했다네. 절에서 태어난 그는 항상 정진精進이란 말을 즐겨 사용했네. 그리고 그의 동작 하나하나는 이 정진이라는 한 단어로 형용되는 것 같았지. 나는 마음속으로 항상 K를 경외하고 있었다네.

K는 중학교에 다닐 무렵부터 종교라든가 철학이라고 하는 어려운 문제로 나를 괴롭게 만들었다네. 이것이 그의 부친에 의한 감화인지 아니면 자신이 태어난 집, 즉 절이라고 하는 특별한 건물에 속하는 분위기 때문인지는 잘 모르겠네. 어쨌든 그는 실제 중보다도 훨씬 더 중답게 보였으니까. 원래 K가 양자로 들어간 집에선 그를 의사로 키울 생각으로 도쿄로 보냈다네. 하지만 완고한 성격의 그는 의사가 되려는 결심으로 도쿄에 온 게 아니었네. 나는 그에게 그럼 양부모를 속이는 일과 똑같지 않냐고 물었지. 대담한 그는 그렇다고 그러더군. 도道를 위해서라면 그 정도는 상관없다는 것이었지. 그때 그가 인용한 도라는 말은 아마 그에게도 제대로 이해되지는 않았던 것 같네. 나 역시 물론 제대로 알고 있지는 못했지. 하지만 젊은 나에겐 그저 이 막연한 단어가 존귀한 느낌으로 다가왔다네. 하지만 잘 알지 못하더라도 고상한 마음에 의해 지배되고, 그렇게 행동하려는 마음가짐만은 이상하게 보일

리가 없다고 생각했다네. 나는 K의 의견에 찬성했지. 내 찬성이 K에게 얼마만큼의 힘이 되었는지는 잘 모르겠네. 고지식한 그는 아무리 내가 반대를 한다고 해도 자신이 생각한 대로 관철시켰을 것이 틀림없었으니까. 하지만 만일의 경우에 찬성의 성원을 보낸 나에게도 다소의 책임은 있으리라는 것을 어린 나이지만 잘 알았고, 그래서 이를 감수할 생각이었다네. 만약 그때 그만한 각오가 없었다 하더라도 일단 성인인 만큼 과거를 돌이켜 볼 상황이 생기면, 나에게 부여되는 책임만큼은 지는 게 당연하다는 생각에서 찬성한 것이라네.

20

K와 나는 같은 학과에 입학했다네. K는 모른 척 시치미를 떼며 양가養家에서 보내오는 돈으로 자신이 좋아하는 길을 걸어가기 시작했지. 설마 눈치 채지 못할 거라는 교만과 알게 되더라도 상관없다는 배짱, 이 두 가지 모두 K의 마음에 자리 잡고 있었네. K는 나보다 오히려 더 느긋했지.

첫 여름방학에 K는 고향으로 돌아가지 않았네. 고마고메駒籠에 있는 어느 절의 방을 한 칸 빌려 공부를 한다고 말했지. 내가 돌아온 것은 9월 초순이었는데, 그는 역시 대관음大觀音 분교 구의 고우겐

지향原寺에 있는 십일면 관음상—역주에 딸린 지저분한 절 안에 틀어박혀 있었다네. 그는 본당 바로 옆에 있는 좁은 방에 머물렀는데, 그곳에서 자신이 하고 싶은 공부를 할 수 있어서 무척 기쁜 듯이 보였다네. 나는 그때 그의 생활이 점점 중의 모습을 닮아 간다고 느꼈지. 그는 손목에 염주를 걸치고 있었다네. 내가 그것이 무엇을 위한 것이냐고 묻자 그는 엄지손가락으로 하나, 둘 세는 흉내를 내 보이더군. 그는 이렇게 해서 하루에 몇 번씩이나 염주의 띠를 셈하는 듯했다네. 하지만 나는 그 의미를 알 수 없었지. 둥그런 원을 만들고 있는 염주 알을 하나하나 셈해 가면 언제까지 셈해도 결국 끝이 없지 않은가. K는 어떤 시점에서 어떤 마음이 들어야 염주를 넘기던 손가락을 멈추는 것일까? 우습게도 나는 그런 생각을 자주 하곤 했다네.

나는 또 그의 방에서 성서를 보았다네. 나는 그때까지 그의 입을 통해 경문經의 이름은 자주 들었지만, 기독교에 관해서는 들은 기억이 없었기 때문에 좀 놀랐다네. 나는 그 이유를 묻지 않고는 견딜 수가 없었지. K는 별달리 이유가 있는 건 아니라고 대답했네. 사람들이 그렇게 고마워하는 책이라면 읽어 보는 것도 당연하지 않을까 싶었다더군. 게다가 시간이 나면 코란도 읽어 볼 생각이라고 말했지. 그는 모하메드와 검이라고 하는 말에 아주 많은 흥미를 가지고 있는 듯했네.

그는 2학년 여름방학에 고향으로부터 재촉을 받고서야 겨우 돌아갔다네. 하지만 아무런 말도 하지 않은 듯했지. 집에서도 아직 그 사실에 대해 눈치 채지 못한 듯 보였다네. 자네는 학교 교육을 제대로 받은 사람이니 잘 이해하겠지만, 세상은 학생의 생활이나 학교 규칙에 대해 놀랄 정도로 무지하다네. 우리들에게 아무것도 아닌 일이 외부에서는 전혀 통용되지 않기도 하지. 우리들은 비교적 내부의 공기만을 들이마시고 있기 때문에 교내의 일은 작든 크든 간에 모두 세상에 알려져 있을 거라고 과신하는 버릇이 있지. K는 그 점에 있어서는 나보다 더 세상을 잘 알고 있었던 것 같더군. 시치미를 뚝 떼고 다시 도쿄로 왔으니까. 고향을 떠날 때는 나도 함께였기 때문에 기차에 오르자마자 어떻게 되었는지 물었다네. K는 아무 일도 없었다고 대답하더군.

세 번째 여름방학은 마침 내가 영원히 부모님이 잠들어 계신 땅을 떠나려고 결심했던 때였지. 나는 그때 K에게 귀향을 종용했지만, 그는 응하지 않았지. 그렇게 매년 집에 돌아가서 무엇을 하느냐는 게 그의 대답이었네. 그는 또 남아서 공부를 할 생각이었던 듯싶었지. 나는 할 수 없이 홀로 도쿄를 떠나기로 마음먹었네. 내가 고향에서 보낸 그 2개월이 내 인생에 있어 얼마나 파란만장했는지는 앞서 말했기 때문에 반복하지는 않겠네. 나는 불만과 우울, 고독과 외로움을 가슴 가득히 안고서 9월에 다시 상경했고, K와도 재회했지. 그런데 그의 운명도 나와 마찬가지로 변해 있더군. 그는 내가 알지 못하는 사이에 양가로 편지를 써서 자신의 거짓을 고백했다네. 그는 처음부터 그럴 각오였다고 하더군. 이제 와서 얘기한들 돌이킬 수 없으니 네가 하고 싶은 대로 하라는 말을 듣지 않겠느냐는 나름대로의 생각도 있었겠지. 어쨌든 대학에 들어와서까지 양부모를 끝까지 속일 생각은 없었던 듯했네. 또 속이려고 해도 오래지 않아 모든 것이 탄로날 것이라고 간파한 것인지도 모르지.

21

K의 편지를 읽은 양아버지는 무척 화를 냈다네. 부모를 속이는 괘씸한 녀석에겐 학비를 보낼 수 없다는 냉정한 답장을 보내왔지. K는 그것을 나에게 보여 주었네. K는 또 그 일을 계기로 지금까지 생가로부터 받았던 편지들도 보여 주더군. 여기에도 앞서 읽은 편지에 뒤지지 않는 엄한 질책의 내용이 담겨 있었다네. 양갓집에 고개를 들 수 없다는 의리가 작용한 탓인지 그 편지도 앞으로 일절 관여하지 않겠다는 내용이었다네. K가 이 사건을 계기로 호적을 원상태로 복원할지 아니면 다른 적당한 타협의 길을 강구하여 여전히 양갓집에 적을 둘지, 그것은 앞으로 일어날 문제였지만, 당장 어떻게 하지 않으면 안 될 것은 매월 필요한 학비였네. 나는 K에게 생각해 둔 것이 있는지 물어보았다네. 그는 야학 선생이라도 할 생각이라고 대답하더군. 그 당시는 지금에 비하면 세상이 안정되어 있어서 부업은 자네가 생각하는 만큼 구하기가 어렵지

만은 않았다네. 나는 K가 충분히 잘 해내리라고 생각했네. 하지만 나에게도 책임이 있었지. K가 양가의 뜻을 어기고 자신의 길을 가려고 했을 때 찬성한 사람이 나였지 않았나? 나는 그저 모른 채 수수방관할 수는 없었다네. 나는 그 자리에서 물질적인 보조를 제의했네. 그러자 K는 계속 거절하더군. 그의 성격으로 봤을 때, 친구에게 신세를 지는 것보다 자립하는 편이 훨씬 마음 편했던 거지. 그는 대학에 들어온 이상 자신을 책임질 수 없으면 남자가 아니라는 식으로 말하더군. 내 책임을 다하기 위해서 그의 감정을 상하게 할 수는 없었다네. 결국 나는 그가 원하는 대로 하도록 손을 뗐지.

K는 곧 일자리를 찾기 시작했다네. 하지만 그냥 흐르는 시간조차 아쉬워하는 그에게 이런 일이 얼마나 괴로웠을지는 상상하지 않아도 알 수 있었지. 그는 지금까지 해 온 대로 공부도 게을리 하지 않으면서 새로운 짐을 그 위에 얹은 채 돌진했지. 나는 그의 건강이 염려되었다네. 하지만 강직하고 굽힘이 없는 그는 웃기만 할 뿐 내 주의를 조금도 받아들이지 않았지.

동시에 그는 양가와는 점점 더 복잡하게 꼬여만 갔다네. 그와는 전처럼 이야기할 시간이 없었기 때문에 결국 사건의 전말은 듣지 못했지만, 해결이 점점 더 어려워져 갔다는 사실만은 잘 알고 있었다네. 중간에 사람이 나서서 조정을 꾀하려 했던 사실도 알고 있었지. 그 사람은 편지로 K에게 귀향을 권했지만, K는 도저히 포기할 수 없다며 응하지 않았다네. 그는 학기 중이니 돌아갈 수

없다고 했지만, 상대방 입장에서 본다면 고집스러운 게 아닐 수
없었지. 그것이 사태를 더욱 험하게 만들어 가고 있었다네. 그는
양갓집의 감정을 상하게 하면서 동시에 생가의 노여움도 사게 된
것이지. 내가 걱정이 되어 양쪽 집안을 융화시키기 위해 편지를
썼을 때는 이미 손을 쓸 수 없었다네. 내 편지는 한 통의 답장도
받지 못한 채 묻히고 말았지. 나 역시 화가 나기 시작했다네. K를
동정하고 있었던 나는 그 이후로는 시시비비를 제쳐 두고라도 더
이상 K의 편이 되고 싶지 않았다네.

결국 K는 호적을 원래로 돌리기로 마음먹었다네. 양가로부터
받은 학비는 생가에서 변상하는 것으로 결론지어졌지. 그 대신 생
가에서도 전혀 개의치 않을 테니 앞으로는 마음대로 하라고 했다
더군. 옛날 말로 의절이라고 표현함이 옳겠지. 어쩌면 그 정도로
강한 표현은 아니었는지 모르지만, K는 그렇게 해석하고 있었다
네. K에게는 어머니가 계시지 않았네. 굳이 말하자면 계모 밑에
서 자란 것이 그의 성격에 어느 정도 영향을 주지 않았을까 싶네.
만약 그의 친어머니가 살아 있었다면, 생가와 이렇게까지 멀어지
지 않고도 일을 수습할 수 있었을지도 모르지. 그의 아버지는 그
야말로 승려라네. 도리를 굳게 지키려는 면에 있어서는 무사와 다
름없었지.

22

 K의 사건이 일단락 지어진 후 나는 그의 매형 되는 사람으로부터 긴 편지를 받았네. K가 양자로 들어간 집이 그 사람의 친척뻘 되는 집이었기 때문에 그를 주선했을 때도, 그의 호적을 원상태로 되돌릴 때도 그의 의견이 크게 작용했다고 하더군.

 편지에는 K가 어떻게 생활하고 있는지 알려 달라는 말과 누나가 걱정하고 있으니 될 수 있으면 빨리 답장을 받고 싶다는 말도 덧붙여져 있었다네. K는 절을 대물려 받은 형보다도 시집간 이 누나를 더 좋아하고 있었다네. 그들은 모두 같은 어머니에게서 태어난 형제들이었지만, 이 누나와 K는 나이 차이가 꽤 있었지. 그래서 K는 어렸을 때부터 계모보다 이 누나를 친어머니로 생각하며 따랐을 거란 생각이 드네.

 나는 K에게 편지를 보여 주었다네. 그는 아무 말도 하지 않았지만, 자신에게도 같은 내용이 담긴 편지가 두세 통 왔다고 말해 주더군. 그는 그때마다 그리 걱정할 것까지는 없다고 답을 보냈다더군. 운 나쁘게도 이 누나는 생활에 여유가 없는 집으로 시집을 갔기 때문에 아무리 K를 동정한다고 해도 물질적으로는 도울 수가 없었지.

 나는 K와 같은 내용의 답장을 그의 매형에게 보냈다네. 그리고 만약의 경우에는 어떻게든 내가 힘을 써 보겠으니 안심하라는 말도 써 넣었지. 하지만 이것은 내 독단적인 생각이었다네. 물론 K의 앞날을 걱정하는 누나를 안심시키려는 호의도 내포되어 있었지만, 나를 경멸했다고밖에 볼 수 없는 그의 생가와 양가에 대한 오기도 발동했던 것일세.

K가 호적을 되돌린 것은 1학년 때였다네. 그리고 2학년 중간쯤 될 때까지 약 일년 반 동안을 혼자 힘으로 잘 지탱해 갔지. 그런데 과로가 점점 그의 건강과 정신에 영향을 끼치기 시작했네. 물론 양가에서 나오느냐 남아 있느냐 하는 복잡하고 시끄러운 문제도 한몫 거들었지. 그는 점점 센티멘털해지기 시작했네. 가끔씩 자신만이 이 세상에서 불행한 사람이라고 했지. 그리고 그 사실을 부정하면 이내 화를 내는 것이었네. 또 자신의 미래를 비출 광명이 점점 멀어지고 있다고 느끼며 불안해 하기도 했지. 공부를 시작했을 무렵에는 누구나 위대한 포부를 가지고 새로운 여행을 떠나는 설렘을 가지는 게 보통이지. 하지만 대부분은 일 년이 지나고 다시 2년이 지나 졸업이 가까워지면 갑자기 자신의 발걸음이 더뎌진 사실을 눈치 채고, 이에 실망을 하게 되지. K의 경우도 마찬가지라고 할 수 있다네. 하지만 그의 초조함은 다른 사람의 그것과 비교하면 훨씬 굉장했다네. 나는 결국 그의 마음을 진정시키는 일이 급선무라고 생각했지.

나는 그에게 쓸데없는 일은 그만두라고 말했네. 그리고 당분간 좀 쉬는 것도 나중을 위해 좋을 것이라는 충고도 빼놓지 않았지. 고집스러운 K였기 때문에 쉽사리 내가 하는 말을 듣지 않을 거라

고 예측은 했었지만, 막상 이야기를 꺼내자 그 이상으로 설득하기 힘들었다네. 나는 정말 난감하기만 했다네. K는 그저 학문이 자신의 목적이 아니라고 주장하기 시작했지. 의지가 강한 사람이 되는 것이 자신이 생각하는 바라고 하더군. 그러기 위해서는 될 수 있으면 궁핍한 생활 속에 있어 보지 않으면 안 된다고 결론을 내렸지. 보통 사람들의 눈으로 본다면, 그것은 마치 취흥과도 같지 않았을까? 게다가 궁핍한 환경에 처해 있던 그의 의지는 전혀 강해지지 않았던 것이지. 그는 오히려 신경쇠약에 걸릴 지경이었으

니까. 나는 하는 수 없이 그에게 동감하는 자세를 취했다네. 나 자신도 그것을 목표로 살아갈 생각이었다고 말했지. — 그렇지만 그의 말이 나에게 전혀 공허한 말만은 아니었다네. K의 말을 듣고 있으면, 점점 그 말에 빠져들게 하는 어떤 힘이 있었거든. — 결국 나는 K에게 함께 살면서 더 나은 삶을 위한 길을 찾자고 제안했지. 나는 감히 그의 고집을 꺾기 위해 그 앞에 무릎을 꿇는 일을 단행했다네. 그렇게 해서 겨우 그를 내가 거처하는 방으로 데려올 수 있었지.

23

내 방에는 마치 대기실과 같이 부속으로 딸린 다다미 넉 장분의 방이 따로 있었다네. 현관에서 내가 있는 방으로 가려면 반드시 이곳을 가로지르지 않으면 안 되었기에 실용적인 면에선 다소 불편한 방이었지. 나는 그곳에 K를 묵도록 했네. 원래는 내 방에서 같이 있을 생각이었지만, K는 비좁더라도 혼자 있는 편이 좋다며 스스로 그쪽을 택했다네.

전에 말한 대로 부인은 나의 이런 결심을 반대했었네. 하숙집이라면 혼자보다는 둘이 좋고 둘보다는 셋이 득이 되지만, 장사를 할 요량으로 하숙을 치고 있는 게 아니기 때문에 될 수 있으면 없던 일로 하기를 바랐지. 내가 결코 폐를 끼치는 친구가 아니니 걱정할 필요가 없다고 말해도, 속마음을 알 수 없는 사람은 싫다는 것이었네. 그렇다면 폐를 끼치는 것은 나도 마찬가지가 아닌가 하고 따지자, 나의 속마음은 처음부터 잘 알고 있었다고 변명 아닌 변명을 늘어놓더군. 나는 쓸쓸하게 웃었지. 그러자 부인은 다시 이유를 바꾸기 시작했다네. 그런 사람을 데리고 온다면, 나를 위해서도 결코 좋지 않으니 그만두라고 말하더군. 내가 다시 왜 나쁜지를 묻자, 이번엔 그녀가 쓸쓸하게 웃더군.

사실 나 역시 억지로 K와 있을 필요는 없었네. 하지만 내가 매월 그가 쓸 용돈과 학비를 내밀면 그는 틀림없이 받기를 꺼렸을 거라네. 그는 그만큼 독립심이 강한 남자였지. 그래서 나는 그와 함께 생활하면서 몰래 하숙비를 내주려고 했던 거라네. 하지만 나는 K의 경제 문제에 대해 부인에게 단 한마디도 털어놓을 생각은 없었다네.

나는 그저 K의 건강에 대해 이래저래 늘어놓았다네. 혼자 내버려두면 점점 더 망가질 거라고 말했지. 그리고 양가와 사이가 나빠진 것과 생가와도 떨어져 살게 된 사실을 들려주었다네. 나는 물에 빠지려는 사람을 품에 안고 뜨거운 열의를 보여 줄 각오로 K를 불러들이는 것이라고 말했지. 그러니 따뜻하게 돌봐 주길 바란다고 부인과 딸에게 부탁했다네. 이렇게 해서야 겨우 부인을 설득할 수가 있었네. 하지만 나에게서 아무 이야기도 듣지 못한 K는 이런 내막을 전혀 모르고 있었지. 나 역시 그 사실에 만족해 하며 어슬렁어슬렁 기어들어 오는 K를 아무렇지 않은 얼굴로 맞아들였다네.

부인과 딸은 친절하게 그가 짐정리 하는 것을 이것저것 도와주었다네. 그 모든 것이 나에 대한 호의에서 비롯되었다고 생각한 나는 마음 한구석으로 무척 기뻐했다네. K는 변함없이 무뚝뚝한 태도를 보이고 있었음에도 불구하고.

내가 K에게 새 집에 대한 느낌을 물었을 때 그는 그저 한마디, 나쁘지는 않다고 말했을 뿐이었네. 만약 나에게 묻는다면 나쁘지 않은 정도가 아니었지. 그가 지금까지 있었던 방은 북향인데다, 습하기까지 해서 곰팡이 냄새가 진동하는 그런 더러운 방이었으니까. 음식도 방에 못지않게 변변치 못했다네. 마치 지옥에서 천당으로 옮긴 듯한 느낌이 들 정도였으니까. 그가 이 모든 것을 그다지 대수롭지 않게 생각하는 것은 그의 고집스러운 성격에서 오는 것도 있었지만, 또 다른 하나는 그의 주장에서도 나온다고 할 수 있지. 불교의 교의 속에서 자란 그는 의식주에 대해 이러쿵저러쿵 이야기하는 것을 흡사 부도덕한 행위로 생각하고 있었던 거지. 예전부터 고승이나 성자의 전기를 많이 읽은 그에게는 여차하면 정신과 육체를 따로 떼어서 생각하는 버릇이 있었다네. 육체를 혹사할수록 영혼은 그 광채를 더한다고 여기기도 했으니까.

나는 될 수 있으면 그의 행동에는 관여하지 않기로 했다네. 나는 그저 얼음을 볕이 드는 곳으로 가지고 와서 녹일 궁리를 하고 있었던 것일세. 이제 곧 녹아서 따뜻한 물이 되면, 스스로 깨닫게 되는 시기가 반드시 올 것이라고 생각했지.

24

나는 부인의 따뜻한 대접을 받으면서 점점 쾌활한 성격이 되었네. 그 사실을 알고 있었기 때문에 똑같은 방법을 K에게 시도하려고 했지. K와 내가 성격상 많이 다르다는 사실은 익히 알고 있었지만, 이 집에 들어온 후로 나의 모난 성격이 좋아진 것처럼 K의 마음도 이곳에 머무르면 언젠가는 진정될 거라고 생각했던 것일세.

K는 나보다 결심이 굳은 남자였네. 공부도 나의 배 이상으로 잘했다네. 태어날 때부터 머리가 비상해서 나와는 비교가 안 되었지. 나중에 전공이 바뀌어 뭐라고 확실하게 말을 못하지만, 같은 학년을 지낸 중학교나 고등학교에서도 K가 항상 상위를 차지했다네. 나는 평생 무엇을 해도 K에게 미치지는 못할 거라는 생각이 들 정도였으니까. 그렇지만 억지로 K를 집으로 끌어들였을 때는 내가 더 사리를 분간할 줄 안다고 믿고 있었다네. 굳이 이야기한다면, 그가 참는 것과 인내하는 것을 제대로 구별하지 못하고 있는 것으로 여겼으니까. 이것은 어디까지나 자네에게만 덧붙이는 이야기이니 잘 들어 두게. 육체든 정신이든 우리들의 모든 능력은

외부의 자극으로 발달하기도 하고 파괴되기도 하지만, 그 어느 쪽이든 점점 더 센 자극을 필요로 한다네. 하지만 잘 생각하지 않으면 매우 위험한 방향으로 흘러가 자신은 물론 주변 사람들조차 눈치 채지 못할 염려가 있지. 의사의 말에 따르면, 인간의 위장만큼 제멋대로인 게 없다고 하네. 매일 죽만 먹으면 어느새 그 이상의 딱딱한 음식을 소화해 낼 힘을 잃고 만다고 하네. 그래서 무엇이든 먹는 연습을 하지 않으면 안 된다고 말하는 거지. 다시 말해 그것은 자극을 높여 감에 따라 점점 영양 기능의 저항력이 강해진다는 말이지. 만약 반대로 위의 힘이 서서히 약해져 간다면 결과가 어떻게 될 것인지는 상상만 해도 금세 알 수 있는 일이지. K는 나보다 위대한 남자였지만, 이 사실에 대해서는 전혀 깨닫지 못했던 것이네. 곤란한 상황에 처하기만 하면, 결국 어떻게든 극복할 거라고 굳게 믿고 있었지. 고행이 반복되다 보면 반복하는 만큼의 공덕으로 그 고행이 아무렇지도 않은 시기가 반드시 온다고 믿고 있었음이 틀림없다네.

나는 K를 설득할 때마다 그 점을 분명히 밝히고 싶었던 것이네. 하지만 그렇게 말하면 틀림없이 반대했을 거라네. 또 옛날 사람 따위를 예로 들면서 말싸움을 할 것이 틀림없었지. 그렇게 되면 나 역시 그 사람들과 K의 다른 점을 정확히 이야기하지 않으면 안 되는데, 그 사실을 인정하고 받아 주면 좋겠지만 그의 성격상 토론이 거기까지 이르면 원래 상태로 돌아오기가 쉽지 않다네. 더욱 앞으로 나아갈 뿐이야. 그리고 홧김에 입 밖으로 꺼낸 이야기들을 그대로 실행에 옮기려 하지. 이런 상황에 처하면 그는 정말 무섭게 변한다네. 위대하다고 할 수 있지. 자신을 파괴하면서까지 앞으로 나아가려고 하니 말일세. 결과적으로 말하자면, 그는 그저 자신의 성공을 깨부수는 의미에서 위대할 뿐이야. 하지만 그렇다고 해도 그가 결코 평범한 것은 아니었네. 그를 잘 알고 있는 나는 결국 아무런 이야기도 꺼내지 못하고 말았지. 게다가 그는 다소 신경쇠약 증상을 보이고 있었지. 내가 그를 설득하여 굴복시킨다면, 그는 반드시 격노할 것임에 틀림없었네. 나는 그와의 말싸움 따위는 두려워하지 않았지만, 고독이란 것에 참을 수 없었던 내가 둘도 없는 친구를 똑같은 고독으로 내몰 수는 없었다네. 한발 더 나아가 더 고독한 처지에 떨어뜨린다는 행위는 더더욱 싫었네. 그래서 나는 그가 온 후로도 한동안은 비평다운 비평을 하지 않고 있었지. 그저 주위에서 평온하게 그에게 끼칠 여러 결과를 지켜보기로 한 거지.

25

나는 K가 없는 곳에서 부인과 딸에게 될 수 있으면 그와 많은 이야기를 하도록 부탁했다네. 나는 그가 지금까지 지켜 온 그의 무언無言 생활이 그에게 마치 미신과 같이 작용하고 있다고 믿고 있었지. 사용하지 않는 철이 녹슬 듯이 그의 마음도 녹슬기 시작했다고밖에 달리 생각할 수가 없었네.

부인은 K를 어쩔 수 없는 사람이라며 웃고만 있었다네. 또 딸은 예를 들어가며 설명을 하는 것이었네. 화로에 불이 있느냐고 물으면 K는 없다고 대답한다고 하더군. "그럼 가지고 올까요" 하고 얘기하면 그는 필요 없다고 답한다고 했네. 춥지 않냐고 물으면, 춥지만 필요 없다고 말하고는 상대하지 않는다고 하더군. 나는 그저 웃고만 있을 수는 없었네. K가 가엾어서 어떻게든 수습해 두지 않으면 안 되겠다는 생각을 했지. 이제 곧 봄이니 억지로 불을 지필 필요는 없다고 해도, 그 정도라면 정말 어쩔 수 없는 사람이란 말을 들어도 무리는 아니라는 생각이 들었던 걸세.

그래서 나는 될 수 있으면 내가 중심이 되어 두 사람과 K 사이를 연결하려고 노력했다네. K와 내가 이야기하는 사이에 집안사람을 부른다든가, 또는 집안사람과 내가 이야기를 나누고 있는 자리에 K를 끌어들인다든가, 어느 쪽이든 그 상황에 맞는 방법을 택해 그들을 가깝게 해 주려고 노력했지. 물론 K는 나의 그런 노력을 반가워하지 않았네. 어떤 때는 불쑥 일어나 밖으로 나간 적도 있었고, 또 어떤 때는 아무리 불러도 좀처럼 얼굴을 내보이지 않기도 했다네. K는 내게 그런 쓸데없는 이야기를 하면서 무엇이 재밌느냐고 묻곤 했지. 나는 그저 웃을 수밖에 없었다네. 하지만 마음 한구석으로는 K가 나를 경멸하고 있다는 사실을 잘 알고 있었지.

어떤 의미에서 본다면 사실 그의 경멸을 받을 만했는지도 모르지. 다시 말해 그의 눈은 나보다 훨씬 고상한 곳에 있었다네. 나도 그것을 부정하지는 않네. 하지만 눈만 높을 뿐 다른 모든 것이 받쳐 주지 못한다면, 그것도 어쩔 수 없는 불구라는 생각이 들었지. 나는 어떻게 해서든 이 참에 그를 인간답게 만드는 것이 최우선 과제라고 생각했다네. 아무리 그의 머릿속이 훌륭한 사람들의 모습으로 가득 차 있다고 해도 그 자신이 훌륭해지지 않는 이상, 그에게 아무런 도움이 되지 않을 거라는 사실을 깨달은 것이지. 나는 그를 인간답게 만드는 첫 번째 수단으로 우선 이성이 있는 곳에 그를 앉히겠다는 생각을 했다네. 그리고 거기서 만들어지는 공기로 녹슬어 가는 그의 피를 새롭게 바꿀 시도를 한 거지.

이 시험은 점점 성공으로 기울었다네. 처음엔 제대로 융합되기 어려워 보였던 것이 점점 하나로 정리되어 갔지. 그는 자신 이외의 세계가 또 있다는 사실을 조금씩 깨달았네. 그는 어느 날, 나에게 여자란 그렇게 경멸할 동물이 아니라고 말했다네. 처음에 K는 여자에게서도 자신과 같은 지식과 학문을 요구했던 것 같네. 그리고 그런 사실을 발견할 수가 없자, 이내 경멸하게 되었을 테지. 지금까지 그는 성에 따라 입장이 바뀐다는 사실을 모른 채 똑같은 시선으로 모든 남녀를 관찰하고 있었던 것이네. 나는 그에게 만약 우리 둘이 남자로서 영원히 이야기를 주고받게 된다면, 우리 둘은 그저 직선적으로 앞으로 뻗어나가는 것에 지나지 않는다고 말했지. 그는 당연하다고 답했지. 나는 그때 딸에게 열중하고 있었기 때문에 아마도 그런 말도 했다는 생각이 드네. 하지만 그런 이야기는 일절 그에게 말하지 않았지.

지금까지 책으로 성벽을 쌓고 그 속에 틀어박혀 있었던 K의 마음이 점점 풀려 가는 것을 보면서 나는 유쾌하기 그지없었다네. 처음부터 그럴 목적으로 이 방을 공유할 생각이었으니까 자신의 성공에 따른 희열을 맘껏 맛보지 않고는 견딜 수 없었지. 나는 K에겐 말하지 않는 대신에 부인과 딸에게 내가 생각했던 사실들을 이야기했다네. 두 사람 모두 나의 말을 듣고 만족해 하는 모습이었지.

26

K와 나는 같은 과에 있었지만 전공이 달랐기 때문에 자연히 집을 나서는 시간이나 돌아오는 시간에 차이가 있었다네. 내가 빠르면 그저 그가 없는 빈 방을 지나면 됐지만, 만약 내가 늦으면 간단한 인사를 하고 방으로 들어가는 것이 관례였지. K는 그때까지 보고 있던 책에서 눈을 떼고 문을 열고 들어서는 나를 흘끔 쳐다본다네. 그리고 어김없이 "지금 왔는가" 하는 인사말을 건넸지. 나는 아무 말없이 고개를 끄덕일 때도 있었고, 그저 "응"이라고 대답하고 지나치는 경우도 있었다네.

어느 날, 내가 간다神田에 볼일이 있어 여느 때보다 훨씬 늦은 적이 있었다네. 나는 빠른 걸음으로 문 앞까지 가서 현관문을 드르륵 하고 열었지. 그런데 그와 동시에 딸의 목소리가 들렸다네. 목소리는 정확히 K의 방에서 흘러나오고 있었지. 현관에서 곧바로 들어가면 거실과 딸의 방이 바로 이어지고, 거기서 왼편으로 꺾으면 K와 나의 방이 있는 그런 배치였으니까 오랫동안 지낸 나로서는 어디에서 누구의 목소리가 들리는지 금방 알 수 있었지. 나는 이내 문을 닫았다네. 그러자 딸의 목소리도 이내 그치더군. 내가 구두를 벗고 있는 사이 — 나는 그때부터 목이 긴 고급스런 구두를 신고 있었다네. — 내가 쭈그리고 앉아 있는 그 사이에 K의 방에선 아무런 소리도 들리지 않더군. 나는 이상한 생각이 들었네. 어쩌면 내가 착각을 하고 있는지도 모른다는 생각도 들었지. 하지만 내가 여느 때와 같이 K의 방을 지나기 위해 문을 열었을 때 두 사람은 방 안에 조용히 앉아 있었네. K는 여느 때와 변함없이 지금 왔느냐고 물었고, 딸도 "어서 오세요"라고 앉은 채로 인사했지. 내가 좀 예민한 탓인지 간단한 그 인사말이 왠지 딱딱하기만 했네. 어딘지 모르게 부자연스럽게 나의 고막을 울린 것이지. 나는 딸에게 "어머님은 어디에?"라고 물었지. 나의 질문에는 아무런 의미도 없었다네. 집이 여느 때와는 달리 너무 적적해 보이던 터라 그렇게 물어본 것뿐이었지.

의외로 부인은 집을 비웠더군. 하녀도 부인과 함께 외출을 했다고 하더군. 그래서 집에 남아 있는 사람은 K와 딸뿐이었지. 나는 잠시 고개를 갸웃했네. 지금까지 오랫동안 신세를 지고 있었지

257

만, 부인이 딸과 나만을 남겨 두고 집을 비웠던 적이 아직 없었기 때문이지. 나는 무슨 급한 볼일이라도 생겼냐고 딸에게 다시 물었다네. 그녀는 그저 웃을 뿐 아무런 대답이 없었지. 나는 이런 때 웃고 마는 그녀가 정말 싫었다네. 젊은 여성의 특징이라고 넘길 수도 있었지만, 그녀 역시 정말 하찮은 일로 자주 웃는 그런 여자였다네. 하지만 그녀는 내 얼굴색을 보고 이내 표정을 되찾더니, 급한 볼일은 아닌데 잠깐 일이 있어 나갔다고 정색을 하며 대답하더군. 하숙을 하는 나로서는 그 이상 몰아댈 권리가 없었다네. 나는 침묵하고 말았지.

내가 옷을 갈아입고 자리에 앉으려고 할 때 부인과 하녀가 돌아왔다네. 이윽고 저녁 식사 시간이 되었고, 모두들 식탁으로 모일 시간이 되었지. 처음 하숙을 시작할 무렵에는 식사를 할 때마다 하녀가 상을 가지고 와 주었지만, 어느새 그것이 없어지면서 식사 때면 항상 모여서 먹게 되었지. K가 새로 이사를 왔을 때도 나는 그를 나와 똑같이 대우하도록 요구했다네. 그 대신에 나는 얇은 나무로 만든 다리를 접고 펼 수 있는 간단한 식탁을 부인에게 선물하였다네. 지금은 어느 집에서나 쉽게 볼 수 있었지만, 그 당시에는 그런 식탁에 둘러앉아 식사를 하는 집을 좀처럼 찾아볼 수 없었다네. 나는 일부러 오차노미즈お茶の水에 있는 가구점에 가서 식탁을 주문했었지.

그날 나는 그 식탁 위에서 여느 때와 같은 시간에 생선장수가 오지 않아서 찬거리를 사러 다녀오지 않으면 안 되었다는 사실을 들었다네. 손님을 두고 있는 이상 당연한 행동이란 생각을 했을 때 딸이 내 얼굴을 보고는 다시 웃음을 터뜨렸지만, 이번엔 부인에게 꾸중을 듣고서 이내 멈추더군.

27

일주일 정도 지나서 나는 다시 K와 딸이 함께 이야기를 나누고 있는 방을 지나게 되었다네. 그때 그녀는 내 얼굴을 보자마자 웃었지. 나도 곧바로 어디 이상한 데라도 있냐고 물어봤더라면 좋았을 것을……. 난 결국 아무 말도 하지 않은 채 내 방까지 오고 말았다네. 그래서 K도 여느 때와 같이 지금 돌아왔냐고 묻지 못했지. 딸은 이내 문을 열고 객실로 돌아간 듯했네.

저녁 식사 때 딸은 나에게 이상한 사람이라고 말하더군. 그때도 나는 왜 이상하냐고 묻지 못하고 넘어가고 말았다네. 그저 부인이 째려보는 듯한 눈초리를 딸에게 보내는 것을 눈치 챘을 뿐이었네.

나는 식사를 마친 후 K에게 산보를 권했다네. 우리 둘은 덴츠우인의 뒤편에 있는 식물원으로 가는 길을 빙 돌아서 다시 도미자카富坂 언덕 밑으로 나왔지. 산보치고는 짧지 않았지만, 그 사이에 이야기한 것은 아주 적었다네. 성격으로 치자면 K는 나보다도 훨

씬 더 말이 없는 사람이었지. 나 역시 말이 많지는 않았지만 말일세. 하지만 나는 될 수 있으면 그에게 말을 걸려고 했다네. 나는 그가 부인이나 딸을 어떻게 생각하고 있는지 알고 싶었다네. 하지만 그는 바다인지 산인지 도무지 분간을 할 수 없는 그런 대답만 할 뿐이었네. 게다가 그 대답은 제대로 알아들을 수도 없게 아주 짧았지. 그는 두 여자에 대해서보다 전공 쪽에 더 많은 주의를 기울이고 있는 것처럼 보였다네. 그도 그럴 것이 그때는 2학년 시험이 바로 코앞까지 닥친 시기였기 때문에 보통 사람의 입장에서 본다면, 그가 훨씬 학생답게 보였을 것이야. 그리고 그는 스웨덴보르그1688~1772 스웨덴의 철학자. 신비사상가. 심령연구에 의해 신예루살렘교회라고 하는 종파를 창설했다—역주에 대해 이러쿵저러쿵하면서 그쪽 방면으로 지식이 없던 나를 놀라게 만들었지.

우리들이 순조롭게 시험을 마쳤을 때 부인은 두 사람 모두 앞으로 일 년만 더 고생하라며 기뻐해 주었다네. 부인의 유일한 자랑이기도 했던 딸도 곧 졸업할 예정이었지. K는 나에게 여자는 그저 아무것도 모른 채 학교를 졸업한다고 말했지. K는 딸이 공부 이외에 배우고 있는 바느질이나 거문고, 꽃꽂이는 안중에도 없다는 듯이 말했다네. 나는 그의 어리석음을 비웃었다네. 그리고 여자의 가치는 그런 곳에 있는 것이 아니라는 예전의 논쟁을 다시 펼쳤네. 그는 별로 반박하지 않았지만, 그렇다고 인정하지도 않았다네. 나는 그 점이 유쾌했다네. 그가 미심쩍어 하는 모습이 여전히 여자를 경멸하는 듯이 보였기 때문이지. 내가 대표적인 여자로 알고 있는 그녀를 안중에 두지 않는 듯이 보였기 때문이라네. 지금에야 하는 말이지만, 그때 이미 K에 대한 나의 질투는 충분히 싹트고 있었던 것이네.

나는 K에게 여름방학에 어디로 갈 건지 물어보았다네. 가고 싶지 않다고 대답하더군. 물론 그는 자신의 의지대로 어디로든 갈 수 있는 몸이 아니었지만, 내가 권하기만 하면 어디든 가도 상관없는 그런 처지였지. 나는 왜 가기 싫은지 물어보았네. 그는 아무런 이유도 없다며 그저 집에서 책을 읽는 것이 편하다고 하더군. 내가 조용한 피서지에서 공부를 하는 것도 몸을 위해 좋다고 하자, 그는 그렇다면 혼자서 다녀오는 것이 좋지 않겠냐고 반문하더군. 하지만 나는 K를 혼자 남겨 두고 가고 싶지 않았다네. 그렇지 않아도 K와 하숙집 사람들이 점점 친해지는 것이 편치만은 않았으니까. 내가 처음에 원했던 대로 되어 가는 것이 어째서 편치 않느냐고 묻는다면 뭐라고 할 말이 없네. 아마 내가 바보임에 틀림없는 것이겠지. 끝이 보일 것 같지 않은 두 사람의 논쟁을 차마 보고만 있을 수 없었던 모양인지, 부인이 중간에 끼어들었다네. 우리들은 결국 함께 보슈防州 일본의 옛 지명. 현재의 치바 현千葉縣의 남부를 일컬음－역주로 가기로 했다네.

28

K는 그다지 여행을 즐기지 않는 사내였다네. 나에게도 보슈는 처음이었지. 우리는 아무것도 모른 채 배가 제일 처음 닿은 곳에 내렸다네. 기억이 확실하다면 아마도 호타保田라고 하는 곳이었을 거야. 지금은 어떻게 변했을지 모르지만, 그 무렵엔 정말 엄청난 어촌이었다네. 사방에서 생선 비린내가 진동했지. 그리고 바다에 들어가면 파도에 넘어져 이내 손이며 발을 긁히고 말았지. 주먹만 한 큰 돌이 밀려오는 파도에 휩쓸려 계속해서 뒹굴고 있는 그런 곳이었다네.

나는 이내 그곳이 싫어졌다네. 하지만 K는 좋다고도 나쁘다고도 말하지 않았지. 적어도 얼굴 표정만큼은 태연했으니까. 그도 바다에 들어갈 때마다 어딘가 상처를 입곤 했으면서 말일세. 나는 결국 그를 설득하여 토미우라富浦로 갔네. 토미우라에서 다시 나코那古로 옮겼지. 이 연안은 주로 학생들이 모이는 곳이었기 때문에 어디를 가도 아주 괜찮은 해수욕장이었지. K와 나는 자주 해안의 바위 위에 앉아 먼 바다의 색이나 가까운 바다 속을 들여다보곤 했지. 바위 위에서 내려다보는 물은 또 하나의 특별한 아름다움이었다네. 빨간색이나 남색의, 보통 시장에서는 볼 수 없는 색을 가진 작은 물고기들이 투명한 파도 속에서 이곳저곳으로 헤엄쳐 다니는 모습이 아주 선명하게 보였지.

나는 그곳에 앉아서 자주 책을 읽었지. K는 아무것도 하지 않고 그저 묵묵히 앉아 있을 때가 많았다네. 그것이 깊은 생각에 빠져 있는 것인지, 경치에 반해 있는 것인지, 혹은 좋아하는 상상을 하고 있는지 전혀 알 길이 없었지. 나는 가끔씩 머리를 들어 그에게 무엇을 하고 있는지 물어보았다네. 그는 아무것도 하지 않는다고 그저 한마디 할 뿐이었지. 나는 내 옆에서 이렇게 물끄러미 앉아 있는 사람이 K가 아니고 그녀였으면 얼마나 좋을까 하고 상상하곤 했지. 그 사실만으로도 그저 좋을 텐데. 가끔은 K도 나와 같은 희망을 품고 바위 위에 앉아 있는 것은 아닌가 하는 의심이 문득문득 들었다네. 그러면 갑자기 그곳에서 마음을 가라앉히고 책을 읽는 것이 싫어지더군. 나는 불쑥 일어섰지. 그리고 주위에 아랑곳하지 않고 큰소리로 외쳤다네. 간결한 시나 노래를 재미있다는 듯이 읊조리는 그런 미적지근한 행동은 도저히 할 수가 없었거든. 나는 그저 야만인처럼 큰소리로 울부짖었다네. 어떤 때는 갑자기 그의 목덜미를 덥석 붙잡기도 했지. 그리고 이대로 물 속으로 빠뜨리면 어쩔 것인지 K에게 물었지. 바다를 뒤로한 그는 꼼짝도 하지 않은 채로 "아주 딱 좋아, 그렇게 해 줘" 하고 대답하더군. 나는 이내 거머쥐었던 손을 떼었지.

K의 신경쇠약 증세는 이때 거의 다 치유된 듯이 보였다네. 그리고 그와는 반대로 나는 점점 과민해져 가고 있었던 것이지. 나는 나보다도 더 침착해 보이는 K를 보면서 부러운 생각이 들었네. 그리고 미운 생각도 들더군. 그에게 나를 상대할 그런 생각은 전

혀 없어 보였기 때문이지. 내게는 그것이 일종의 자신감으로 보였다네. 하지만 나는 그 자신감을 엿본다고 해서 결코 만족감이나 그런 것을 느낄 수는 없었다네. 나의 의심은 이미 한 발 더 나아가서 그 성격을 확실하게 밝히고 싶어 했지. 그가 학문을 하건 사업을 하건 앞으로 자신이 가야 할 앞길의 광명을 되찾을 수 있다는 마음가짐을 갖게 된 것일까? 단지 그뿐이라면, K와 나의 이해관계에는 아무런 충돌도 일어나지 않았을 걸세. 나는 오히려 그의 변화에 보람을 느끼고 기뻐해야 했지.

그렇지만 그의 안도감이 만약 하숙집 딸로 인해 생기는 것이라면 결코 그를 용서할 수 없었네. 하지만 불행하게도 그는 아직 그녀에 대한 내 사랑의 흔적을 전혀 눈치 채지 못하고 있었다네. 물론 나는 그가 눈치 챌 수 있는 기색을 내비치지는 않았다네. K는 원래 그런 일에 있어서는 다소 둔한 사람이었지. 처음부터 K라면 괜찮을 거라고 안심했기 때문에 그를 억지로 데리고 왔던 것이라네.

29

나는 K에게 내 마음을 털어놓기로 마음먹었다네. 물론 이런 생각을 그때 처음 한 게 아니라 여행을 떠나오기 훨씬 전부터 그런 속셈이 있었던 거지. 그런데 털어놓을 기회를 포착하는 일도, 그런 기회를 만들어 내는 일도, 내 수완으론 잘 되지 않았다네. 지금 생각해 보면 그 무렵 내 주위에 있던 사람들은 모두 이상했다네. 여자에 관해 깊이 이야기하는 사람이 한 사람도 없었으니까. 그중에는 이야깃거리가 없었던 사람도 있었겠지만, 가지고 있다고 해도 아무 말 없이 있는 것이 보통이었다네. 비교적 자유스러운 공기를 만끽하고 있는 지금의 자네들이 본다면, 틀림없이 이상하게 생각되겠지……. 그것이 유교적인 관습이 남아서인지 아니면 일종의 수줍음인지 그 판단은 자네에게 맡기겠네.

K와 나는 무엇이든 서로 털어놓고 이야기하는 사이였다네. 가끔은 사랑이나 연애 문제도 오르내렸지만, 항상 추상적인 이론으로 빠져 버리곤 했지. 그래서 좀처럼 화제가 되지는 않았다네. 대개는 책과 공부에 관한 이야기, 미래의 사업과 포부, 수양에 관한 이야기가 주를 이뤘지. 아무리 친하다고 해도 이렇게 사이가 서먹서먹해진 날에는 갑작스레 분위기를 누그러뜨릴 수 없었지. 서먹서먹하면서도 친한 듯이 행동할 뿐이라네. 나는 딸에 대한 내 생각을 K에게 털어놓기로 마음먹은 다음부터, 답답하고 불쾌한 마음에 몇 번을 고민했는지 모른다네. 나는 K의 머리 어느 한 부분에 구멍을 내어 그곳에 부드러운 공기를 불어넣어 주고 싶은 기분이 들었지.

지금 자네에겐 가소롭기 짝이 없는 일이라 하더라도 당시의 나에게는 아주 곤란한 문제였다네. 나는 여행지에서도 집에 있을 때와 마찬가지로 비겁하였다네. 나는 끝까지 기회를 포착하고픈 마음에 K를 관찰하면서도, 이상하게 도도하기 짝이 없는 그의 태도를 어찌할 수가 없었던 것일세. 내가 볼 때 그의 심장 주위는 검은 옻으로 두껍게 칠한 것 같았지. 흘러내리는 선혈이 단 한 방울도 그의 심장 속으로 들어가지 않고 모두 튕겨져 나오고 있었다네.

어떤 때는 K의 태도가 너무 강하고 당당해서 오히려 안심했던 적도 있었다네. 그리고 그를 의심했다는 사실을 후회하면서 동시에 마음속으로 사과했지. 그리고 사과를 하는 내가 열등한 인간인 것 같아 다시 마음이 상하고 말았네. 그러다가 잠시 시간이 흐르면 이전에 가졌던 의심이 다시금 강하게 되살아나는 것이었네. 모든 것이 의심에서 시작되었기 때문에 나에게는 무익한 것이었지. 외모도 K가 여자의 호기심을 끌 정도로 잘생긴 것같이 보이더군. 성격도 나처럼 좀스럽지 않은 것이 여자의 마음에 들지 않겠는가 하는 생각도 들었고. 어딘가 모자라 보이면서도 한편으론 남자답게 보이는 것도 나보다 우세해 보였지. 학력으로 본다 해도 전공은 나와 다르지만, 내가 그의 상대가 될 수 없다는 사실을 잘 알고 있었다네. 이렇게 모든 면에서 나보다 나은 점이 한꺼번에 눈앞에 어른거리면 잠시 안심하고 있었던 나는 이내 다시 불안한 상태로 돌아가는 것이었지.

K가 불안해 하는 나를 보고, 불편하면 먼저 도쿄로 돌아가도 괜찮다고 말했네. 그 말을 듣자 나는 갑자기 돌아가고 싶어졌네. 사실은 K를 도쿄로 돌려보내고 싶지 않았는지도 모르지. 우리는

다시 보슈를 떠나 뜨거운 햇살 아래 힘들게 가즈사上總 일대를 돌아보면서 어렵사리 걸어갔다네. 나로선 그렇게 걷고 있는 의미조차 전혀 알 수 없을 정도였으니까. 내가 반은 농담으로 K에게 그런 말을 하자, K는 발이 있으니 걷는 거라고 대답하더군. 더워지기 시작하자 우리는 바닷물에 뛰어들었지. 그 뒤로 다시 강렬한 햇살이 비추었고, 우리는 지쳐서 녹초가 되고 말았다네.

30

그렇게 걸었으니 더위와 피로로 몸 상태가 이상해지는 것은 당연했다네. 병은 아니었지만, 갑작스레 타인의 몸 속에 자신의 영혼이 뒤바뀌어 들어간 듯한 기분이 들었지. 나는 여느 때처럼 K와 이야기하면서 어느 시점부턴가 평소 내 마음과는 다른 마음을 갖게 되었다네. 그에 대한 친밀감도 증오도, 이번 여행에 한해서만이라고 하는 특별한 성질을 띠게 된 것이지. 즉 우리는 더위에, 바닷물에 그리고 오랫동안 걸었던 탓에, 지금까지와는 다른 새로운 관계로 들어갔다고 할 수 있었지. 그때의 우리들은 마치 동행을 하게 된 행상 같았네. 평상시와는 달리 머리를 써야 하는 그런 심각한 문제는 꺼내려고도 하지 않았지.

우리들은 그런 상태로 결국 쵸시킥子 시까지 가고 말았는데, 딱

한 가지 예외였던 일을 나는 지금도 잊을 수 없네. 아직 보슈를 떠나기 전에 우리는 교미나토小湊라고 하는 곳에서 다이노우라鯛ノ浦 해안을 둘러보게 되었다네. 이미 몇 년 전의 일이고, 나에겐 그다지 흥미가 없었던 곳이라 정확하게는 기억할 수 없지만, 그곳은 니치렌日蓮 1222~1282 가마쿠라시대의 중. 일본 불교의 13개 종파 중의 하나인 니치렌종日蓮宗의 창시자−역주이 태어난 마을이라고 하더군. 니치렌이 태어난 날, 두 마리의 도미鯛가 물가로 밀려와 있었고, 그 이후로 마을의 어부들은 도미를 잡지 않았다는 전설이 남아 있었네. 그래서 포구에는 도미가 아주 많이 있다면서. 우리는 작은 배를 빌려 도미를 보러 일부러 바다로 나갔다네.

그때 나는 뚫어져라 파도를 바라보았지. 그리고 그 파도 속에서 움직이는 보랏빛이 감도는 도미의 몸을 지치지 않고 구경했다네. 하지만 K는 나만큼 흥미롭지는 않는 듯 보였다네. 그는 도미보다도 오히려 니치렌을 상상하고 있는 것 같지. 마침 그곳엔 탄죠지誕生寺 교미나토의 니치렌이 태어난 자리에 1276년에 세운 절 이름−역주라는 절이 있었다네. 아마 니치렌이 태어난 마을이어서 탄죠誕生라는 말을 넣은 모양이지. 정말이지 훌륭한 가람伽藍 절의 큰 건물−역주이더군. K는 그 절에 가서 주지승을 만나 보고 싶다고 했지. 사실 그때만 해도 우리들은 정말 이상한 차림을 하고 있었다네. 특히 K는 바람에 모자가 먼 바다로 날아간 탓에 사초莎草로 엮은 삿갓을 쓴데다 옷은 얼룩으로 지저분했고 땀에 뒤범벅되어 고약한 냄새까지 풍기고 있었지. 그래서 나는 중을 만나는 것은 다음으로 미루자고 말했다네. 하지만 고집이 센 그는 내 말을 듣지 않았어. 싫으면 밖에서 기다리라더군. 하는 수 없이 나는 K와 함께 현관으로 들어섰다네. 마음속으로는 틀림없이 거절당할 것이라고 생각하면서. 그런데 주지승은 내 생각과는 달리 아주 예의바른 사람으로 우리를 넓은 객실로 안내하고는 이내 만나 주더군. 그 당시 나와 K의 사고방식은 많이 달랐기 때문에 나는 주지승과 K의 이야기에 그다지 귀를 기울이지 않았네. 하지만 K는 아주 열심히 니치렌에 대해 묻는 것 같았네. 주지승은 니치렌은 초니치렌草日蓮이라고 불릴 만큼 초서草書에 아주 능했다고 하더군. 글을 잘 못쓰는 K가 '이거 뭐야, 실망스러운걸' 하는 표정을 지었던 것을 나는 아직도 기억하고 있다네. K는 그런 것보다는 좀더 깊은 의미로서의 니치렌에 대해 알고 싶었던 것이지. 주지승이 그런 점에 있어 K를 만족시켰는지 어떤지는 의문이지만, 그는 절의 경내를 빠져나오자마자 끊임없이 니치렌에 관한 이야기를 늘어놓더군. 더위에 지쳐 있어서 도저히 그런 이야기를 들을 처지가 아니었는데도 말이야. 나는 그저 건성으로 적당히 대꾸만 했는데, 나중엔 그것조차 귀찮아 아예 입을 다물고 말았지.

아마 그 다음 날 밤의 일이라고 생각되네. 저녁 식사를 마치고 슬슬 잠을 청하려 할 때였지. 갑자기 K가 어려운 이야기를 들고 나온 것이네. 그는 전날, 자신이 이야기했던 니치렌에 대해 나와 뜻이 맞지 않았던 것이 영 께름칙했던 모양이었네. 정신적으로 향상되고자 하는 의지가 없는 사람은 어리석기 그지없다며, 마치 내가 그런 부류에 들기라도 하듯이 나를 경박한 사람으로 취급하려 했다네. 하지만 나는 내 나름대로 하숙집의 딸로 인해 응어리진 부분이 있었던 터라 그의 모멸에 가까운 말을 그저 웃고 넘길 수만은 없더군. 그래서 나도 그의 말을 받아 변명하기 시작했다네.

31

그때 나는 계속해서 '인간답게'라는 말을 사용했다네. K는 이 '인간답게'라는 말 속에, 내가 모든 약점을 감추고 있다고 하더군. 과연 나중에 생각해 보니 그가 말한 대로였지. 하지만 인간답지 않다는 의미를 K에게 납득시키기 위해 그 말을 사용했던 나는, 이야기의 출발점이 반항적이었기에 그 사실에 대해 반성할 여유가 없었다네. 나는 더욱 더 강하게 내 주장을 밀고 나갔네. 그러자 K가 자신의 어떤 점이 인간답지 않다는 것인지 묻더군. 그에게 말했지.

"자네는 인간답다네. 아니 어쩌면 너무 인간다운 것인지도 몰라. 그렇지만 입으론 인간답지 못한 말을 늘어놓고 있다네. 그리고 인간답지 못한 행동을 하려 하고 있어."

내가 이렇게 말하자, 그는 그저 자신의 수양이 부족하여 그렇게 보일지도 모른다고 대답할 뿐 더 이상 반박하지 않더군. 나는 갑자기 긴장감이 풀렸다기보다 오히려 그가 측은하게 생각되었네. 나는 그즈음에서 논쟁을 끝내 버렸지. K 역시 조금씩 안정을 되찾아 가더군. 만약 내가 그가 알고 있는 옛 선현들을 알고 있었다면, 그런 공격은 하지 않았을 것이라며 한탄하더군. K가 입에 올린 선현들이란 물론 영웅호걸이 아닐세. 영혼을 위해 육체를 학대하거나 도를 위해 육체에 채찍질을 가한 소위 난행고행難行苦行 여러 가지의 고난을 참으면서 행하는 수행—역주을 행한 그런 사람을 일컫는 것이라네. K는 나에게 자신이 그렇게 되기 위해 얼마나 고심하고 괴로워하는지 알지 못하는 것이 무척 유감이라는 말을 하더군.

K와 나는 잠자리에 들었다네. 그리고 그 다음 날부터 다시 행상을 다니는 동료 같은 사이로 돌아가 힘들게 땀을 흘려 가며 여행을 계속 했다네. 하지만 나는 길을 가는 도중에 문득문득 그날 밤의 일을 떠올리곤 했지. 그 이상 좋은 기회가 없었는데, 어째서 그냥 지나쳐 버린 것일까 하는 회한의 감정이 불끈 솟아 오르는 것이었다네. 나는 '인간답게'라는 추상적인 단어를 사용하는 대신에 좀더 직설적이고 간단한 말을 털어놓았으면 좋았을 것이라는 생각이 들었다네. 솔직히 내가 그런 말을 만들어 낸 것도 하숙집 딸에 대한 나의 감정이 근거하고 있었기 때문이지. 사실을 증류하여 만들어 낸 이론 따위를 들려주는 것보다는 있는 그대로를 그의 눈앞에서 내보이는 것이 훨씬 더 이익이 되었을 텐데도 말일세. 내가 그렇게 할 수 없었던 이유는 학문의 교류가 밑바탕에 깔

려 있는 두 사람의 친밀감이란 것에 젖어 있었던 탓에 과감하게 그것을 뚫고 나올 용기가 없었기 때문일세. 너무 잘난 체를 해서라고, 혹은 허영심이 저주를 받은 것이라고 말해도 똑같은 말이겠지만, 내가 해석하는 잘난 체하는 행동이나 허영이라는 의미는 보통의 그런 의미와는 다소 차이가 있다네. 이 말을 자네가 이해한다면, 나는 그것으로 만족하네.

우린 아주 시커멓게 탄 얼굴을 하고 도쿄로 돌아왔네. 돌아온 후 나의 기분은 좀 변해 있었지. 인간답게라든가, 인간답지 않다라든가 하는 말들은 이미 머릿속에서 거의 사라지고 없었다네. K에게도 종교가다운 모습은 전혀 보이지 않게 되었지. 아마 그때 그의 마음 어디에도 영혼이 어떻고, 육체가 어떻고 하는 문제는 존재하지 않았을 것이네. 우리는 이국인과도 같은 얼굴을 하고, 바쁘게 돌아가는 도쿄를 두리번거리며 바라보았다네. 그리고 더운 날에도 불구하고 료코쿠兩國에서 닭요리를 먹었지. K는 그 기세를 등에 업고서 고이시가와까지 걸어서 돌아가려고 했지. 체력으로 보자면 K보다는 내가 튼튼했기에 이내 그의 말에 응했다네.

하숙집에 도착했을 때 부인은 우리들의 모습을 보더니 놀라더군. 우리는 그저 검게 그을린 것이 아니라 무턱대고 먼 거리를 걸었던 탓에 무척 야위어 있었기 때문이지. 부인이 건강해 보여서 다행이라고 하더군. 딸은 자신의 모친이 하는 말에 앞뒤가 맞지 않는다며 웃어 댔지. 여행에 앞서 가끔씩 화가 났던 나도 그때만큼은 참으로 유쾌하더군. 사실 상황이 상황인지라 참으로 오랜만에 듣는 웃음소리였기 때문이겠지?

32

그뿐만이 아니라네. 나는 딸이 어딘지 모르게 조금 변했다는 사실을 깨달았지. 오랜만에 여행에서 돌아온 우리들이 일상생활로 돌아가 안정을 찾기 위해서는 모든 일에 여자의 손길이 필요했는데, 그 뒷바라지를 해 주는 부인은 그렇다고 치고, 딸이 뭐든 내 일을 먼저 해 주고 K의 일을 나중에 하는 듯이 보였거든. 그런 행동이 노골적이었다면, 나 역시 당혹스러웠을 것이고, 경우에 따라서는 불쾌하기조차 했을 것이네. 하지만 그녀의 행동은 그런 점에 있어서는 나름대로 요령을 터득하고 있었던지라 나로서는 무척 기뻤지. 다시 말해 그녀는 나만이 알 수 있도록 타고난 친절함을 필요 이상으로 베풀어 주었지. K는 별달리 싫어하는 기색도 없었고, 평상시 그대로였다네. 나는 마음속으로 기쁜 나머지 만세를 불렀지.

여름이 지나가고 9월 중순으로 접어들자, 수업이 시작되었다네. K와 나는 시간표가 다른 관계로, 다시 나가고 들어오는 시간이 달라졌다네. 내가 K보다 늦게 집으로 돌아오는 날은 일주일에 세 번 정도였는데, K의 방에서 딸의 모습을 보는 일은 없어졌다네. K는 항상 똑같은 모습으로 "지금 돌아왔어?"라고 마치 정해진 규칙이라도 되는 듯이 인사했지. 그의 인사에 대한 나의 답 역시 거의 기계적이면서 간단하고 무의미하게 반복되었네.

아마 10월 중순쯤이었을 걸세. 늦잠을 자는 바람에 실내복을 입은 그대로 서둘러 학교로 간 적이 있었네. 구두끈을 매는 시간조차 아까워 게다(일본 사람들이 신는 나막신-역주)에 발만 집어넣은 채 날듯이 뛰어갔을 정도니까. 그날은 시간표상으로 내가 K보다 먼저 집으로 돌아오는 날이었지. 집으로 돌아와 무심코 현관문을 드르륵 하고 열었다네. 그런데 나보다 늦으리라 생각했던 K의 목소리가 난데없이 들려오는 것이었어. 그리고 딸의 웃음 소리도 귓전을 울렸지. 항상 신고 다니던 끈이 달린 구두가 아니라서 나는 곧바로 신을 벗고 현관으로 올라가 방문을 열었다네. 변함없이 책상 앞에 앉아 있는 K가 보이더군. 하지만 딸의 모습은 이미 그곳에 없었네. 나는 K의 방에서 툇마루로 도망치듯이 빠져나가는 그녀의 뒷모습만 잠깐 보았을 뿐이었다네. 나는 K에게 어째서 그렇게 빨리 돌아왔는지 물어보았지. 그는 몸이 좋지 않아서 빨리 돌아와 쉬고 있는 거라고 말하더군. 내가 방에 들어와 앉아 있자, 잠시 후 딸이 차를 내오더군. 그녀는 그때 처음으로 "어서 오세요"라며 나에게 인사를 했지. 나는 웃으면서 좀전엔 왜 도망치듯 사라졌냐고 물을 정도의 이해심 많은 남자가 아니었네. 그 일을 내내 마음에서 떨구지 못하는 그런 사람이었지. 그녀는 이내 자리에서 일어나 툇마루로 사라지고 말았네. 하지만 K의 방에서 잠시 멈

추더니 서로 한두 마디를 나누더군. 좀전의 이야기를 계속하는 것 같았는데, 그 앞말을 듣지 못했던 나는 무슨 이야기를 나누는지 전혀 알 수 없었네.

그러면서 점점 딸의 태도가 대담해지더군. K와 내가 함께 있을 때도 자주 K가 있는 방의 툇마루까지 와서 그의 이름을 불렀으니까. 그리고 그 방으로 들어가 오랜 시간을 머물곤 했다네. 물론 우편물을 가져올 때도 있었고, 세탁물을 두고 갈 때도 있었으니까 그 정도 왕래는 같은 집에서 살고 있으니 당연하다고도 할 수 있겠지. 하지만 어떻게 해서든 그녀를 차지하고 싶다는 충동을 강하게 느끼고 있던 나에게 그것은 당연히 있을 수 없는 일이었다네. 어떤 때는 그녀가 일부러 내 방으로 오는 것은 피하면서 K에게만 가는 것처럼 느껴질 정도였으니까. 그렇다면 어째서 K를 내보내지 않았느냐고 자네는 생각하겠지? 하지만 그렇게 한다면 내가 무리를 해서 K를 집으로 데리고 왔을 때의 나의 주장이 어떻게 되겠는가. 나는 절대로 그런 일을 할 수가 없었다네.

33

비가 내리는 11월의 어느 추운 날이었다네. 나는 외투를 적시며 여느 때와 다름없이 곤약쿠엔마蒻閻魔 도쿄 도 분쿄 구의 원각사源覺

￥ 안에 있는 염라대왕을 모시는 당—역주를 지나 좁은 언덕길을 올라 하숙집으로 돌아왔지. K의 방은 텅 비어 있었지만, 화로에는 막 집어넣은 숯불이 따뜻하게 타오르고 있더군. 나는 차가운 손을 따뜻한 숯불에 빨리 녹이고 싶은 마음에 서둘러 칸막이 문을 열었다네. 그런데 내 방 화로에는 하얗게 변한 차가운 재만 있을 뿐 희미한 불씨조차 찾아볼 수 없었다네. 그것을 보자마자 나는 갑자기 심한 불쾌감을 느꼈지.

그때 부인이 내 발소리를 듣고서 밖으로 나왔다네. 부인은 아무 말 없이 방 한가운데 서 있는 나를 보고 측은한 생각이 들었는지 외투를 벗겨 주고 실내복으로 갈아입는 것을 도와주더군. 그리고 내가 춥다고 하자, 이내 옆방으로 가더니 K의 화로를 가지고 왔지. 내가 K가 벌써 돌아왔느냐고 묻자, 금방 다시 나갔다고 하더군. 그날도 K는 나보다 더 늦게 돌아와야 하는 날이었는데, 어째서 일찍 돌아온 것일까 하고 나는 잠시 의아해 했지. 부인은 아마 급한 볼일이라도 생긴 것이겠지 하고 말하더군.

나는 잠시 자리에 앉아서 책을 보고 있었다네. 집 안이 쥐 죽은 듯이 조용한 게 어느 누구의 목소리도 들리지 않았지. 그러는 사이 초겨울의 추위와 외로움이 몸으로 파고드는 듯한 느낌이 들더군. 나는 읽고 있던 책을 덮고 자리에서 일어났네. 갑자기 사람들이 들끓는 번화한 곳으로 가 보고 싶다는 생각이 들었거든. 비는 겨우 그쳤지만, 하늘은 아직도 차가운 납빛으로 무거워 보였기에 나는 만약을 대비하여 비옷을 걸치고 육군 병기창의 뒷담을 따라 언덕을 내려갔네. 당시에는 도로가 제대로 정비되지 않아서 언덕은 지금보다도 훨씬 경사가 심했지. 길은 폭도 좁았고, 곧지도 않았지. 게다가 그 언덕을 내려가면 남쪽으로 높은 건물이 가로막고 있었고, 배수조차 제대로 되지 않아 길은 흙탕으로 엉망이었다네. 특히 좁은 돌다리를 건너 야나기쵸柳町로 나가는 길은 아주 엄청났지. 굽 높은 나막신이나 장화를 신어도 걸을 수가 없을 정도였으니까. 누구든지 길 한가운데에 가늘고 길게 갈라져 있는 발자국들을 아주 조심스럽게 따라가지 않으면 안 되었지. 또 그 폭이 아주 좁아 마치 길 위에 놓인 가느다란 끈을 밟고 가는 것 같았지. 사람들이 모두 일렬로 천천히 앞으로 나아가고 있었는데, 마침 이 좁은 길목에서 K와 딱 마주친 것이었네. 발밑에 신경을 쓰고 있던 나는 그와 정면으로 마주칠 때까지 전혀 눈치 채지 못했지. 문득 앞이 막혀 고개를 들었을 때에야 비로소 앞을 가로막고 있는 사람이 K라는 사실을 알았다네. 나는 그에게 어디 갔다 오는 길이냐고 물었네. 그는 "잠시 볼일이 있어서"라고 간단히 대답하더군. 그의 대답은 변함없이 간단명료했지. 그와 나는 좁은 길 위에서 겨우 몸을 피해 지나쳤다네. 그런데 그 바로 뒤에 한 사람의 젊은 여인이 서 있더군. 근시인 나는 K를 지나쳐 보내고 나서야 그녀가 하숙집 딸이라는 사실을 알고 적잖이 놀랐다네. 그녀는 부끄러운 듯이 다소 얼굴을 붉히며 인사를 하더군. 나는 당시 유행하던 머리 모양을 한 그녀의 얼굴을 멍하니 쳐다보다가 문득 누군가가 먼저 길을 양보해야 한다는 생각이 들었네. 그래서 나는 주저하지 않고 진흙탕 속으로 나의 한쪽 발을 집어넣었지. 그리고 지나가기 쉬운 곳으로 그녀를 안내하여 길을 건너도록 했다네.

그리고 나서 야나기쵸로 나온 나는 어디로 가야 할지 몰라 잠시 망설였지. 왜냐하면 어디를 가도 재미있을 것 같지가 않았거든. 나는 흙탕물이 튀어 오르는 것도 개의치 않고 진흙탕 속을 터벅터벅 걸어갔다네. 그리고 이내 집으로 돌아오고 말았지.

34

나는 K에게 하숙집 딸과 함께 나간 것이냐고 물었네. 그는 마사고쵸眞砂町에서 우연히 만나 함께 돌아온 것이라고 했네. 나는 그 이상의 질문은 할 수 없었지. 하지만 식사를 하면서 딸에게도 역시 똑같은 질문을 하고 싶다는 생각이 들더군. 내가 질문을 하자, 그녀는 내가 싫어하는 웃음소리를 냈네. 그리고 어디에 갔는지 한번 맞춰 보라고 하더군. 당시 나는 다소 신경질적이었기에 그렇게 불량스러워 보이는 젊은 여성에게 놀림을 당하면 이내 화가 났다네. 하지만 그런 나의 모습을 눈치 챈 사람은 부인 혼자였네. K는 오히려 태연한 모습이었지. 딸은 알면서 일부러 그러는 것인지, 아니면 순진한 나머지 몰라서 그러는 것인지 확실하지 않았지. 그녀는 젊은 나이치고 사려가 깊은 편이었지만, 젊은 여성이 가지는, 내가 싫어하는 부분들이 없지는 않았네. 그리고 그 부분은 K가 하숙집에서 함께 살게 된 후에야 눈에 띄기 시작했지. 나는 그것을 K에 대한 나의 질투심으로 생각해야 할지, 아니면 나에 대한 그녀의 절묘한 애교로 받아들여야 할지 판단이 서지 않더군. 나는 지금도 그때의 내 질투심을 부정할 생각은 전혀 없다네. 내가 자주 말했듯이 사랑이라는 이면에 이 감정의 움직임을 확실하게 의식하고 있었기 때문이라네. 게다가 정말 하잘것없는 사소한 일에서조차 이 감정이 반드시 고개를 들곤 했으니까. 질투심은 사랑이란 감정의 또 다른 얼굴이 아닐까 하는 생각이 드는데, 자네는 어떻게 생각할지 모르겠군. 나는 결혼하고 나서야 이 감정이 점점 사라져 가는 걸 알았지. 그와 동시에 애정이라는 측면도 예전 같은 맹렬함을 잃게 되더군.

나는 그때까지 주저하고 있던 나의 마음을 단숨에 상대방에게 털어놓아 버릴까 생각했다네. 내가 말하는 상대방이란 딸이 아니라 부인을 말하는 것이네. 부인에게 따님을 달라며 담판을 지을까 생각했던 것이지. 하지만 그렇게 결심하고서도 하루하루 그 결심을 단행할 날을 연기했다네. 이렇게 말하면 내가 무척 우유부단한 남자로 보일지 모르지. 하지만 그렇게 보인다고 해도 개의치 않네.

사실 내가 단행을 주저하는 것은 의지력이 부족해서가 아니라네. K가 오지 않았을 때는 남의 손에 의해 움직이는 것을 싫어하는 저항감 같은 것이 내 행동을 짓눌러 한 발자국도 움직일 수 없었지. 그런데 그가 오고 나자 어쩌면 딸이 K에게 마음을 두고 있는 것은 아닐까 하는 의문이 끊임없이 나를 지배하더군. 만약 정말로 그녀가 나보다 K에게 마음이 있다면, 나의 짝사랑은 입에 담을 만한 가치조차 없는 것이란 생각이 들었네. 창피를 당하는 것이 괴롭다는 이야기와는 조금 차원이 다르지. 내가 아무리 그녀를 마음에 두고 있다고 해도 그녀의 마음이 정작 타인에게 가 있다면, 나는 그런 여성과는 함께 살고 싶지가 않았다네.

세상엔 상대방의 마음은 안중에 없고 자신이 좋아하면 무조건 그 여성을 아내로 맞아들여 기뻐하는 사람이 있는데, 그것은 우리와는 전혀 다른 세상을 살고 있는 남자라든가 그렇지 않다면 사랑의 심리를 제대로 이해하지 못하는 둔한 사람이라고 생각했다네.

일단 한번 아내로 맞아들이면 어떻게든 안정을 찾아가는 법이라고 생각하는 철리哲理 인생, 세상의 본질과 이어지는 도리―역주로는 납득할 수 없었던 것이지. 즉, 나는 아주 고상한 사랑의 이론가였던 셈이네. 동시에 유난히 돌고 돌면서 어렵게 사랑을 표현하는 사람이기도 하지.

오랫동안 함께 사는 사이에 가장 중요한, 내가 마음을 두고 있는 그녀에게 직접 내 마음을 털어놓을 기회도 가끔씩 있었지만, 나는 일부러 그것을 피했다네. 사회의 관습으로 그런 일은 있어선 안 된다는 나름대로의 자각이 강하게 작용하기도 했지만, 그것만이 나를 속박했다고는 말할 수 없지. 일본 사람, 특히 일본의 젊은 여성은 그런 경우 대개는 자신의 마음을 솔직하게 말할 용기가 부족하다고 나는 생각했네.

35

　이런 이유로 나는 그 어느 쪽으로도 진행시키지 못한 채 그저 한 곳에 머물러 있었다네. 몸이 안 좋을 때 낮잠을 청했다가 깨면 주위의 것들은 눈에 확실하게 들어오는데 반해 손발은 전혀 움직일 수 없는 경우가 있지 않은가? 나는 가끔 남모르게 그런 괴로움을 당하곤 했다네.

　그러는 사이에 한 해가 저물고 봄이 되었다네. 어느 날, 부인이 K에게 카드 놀이를 하니 친구를 데려오지 않겠느냐고 물은 적이 있었다네. 그러자 K는 친구 따위는 한 사람도 없다고 대답했고, 그 말을 들은 부인은 무척이나 놀랐지. 하지만 K에겐 정말 친구다운 친구가 한 사람도 없었다네. 길에서 만나면 가볍게 인사 정도 나눌 수 있는 그런 사람은 몇 명 있었지만, 결코 카드 놀이를 함께 할 정도의 친한 사이는 아니었지. 부인은 나에게도 친구들을 데려오라고 했지만, 나 역시 놀이를 할 기분이 아니었기에 적당히 얼버무렸고 그 일에 관해선 잊고 있었지. 그런데 그날 저녁에 K와 나는 결국 딸에게 이끌려 카드 놀이를 하게 되었다네. 손님은 아무도 오지 않았고, 우리들뿐이어서 무척 조용한 놀이가 되었지.

게다가 이런 놀이에 익숙치 않은 K는 팔짱을 낀 채 멀뚱멀뚱 보고만 있다시피 했네. 내가 K에게 백 장의 카드에 적힌 백 명의 시라는 것을 알고 있느냐고 물었더니, 잘 모른다고 대답하더군. 내 말을 들은 딸은 내가 그를 경멸하고 있는 것으로 받아들인 모양이었네. 그때부터 눈에 띄게 K의 편을 들더군. 결국 그 뒤로 두 사람은 거의 한 팀이 되다시피 해서 나를 상대했네. 싸움에 이를 뻔했지만, 다행스럽게도 K가 일관된 태도를 유지해서 괜찮았다네. 그가 자신만만한 모습을 보이지 않아서 무사히 그 자리를 벗어날 수 있었지.

그로부터 이삼 일이 지났을 때였다네. 부인과 딸은 아침 일찍 이치가야에 있는 친척 집에 간다며 집을 나섰다네. K도 나도 아직 수업이 시작되기에는 이른 시각이었기에 함께 집에 남아 있게 되었지. 나는 책을 읽는 것도, 산보를 나가는 것도 싫어서 그저 멍하니 화로의 테두리에 팔을 괴고 앉아 생각에 잠겨 있었다네. 옆방의 K에게서도 아무런 소리가 들리지 않더군. 두 사람 모두 있는지 없는지 알 수 없을 정도로 조용하기만 했다네. 하지만 원래부터 익숙했던 분위기라 나는 그다지 마음에 두지 않고 있었지.

10시쯤 되자 K가 불쑥 칸막이 문을 열더니 내 얼굴을 쳐다보는 것이었네. 그는 문턱에 선 채로 나에게 무슨 생각을 하고 있냐고 묻더군. 나는 그때 아무런 생각도 하지 않고 있었지. 만약 무언가 생각하고 있었다면 틀림없이 나를 고민하게 만드는 하숙집 딸에 관한 것이었겠지. 그 딸에게선 물론 부인의 그림자가 어른거리고 있었지만, 요즘은 K의 그림자까지 내 머릿속에서 빙빙 맴돌고 있어 점점 복잡해지던 참이었지. K와 얼굴을 마주친 나는 지금까지 그를 방해물로 의식하고 있으면서도 명확하게 그렇다고 말하지는 못했네. 나는 여전히 그의 얼굴을 보면서 아무 말 없이 그냥 앉아 있었지. 그러자 K가 성큼성큼 내 방으로 들어오더니 화로 앞에 앉는 것이었네. 나는 이내 양 팔꿈치를 대고 있던 화로를 그에게 밀어 주었지.

K는 보통 때와는 다른 이야기를 시작했다네. 부인과 딸이 이치가야의 어디에 간 것일까 묻더군. 아마 숙모님 댁이 아닐까 하고 대답했다네. K는 그 숙모님이 누구냐고 다시 묻더군. 나는 역시 군인의 아내라고 대답해 주었다네. 그러자 이번엔 여자들의 새해 인사는 보통 15일이 지나서인데 어째서 그렇게 빨리 나간 것일까 묻더군. 나는 그저 "글쎄" 라고 대답했을 뿐 달리 할 말이 없었다네.

36

K는 좀처럼 부인과 딸의 이야기를 그만두려 하지 않았다네. 나중에는 내가 대답할 수 없을 정도로 깊이 들어간 질문까지 하더군. 나는 귀찮다기보다는 뜻밖이라는 생각이 들었지. 예전에 내 쪽에서 두 사람에 대한 일로 말을 걸었을 때 그의 태도를 생각해

보면 전혀 딴판이었지. 참다못한 내가 어째서 그런 질문들을 하는지 물었다네. 그러자 갑자기 그가 아무 말도 하지 않더군. 나는 그의 다문 입술 주위로 근육이 떨리듯 움직거리는 것을 주시하고 있었지. 그는 원래 말이 별로 없는 사내였다네. 평상시 무언가 말하려고 하면, 입 주위를 우물우물 거리는 버릇이 있었지. 그의 입술이 의지에 반항이라도 하듯이 쉽사리 열리지 않아서 그의 말에 무게가 실린 듯 느껴지는 걸까? 그의 목소리는 일단 입술을 통해 밖으로 나오면, 보통 사람들보다 두 배의 강한 힘을 가지고 있었지.

다시 무슨 말인가 튀어나올 것 같았지만, 과연 어떤 말을 할 것인지 전혀 짐작할 수 없었다네. 그래서 놀랐던 것이지. 그의 무겁기 그지없는 입에서 딸에 대한 애절한 사랑 이야기가 튀어나온다면, 내 모습이 어떻게 변할지 상상해 보게. 나는 그의 마법 지팡이에 의해 단번에 돌이 되어 버릴 수도 있었다네.

그때의 나는 놀라움의 덩어리라고 해야 할지, 혹은 괴로움의 덩어리라고 해야 할지, 어쨌든 하나의 덩어리로 변하고 말았다네. 돌이나 철과 같이 머리에서 발끝까지 갑자기 딱딱하게 굳어져 버렸지. 호흡할 탄력조차 잃었을 정도로 나는 딱딱하게 굳어 버렸다네. 다행스럽게도 그런 상태가 그다지 오래가지는 않았다네. 나는 잠시 후 원래의 모습으로 돌아와 냉정을 되찾았지. 그리고 이내 '아차!' 했다네. 먼저 당하고 말았다는 생각이 들었던 거지.

하지만 앞으로 어찌할 것인가에 대해선 아무런 생각도 나지 않더군. 아마 그런 생각이 들 정도의 여유조차 없었겠지. 나는 겨드

랑이를 타고 내리는 기분 나쁜 땀이 셔츠에 스며드는 것을 꾹 참으며 꼼짝도 않고 그 자리에 앉아 있었다네. K는 그 사이에 평상시의 그 무거운 입을 열고서 뜨문뜨문 자신의 마음을 털어놓기 시작했다네. 나는 괴로워서 견딜 수 없었지. 아마 그 괴로움은 광고처럼 나의 얼굴 위에 뚜렷한 글자로 나타났을 것이네. 아무리 K라도 그 정도는 눈치 채지 못할 리 없었지만, 그는 또 그 나름대로 자신의 감정에만 치우쳐 나의 표정을 주의 깊게 관찰할 여유가 없었던 것 같네. 그의 고백은 처음부터 끝까지 똑같은 분위기를 유지했다네. 무겁고 느린 대신에 아주 간단히 그의 마음을 어떻게 움직일 수는 없을 거라는 생각이 들었지. 나의 마음의 반은 그의 자백을 듣고 있으면서 반은 '어떡하지? 어쩌면 좋지?' 하는 안타까움에 끊임없이 시달렸다네. 그래서 그의 말이 귀에 들어올 리가 없었지. 그렇지만 그의 말이 내보이는 분위기만큼은 확실하고 강하게 내 가슴을 때리고 있었지. 그 때문에 나는 앞에서 말한 고통만이 아니라 일종의 두려움마저 느끼게 되었다네. 다시 말해 상대방은 나보다 세다는 공포심이 나를 뒤덮기 시작했던 것일세.

K의 이야기가 끝나자 나는 할 말이 없었다네. 나 역시 그 앞에서 같은 의미의 자백을 하는 편이 좋을지, 아니면 아무 말도 않는 편이 좋을지 그런 이해관계를 생각해서 말을 하지 못한 것은 아니라네. 그저 아무 말도 할 수가 없었네. 그리고 말하고 싶지도 않았지.

점심 식사 때 K와 나는 서로 마주 보고 자리에 앉았다네. 하녀가 시중을 들어 주었고, 나는 아주 맛없는 식사를 했다네. 우리는 거의 아무 말도 주고받지 않았지.

37

우리는 각자 방으로 들어간 뒤 다시 얼굴을 마주하지 않았다네. K의 방은 아침과 마찬가지로 조용했고 나 역시 무언가를 골똘히 생각하며 앉아 있었다네.

나는 당연히 내 마음을 K에게 고백했어야 했다는 생각이 들더군. 하지만 그러기엔 이미 늦은 듯한 기분이 들더군. 좀전에 K의 말을 가로막고 내 쪽에서 역습을 시도하지 않았던 게 치명적인 실수로 여겨지더군. 하다못해 K의 뒤를 이어서 내 이야기도 했더라면 좋았을걸 하는 생각도 들더군. K의 자백이 일단락 된 지금에 와서 내 쪽에서 다시 똑같은 말을 꺼낸다는 것은 이상하기 그지없더군. 나는 이 부자연스러움을 이겨낼 방법을 알지 못했네. 나의 머릿속은 때늦은 후회로 어지러울 뿐이었지.

나는 K가 다시 칸막이 문을 열고 들어와 주었으면 하고 생각했다네. 나에게 오전의 상황은 마치 기습 공격을 당한 것이나 다름없었다네. 나에겐 K를 상대할 아무런 준비도 되어 있지 않았던 것이지. 나는 오전 중에 잃어버린 것을 되돌려 받고 싶었네. 그래서 가끔씩 눈을 들어 칸막이 문을 쳐다보곤 했지. 하지만 아무리 시간이 흘러도 그 문은 열리지 않았고, K의 방은 조용하기만 했네.

그러는 사이 내 머릿속은 혼란스러워지기 시작했다네. K는 지금 문 반대편에서 무슨 생각을 하고 있을까 라는 생각이 들자, 그것이 마음에 걸려 어찌할 바를 모를 정도였지. 평상시에도 칸막이 하나를 사이에 두고 아무 말 없이 지내는 경우가 종종 있었지만, 나는 K가 조용하면 조용할수록 혼란스럽고 판단력이 흐려져 이성을 잃을 정도였네. 하지만 그렇다고 내 쪽에서 문을 열고 그에게 가지도 못했지. 일단 말할 기회를 놓친 나는 다시 상대편에서 행동해 주기를 기다리는 수밖에 달리 방법이 없었다네.

결국 나는 가만히 앉아 있을 수만은 없었네. 무리를 해서 억지로 참고 있자니 자꾸 K의 방으로 뛰어들고 싶어졌네. 하는 수 없이 나는 툇마루로 나왔다네. 거실로 가서 무의식적으로 뜨거운 물을 한 잔 마셨다네. 그리고 현관을 나섰네. 일부러 K의 방을 피해서 거리로 나온 것이지. 나오기는 했지만 목적지가 정해져 있었던 것은 아니었다네. 나는 그저 가만히 앉아 있을 수가 없었네. 그래서 무작정 동네 길을 걸어 다녔지. 하지만 아무리 걸어도 머리에서는 K의 일이 사라지지 않았다네. 사실 K의 일을 떨쳐 버리려고 걷고 있었던 것은 아니었지. 오히려 내 쪽에서 자발적으로 그의 모습을 음미해 가며 어슬렁거리고 있었던 거라 할 수 있지. 우선 그가 이해하기 어려운 사내라는 생각이 들더군. 왜 그런 일을 갑작스레 나에게 털어놓은 것인지, 또 어째서 털어놓지 않고는 견딜 수 없을 정도로 그의 짝사랑이 극에 달해 있었던 것인지, 평상시의 그의 모습은 도대체 어디로 사라져 버린 것인지, 그 모든 것을 정말 이해할 수가 없었네. 나는 그가 강한 사람이란 것도, 성실하다는 것도 알고 있었네. 나는 앞으로 어떻게 해야 할지를 정하기 전에 그에게 물어보고 싶은 것이 많았네. 하지만 그와 동시에 그를 상대해야 한다는 사실이 기분을 상하게 만들더군. 나는 정신없이 동네 어귀를 돌면서 방에서 꼼짝 않고 있는 그의 모습을 그려보았다네. 그런데 어디선가 아무리 애써도 그를 움직일 수는 없다는 목소리가 들려오더군. 다시 말해 나는 그를 일종의 요물로 생각하고 있었던 것이 아닐까 싶네. 나는 영원히 그의 저주를 받았다는 생각까지 들더군.

내가 피곤에 지쳐 집으로 돌아왔을 때 그의 방은 여전히 인기척조차 없이 조용하기만 했다네.

38

내가 방으로 돌아온 지 얼마 지나지 않아 밖에서 인력거 소리가 들렸다네. 지금과 같이 고무로 된 바퀴가 없었던 시절인지라 덜컥대는 기분 나쁜 소리가 아주 먼 거리에서도 잘 들렸지. 이윽고 인력거가 문 앞에서 멈추더군.

내가 저녁 식사를 하게 된 것은 그로부터 약 30분 정도 지난 뒤였네. 부인과 딸이 벗어던진 설빔이 뒹굴고 있어 방 안이 다소 난잡해졌지. 두 사람은 우리들에게 미안하다며 저녁 식사 준비에 맞추려고 서둘러 돌아왔다고 하더군. 하지만 부인의 친절함은 K와 나에게 그날 저녁만큼은 아무런 효력을 발휘하지 못했다네. 나는 식탁에 앉아서도 말을 삼가는 사람처럼 무뚝뚝한 인사만을 건넸고, K는 나보다 더 말이 없었네. 오랜만에 외출하고 돌아온 탓인지 모녀의 기분은 평소보다 밝았기에 우리 둘의 태도가 더 눈에 띄었을 것이네. 부인은 나에게 무슨 일이 있었냐고 묻더군. 나는 그저 몸이 좀 안 좋다고 대답했지. 그리고 사실 기분도 좋지 않았고. 그러자 이번엔 딸이 K에게 똑같은 질문을 하더군. K는 몸이 좋지 않다는 대답은 하지 않았네. 그저 말을 하고 싶지 않아서라고 했지. 그러자 그녀가 왜 말을 하고 싶지 않은지 물었네. 나는 그때 무겁기만 한 눈꺼풀을 재빨리 위로 치켜 올리며 K의 얼굴을 보았네. K가 어떤 대답을 할지 호기심이 일었기 때문이지. 그의 입술은 여느 때와 같이 조금 흔들리고 있더군. 그것을 전혀 모르는 사람이 본다면 대답하기가 난처한 걸로 알았을 것이네. 딸은 웃으면서 또 어려운 일을 생각하고 있는 것이라고 말하더군. K의 얼굴이 조금 붉어지더군.

그날 밤, 나는 평상시보다 좀 일찍 잠자리에 들었다네. 내가 식사를 하면서 몸이 좀 안 좋다는 말을 듣고 걱정이 되었던지, 부인이 10시쯤에 따뜻한 국물을 가지고 왔더군. 하지만 내 방은 어두워져 있었지. 부인은 낭패라는 듯이 혀를 차면서 칸막이 문을 살짝 열더군. K의 책상에서 램프 불빛이 비스듬히 스며들어 왔지. K는 아직 잠자리에 들지는 않은 것 같았네. 부인은 내 베개 머리맡에 앉더니, 아마 감기가 든 모양이니 몸을 좀 따뜻하게 해 주는 것이 좋겠다며 국물 그릇을 내 얼굴 옆으로 들이미는 것이었네. 나는 하는 수 없이 부인이 보는 앞에서 따끈따끈한 국물을 마셨지.

나는 늦게까지 어둠 속에서 많은 생각을 했다네. 물론 한 가지 일을 이리저리 돌려 생각했을 뿐, 달리 변한 건 없었지. 갑자기 K가 무엇을 하고 있을까 궁금해지더군. 나는 거의 무의식적으로 옆 방을 향해 "어이" 하고 소리를 질러 보았네. 그러자 K의 방에서도 "어이" 하고 대답하는 소리가 들리더군. 그도 역시 아직 잠들지 않았던 거지. 문을 사이에 두고 나는 아직 안 자느냐고 물었지. 그러자 이제 곧 자려 한다는 간단한 대답을 하더군. 무엇을 하고 있

었느냐고 연이어 물었더니, 이번엔 K가 대답을 하지 않더군. 그 대신 5~6분이 지났을까, 벽장을 드르륵 열더니 이불을 펴는 소리가 아주 크게 들려오더군. 나는 지금 몇 시냐고 물었지. K는 1시 20분이라고 말하더군. 이윽고 램프를 끄는 소리가 들리고 온 집 안이 어둠에 묻히면서 조용해졌다네.

하지만 내 눈은 그 어두움 속에서 더욱 말똥말똥해지기만 할 뿐이었네. 나는 거의 무의식적으로 "어이" 하고 다시 K를 불렀네. 그가 좀전과 같은 톤으로 다시 대답을 하더군. 나는 아침에 들은 이야기에 대해서 좀더 자세한 이야기를 하고 싶은데 어떠냐고, 결국 내 쪽에서 먼저 이야기를 꺼내고 말았지. 물론 칸막이 문을 사이에 두고 이런 이야기를 하고 싶은 마음은 추호도 없었지만, K의 대답만큼은 바로 들을 수 있으리라고 생각했던 것일세. 그런데 그는 조금 전에 불렀을 때의 고분고분했던 태도와는 달리 쉬이 응하지 않더군. 그리고 잠시 후 "글쎄" 하며 망설이더군. 그의 대답에 나는 깜짝 놀랐다네.

39

K가 마지못해 건성으로 한 대답은, 다음 날이 지나고 그 다음 날이 지나 그의 태도에서 아주 잘 나타났다네. K는 먼저 딸에 대

한 문제를 꺼내려는 기색은 결코 보이지 않더군. 그리고 그럴 만한 기회도 없었지. 부인과 딸이 함께 집이라도 비워야 차분하게 이야기를 나눌 수 있었을테니까. 나는 그런 사실을 잘 알고 있으면서도 이상하게 안절부절못했지. 그래서 상대편에서 먼저 말을 걸어오기를 기다리며 마음의 준비를 하고 있었네. 그리고 적당한 때가 오면 먼저 입을 열기로 마음먹었지.

그와 동시에 나는 집안사람들의 행동을 주의 깊게 관찰하게 되었다네. 하지만 부인의 태도나 딸의 행동에는 별다른 점이 보이지 않더군. K는 나에게만 고백을 하고, 가장 중요한 딸이나 부인에게는 아무 말도 하지 않았던 것이지. 그런 결론에 이르자 나는 다소 안심할 수 있었다네. 그래서 무리하게 기회를 만들어 이야기를 꺼내기보다는 자연스럽게 다가올 기회를 놓치지 않기로 하고, 당분간 그 문제는 건드리지 않고 내버려두기로 했다네.

이렇게 말하면 너무 단순하게 들릴지 모르지만, 그렇게 되기까지 마음속에서는 밀물이 썰물로 바뀌는 것과 마찬가지로 여러 가지 크고 작은 변화가 있었다네. 나는 K의 변하지 않는 행동을 보고 많은 의미를 부여하곤 했지. 그리고 부인과 딸이 하는 말을 자세히 음미하고 두 사람의 마음 역시 그럴까 하고 의심해 보았네. 그리고 인간의 마음속에 만들어져 있는 복잡한 기계가 마치 시곗바늘처럼 정확하게 한 치의 오차도 없이 움직일 수 있을까 하고 생각했다네. 즉, 나는 똑같은 문제를 두고 이렇게도 해석해 보고, 저렇게도 해석해 본 결과 여기까지 이르게 된 것이라고 생각해 주면 고맙겠네. 좀더 어렵게 말하자면, 침착하게 처리하자는 말을 할 정도의 체면 따위는 없었던 것이네.

　그러는 사이에 다시 수업이 시작되었다네. 우리들은 같은 수업이 있는 날엔 함께 집을 나섰다네. 수업이 끝나고 별다른 사정이 없으면 역시 함께 돌아왔지. 외부에서 바라보는 K와 나는 전과 비교해 특별히 달라진 점도 없이 아주 친해졌네. 하지만 마음속으론 서로를 제멋대로 생각하고 있었음이 틀림없네. 어느 날, 갑자기 길에서 K에게 다그쳐 물은 적이 있었지. 내가 물은 것은 요전의 고백을 나에게만 한 것인지, 아니면 부인과 딸에게도 했는지 하는 것이었네. 나는 이 물음에 대한 그의 대답에 따라 내가 앞으로 취해야 할 행동이 정해질 거라고 생각했네. 그는 나를 제외한 다른 사람에겐 아직 아무 이야기도 꺼내지 않았다고 하더군. 나는 내심 내가 바라던 대로여서 무척 기뻤다네. 나는 K가 나보다 능청스럽다는 사실을 잘 알고 있었네. 그리고 내가 그의 배짱을 당해 낼 수 없다는 사실도 잘 알고 있었고. 그렇지만 한편으로는 묘하게도 그의 말을 믿고 있었다네. 학비 문제로 양가를 3년씩이나 속인 그였지만, 그에 대한 나의 신뢰는 조금도 변하지 않았던 걸세. 따라서 내가 아무리 의심이 많다고 해도 명백한 그의 대답을 마음속으로 부정할 생각은 전혀 없었다네.

　나는 다시 그에게 그의 짝사랑을 앞으로 어떻게 할 것인지 물었다네. 그저 단순한 고백에 지나지 않는 것인지, 아니면 실질적인 결과를 얻어 낼 생각인지 물었지. 하지만 그는 아무런 대답도 하지 않더군. 그저 묵묵히 밑을 내려다보며 걷기만 할 뿐이었다네. 나는 그에게 아무것도 감추지 말고 솔직하게 이야기해 주길 부탁했다네. 그는 감출 건 아무것도 없다고 힘주어 말하더군. 하지만 내가 알고 싶어 하는 점에 대해서는 한마디도 해 주지 않았네. 나 역시 길 위에 서서 더 깊은 이야기는 할 수 없었지. 결국 대화는 그렇게 끝나고 말았다네.

40

어느 날, 나는 참으로 오랜만에 도서관에 갔다네. 나는 넓은 책상의 한편에 앉아 창으로 내리쬐는 햇빛을 받으며 새로 들어온 외국 잡지를 훑어보고 있었다네. 나는 담당 교수로부터 전공에 관한 어떤 사항을 다음 주까지 조사해 오라는 과제를 받았다네. 하지만 좀처럼 찾기 어려워 두 번, 세 번 잡지를 다시 빌리지 않으면 안 되었지. 마지막에 겨우 내가 필요로 했던 논문을 찾아내어 단번에 그것을 읽어 내려가기 시작했다네. 그런데 갑자기 넓은 책상 너머에서 가느다란 목소리로 나를 부르는 사람이 있었지. 고개를 들어 보니 K가 서 있더군. 그는 상반신을 책상 앞으로 숙이면서 내게 얼굴을 바짝 갖다 대더군. 물론 도서관에서는 큰 소리로 이야기하면 실례가 되기 때문에 K의 이런 행동은 극히 자연스러운 일이었지만, 문득 이상한 생각이 들었네.

K는 낮은 목소리로 공부하고 있었느냐고 묻더군. 나는 잠깐 찾아볼 게 있어서라고 대답했지. 여전히 내게 얼굴을 갖다 댄 채 K는 낮은 목소리로 함께 산보하지 않겠느냐고 묻더군. 나는 잠시 기다려 준다면 괜찮다고 말했지. 그는 기다리겠다고 말한 뒤 내 앞의 빈 의자에 앉더군. 그러자 갑자기 정신이 산만해지면서 글자가 눈에 들어오지 않았네. 왠지 K의 가슴에 무언가 커다란 결심이 서서 나와 담판을 짓기 위해서 온 듯한 생각이 들었기 때문이지. 나는 하는 수 없이 잡지를 덮고 자리에서 일어서려고 했다네. K가 침착하게 벌써 다 끝났느냐고 묻더군. 나는 아무럼 어떠냐고 대답하고 잡지를 되돌려준 뒤 K와 함께 도서관을 나왔다네.

우린 달리 갈 곳도 없었기에 다쯔오카쵸龍岡町에서 연못 끝으로 나와 우에노 공원으로 들어갔다네. K가 그 일에 관해 먼저 말을 꺼내더군. 앞뒤 사정을 잘 헤아려 보니 그 이야기를 하기 위해서 일부러 산보를 권했던 듯싶었다네. 그렇지만 그는 아직 태도를 분명히 하지는 않았지. 그는 나에게 그저 막연하게 어떻게 생각하는가 하는 질문만 던졌다네. 어떻게 생각하느냐는 말은 연애라는 감정의 늪에 빠져 버린 그를 어떻게 생각하느냐 하는 질문이었다네. 한마디로 말하자면, 그는 지금의 자신에 대한 나의 비평을 바라고 있었던 것이지. 그 점에서 나는 그가 평소와는 다르다는 사실을 확실하게 감지할 수 있었다네. 자꾸 반복하게 되는 것 같은데, 그의 천성은 타인의 생각에 거리낄 정도로 약하지는 않다네. 맞다는 확신이 서는 일이라면 거침없이 나아가는 배짱과 용기가 있는 사내였지.

　내가 K에게 어째서 나의 비평이 필요한 것인지 묻자, 그는 평상시와는 달리 조용하고 쓸쓸한 어조로 자신이 약한 인간이라는 사실이 너무 부끄럽다고 말하는 것이었네. 그리고 고민을 해 봐도 스스로를 알 수 없어 나에게 공정한 비평을 부탁할 수밖에 달리 방법이 없었다고 하더군. 나는 곧바로 고민하는 것이 어떤 부분이냐고 물었다네. 그는 앞으로 나아가도 좋은지 아니면 물러서는 것이 좋은지 고민하고 있다고 했네. 나는 이내 다시 한 발 더 나아갔다가 물러설 수 있냐고 물었네. 그러자 그는 말문이 막히고 말더군. 그리고 그저 괴로울 뿐이라고 했지. 사실 그의 얼굴에는 괴로운 표정이 역력히 드러나 있었네. 만약 상대방이 하숙집 딸이 아니었더라면, 나는 정말 그가 절실하게 기다리는 대답을, 그 메마를 대로 메마른 얼굴 위에 마치 단비와 같이 뿌려 줄 수 있었을지도 모르네. 나는 그 정도로 아름답기 그지없는 동정심을 가지고 태어난 인간이라고 스스로 믿고 있었지. 하지만 당시는 사정이 달랐다네.

41

　나는 마치 다른 파에 소속된 사람과 무예 시합이라도 하듯 K를 주의 깊게 관찰하고 있었다네. 나는 나의 눈, 나의 마음, 나의 몸 등 모든 '나'라는 말이 들어가는 것들에 조금의 틈도 보이지 않게 준비하면서 K를 향해 돌진했던 것이지. 아무런 죄가 없었던 K는 허점 투성이라기보다 모든 것이 활짝 열려 있다고 할 정도로 허술하기 그지없었다네. 나는 그가 보관하고 있던 요새의 지도를 건네받고, 그의 눈앞에서 천천히 그것을 바라보고 있는 것이나 다름없었지.

　K가 현실과 이상 사이에서 방황하며 갈팡질팡하는 모습을 발견한 나는, 그저 단 한방에 그를 쓰러뜨릴 수 있다는 점에만 주목하고 있었지. 그리고 이내 그의 허점을 파고들기 시작했다네. 나는 엄숙하게 태도를 가다듬었네. 그리고 먼저 "정신적으로 향상되려는 의지가 없는 사람은 바보다"라는 말을 내뱉었다네. 이 말은 보슈를 여행할 때 K가 나에게 한 말이었지. 나는 그가 내게 했던 말 그대로, 그와 똑같은 톤의 목소리로 다시 그에게 되돌려 주었네. 하지만 결코 복수를 하려는 마음은 아니었다네. 복수심 이상의 잔혹한 의미가 포함되어 있었다는 사실만은 시인하네. 나는 그 한마디로 K 앞에 가로놓여 있는 짝사랑의 길을 막으려고 했던 것이지.

K는 절에서 태어난 사내라네. 하지만 그의 취향은 중학시절부터 결코 생가의 종교적 취지와는 맞지 않았네. 교의敎義상의 구별을 잘 알지 못하는 내가 이런 말을 할 자격은 없지만, 나는 그저 정토진종의 중에게는 아내를 두는 일이 허락되었다는 점에서만은 그 사실을 인정하고 있었지. K는 예전부터 정진精進이라는 말을 무척이나 좋아했다네. 나는 그 말 속에 금욕이라는 의미도 포함되어 있을 거라고 해석했다네. 하지만 나중에 그 실체를 물어보니, 그보다도 더 엄중한 의미가 포함되어 있어 놀람을 금할 수 없었지. 도를 위해서는 모든 것을 희생해야 한다는 것이 그에게는 제일의 신조였기 때문에 섭취욕이나 금욕은 물론 비록 욕欲과는 거리가 먼 사랑, 그 자체도 도를 방해하는 것이었지. K가 자기 힘으로 생활하고 있을 때 나는 자주 그의 주장을 듣곤 했다네. 딸을 마음에 두고 있었던 나는 그때부터 어떻게든 그를 밀어내지 않으면 안 되었던 거라네. 내가 반대를 하면, 그는 언제나 나를 측은한 눈으로 바라보았지. 그것은 동정이라기보다 오히려 멸시에 가까운 표정이었다네.

이런 과거를 지나왔기 때문에 "정신적으로 향상의 의지가 없는 사람은 바보다"라는 말은 K의 가슴을 아프게 했을 것이 틀림없었네. 하지만 앞에서도 말했듯이 나는 이 한마디로 어렵게 쌓아올린 과거를 무너뜨릴 생각은 아니었네. 오히려 그것을 예전처럼 쌓아갈 수 있도록 해 주려고 했다네. 그것이 도에 다다르든지 하늘에 다다르든지 내겐 아무런 상관이 없었지. 나는 그저 K가 급작스레 생활의 방향을 전환함으로 인해 나의 이해관계와 충돌하는 것을 걱정하고 있었던 것일세. 다시 말해 나의 말은 단순한 이기심의 발로에 지나지 않았다는 말이지.

"정신적으로 향상되려는 의지가 없는 사람은 바보다."

나는 같은 말을 두 번 반복했다네. 그리고 그 말이 K에게 어떤 영향을 끼칠지 지켜보고 있었다네.

"바보다."

이윽고 K가 대답하더군.

"나는 바보다."

K는 그 자리에 멈춰 서더니 꼼짝도 하지 않더군. 나는 땅을 내려다보고 있었지. 그리고 나는, 나도 모르게 깜짝 놀라고 말았다네. 나에겐 그때의 K가 좀도둑질을 들키자 갑자기 강도로 돌변한 듯이 느껴졌기 때문이지. 하지만 그의 목소리가 너무나도 힘이 없다는 사실을 깨달았지. 나는 그의 눈을 보고 싶었으나, 그는 마지막까지 내 얼굴을 보지 않았다네. 그리고 다시 걷기 시작했지.

42

나는 K와 나란히 걸으면서 그의 입에서 튀어나올 다음 말을 은근히 기다렸다네. 아니 마치 길목을 미리 가로질러 가 잠복하고 있었다고 해야 할지도 모르겠네. 당시의 나는 K를 속여도 좋다고 생각했으니까. 하지만 나에게도 양심은 있었다네. 만약 누군가가 내 곁에 와서 너는 비겁하다고 한마디만 속삭였다면, 그 순간 정신이 들면서 제자리로 돌아왔을지도 모르네. 만약 K가 그 사람이었다면 나는 아마도 그의 앞에서 얼굴을 붉히며 부끄러워 했을 것이네. 그렇지만 K는 나를 타이르고 주의를 주기에는 너무 정직했다네. 그리고 너무 단순하고 선량한 사람이었지. 여자에 눈먼 나는 그런 그에게 경의를 표하는 것을 잊고, 오히려 그 점을 역이용하여 그를 쓰러뜨리려고 했다네.

K는 잠시 후 내 이름을 부르며 나를 쳐다보더군. 이번엔 내가 자연스럽게 걸음을 멈추었다네. 그러자 K도 나를 따라 멈추었지. 나는 그제야 K의 눈을 똑바로 쳐다볼 수 있었지. 그는 나보다 키가 컸기 때문에 올려다보지 않으면 안 되었다네. 한 마리 늑대와 같이 나는 아무 죄 없는 양을 똑바로 보았던 것이네.

"이제 그 이야기는 그만두세."

그의 눈과 말에는 묘하게 비통스러움이 담겨 있더군. 나는 잠시 아무 대답도 하지 못했다네. 그러자 그가 다시 "그만해 주게"라고 부탁조로 말을 바꾸는 것이었네. 나는 그때 그에게 잔혹한 대답을 했다네. 늑대가 틈을 노려 양의 숨통을 물고 늘어지듯이.

"그만해 달라니? 자네가 먼저 꺼낸 이야기가 아닌가? 자네가 그만두고 싶다면 그만둬도 괜찮지. 하지만 그저 입으로만 그만둔다면 아무 소용 없는 일 아니겠나? 자네가 마음속으로 그만두겠다는 각오를 하지 않는다면 말일세. 도대체 자네는 자네가 항상 부르짖던 그 말들을 앞으로 어쩌겠다는 속셈인가?"

내가 이렇게 말하자 키가 큰 그는 자연스럽게 아주 작고 왜소한 모습이 되었지. 그는 항상 말한 대로 고집이 센 사내였지만, 한편으론 너무나 정직했기 때문에 자신의 모순을 거침없이 비난받으면 결코 태연할 수 없는 그런 성격이었다네. 나는 그의 이런 태도를 보고 겨우 안심할 수 있었다네. 그가 갑자기 "각오?" 하며 되묻더군. 그러더니 내가 다른 어떤 대답을 하기도 전에 "각오, 각오라면 없지도 않지"라고 덧붙이는 것이었네. 그의 말투는 마치 혼잣말을 중얼거리는 것 같기도 했고, 꿈속에서 중얼거리는 것 같기도 했다네.

우리는 그것으로 이야기를 끝내고 고이시가와의 하숙집으로 발길을 돌렸다네. 비교적 바람이 없는 따뜻한 날이었지만, 그래도 겨울이라 공원은 그야말로 삭막하기 그지없었다네. 특히 서리를 맞아 푸른 기운을 잃은 다갈색의 삼나무 숲이 어둠침침한 하늘 위로 잔가지를 내뻗으며 우뚝 솟아올라 있는 모습을 보았을 때는 추위가 등골로 스며드는 듯한 착각을 불러일으켰지. 우리들은 해질 녘의 혼고*本鄕* 도쿄 도의 분쿄 구의 남동부를 일컬음. 도쿄대학이 위치한 지역으로 도쿄대학을 이르는 속칭으로도 쓰였다—역주를 서둘러 빠져나와 다시 맞은편 언덕으로 올랐다가 고이시가와의 골짜기로 내려왔다네. 나는 그제야 겨우 외투 속으로 따뜻한 훈기를 느꼈다네.

서둘러 온 탓인지 우리들은 하숙집으로 돌아가면서 거의 아무 말도 하지 않았다네. 집으로 돌아와 식탁에 마주했을 때 부인이 왜 늦었는지 묻더군. 나는 K와 함께 우에노에 다녀왔다고 대답했지. 부인은 "이렇게 추운 날에" 하며 놀란 표정을 짓더군. 딸은 우에노에서 무슨 일이 있었느냐고 물었지. 나는 그저 산책을 하고 싶었다고 대답했다네. 평소에 말이 없는 K는 변함없이 아무 말도 하지 않더군. 부인이 말을 걸어도, 딸이 웃어도, 이렇다할 반응을 보이지 않았어. 그리고 밥을 마치 집어삼키듯이 급히 먹고는, 내가 미처 자리에서 일어서기도 전에 자신의 방으로 돌아갔다네.

43

그 무렵은 각성이라든가 새로운 생활이라고 하는 말들이 아직 사용되지 않던 시절이었다네. 하지만 K가 낡은 자신의 모습을 버리고 새로운 방향으로 단번에 달려가지 못했던 것은 현대인의 사고방식이 모자랐기 때문이 아니라네. 그에게는 버릴 수 없을 정도로 소중한 과거가 있었기 때문이지. 그 때문에 오늘날까지 살아왔다고 해도 과언이 아닐 정도였으니까. 그래서 K가 일직선으로 사랑을 목표삼아 맹렬히 돌진하지 않는다고 해서 결코 그 사랑이 미적지근하다고 할 수는 없었지. 아무리 치열한 감정에 불타오르고 있다고 해도 그는 무턱대고 움직이지는 않았다네. 결국 다시 자신의 과거를 되돌아보지 않으면 안 되었던 거라네. 과거가 가리키는 길을 지금까지 걸어온 대로 다시 걸어야 했기 때문이지. 게다가 그에게는 현대인에게는 없는 고집과 인내심이 있었다네. 나는 이 두 가지 점에 있어서만큼은 충분히 그의 마음을 간파하고 있었다네.

우에노에서 돌아온 날은 나에겐 비교적 편안한 밤이 되었다네. 나는 K가 자신의 방으로 가자, 그 뒤를 쫓아가 그의 책상 옆에 앉았지. 그리고 일부러 종잡을 수 없는 세상 이야기를 하기 시작했는데, 그는 불편함을 느끼는 듯했지. 나의 눈엔 승리의 기색이 역력했고, 목소리도 득의만만하게 들렸지. 나는 잠시 K와 함께 화로를 둘러싸고 불을 쬐다가 내 방으로 돌아왔다네. 다른 모든 일에 있어 무엇을 해도 그를 당할 수 없었던 나도 그때만큼은 두려울 것이 없었다네.

나는 얼마 지나지 않아 아주 편안하게 잠 속으로 빠져들었네. 하지만 갑작스레 나의 이름을 부르는 소리에 눈을 뜨게 되었지. 눈을 떠 보니 문이 조금 열려 있고, 그곳에 K의 검은 그림자가 서 있었네. 그리고 그의 방에는 초저녁이라도 된 듯 불이 켜져 있었지. 갑작스레 현실로 돌아온 나는 잠시 동안 아무 말도 못하고 멍하니 그 불빛만을 바라보고 있었다네.

그때 K가 벌써 잠들었냐고 물었다네. 그는 항상 늦게까지 잠을 자지 않는 사람이었지. 나는 무슨 일이냐고 물었다네. 그는 대단한 일은 없다, 그저 자고 있는지 깨어 있는지 궁금해서 화장실에

다녀오는 길에 물어본 것뿐이라고 대답하더군. K는 램프 불빛을 등으로 받고 있었기 때문에 얼굴색이나 눈빛은 전혀 보이지 않았다네. 그렇지만 그의 목소리만큼은 평상시보다도 더 침착하게 들렸지.

K는 이윽고 열었던 칸막이 문을 닫았고, 내 방은 원래의 어둠으로 돌아왔지. 나는 그 어둠보다 더 조용한 꿈을 보고자 다시 눈을 감았다네. 나는 그후로 아무것도 알지 못하네. 하지만 다음 날 아침이 되어 지난밤 일을 생각해 보니 웬일인지 의아스러워지더군. 나는 어쩌면 모든 것이 꿈이 아닐까 하는 생각도 했다네. 그래서 밥을 먹을 때 K에게 물었다네. 그는 정말로 문을 열고 나의 이름을 불렀다고 하더군. 왜 그랬느냐고 묻자 별달리 이렇다할 말을 하지 않았네. 다소 김이 빠지려는데 요즘 숙면을 취하느냐고 오히려 질문을 하더군. 나는 이상한 생각이 들었지.

그날은 마침 같은 수업이 들어 있던 터라 우리는 함께 집을 나섰다네. 아침부터 간밤의 일이 마음에 걸렸던 나는 도중에 다시 K를 추궁했다네. 그렇지만 그는 역시 내가 만족할 만한 대답을 하지는 않더군. 나는 사건과 관련하여 무언가 이야기하려고 했던 것은 아니냐고 확인도 할 겸 다시 물어보았네. K는 그런 게 아니라며 강하게 부정하더군. 마치 어제 우에노에서 "그 이야기는 이제 그만하세"라고 말하지 않았냐고 주의를 주는 것처럼 들렸다네. K는 그런 점에 있어서는 날카로운 자존심을 가지고 있는 사내였지. 문득 그 사실을 눈치 챈 나는 그가 사용한 '각오'라는 말을 연상하게 되었지. 그러자 지금까지 그다지 신경쓰지 않았던 그 두 글자가 묘한 힘으로 나의 머리를 짓누르기 시작하는 것이었네.

K의 과감하고 단호한 성격은 이미 잘 알고 있었지. 그가 딸에 얽힌 사건에 우유부단한 이유도 잘 알고 있었다네. 즉, 나는 일반적인 사항에다가 예외적인 경우도 확실하게 감을 잡았다는 생각에 자신만만했지. 그런데 '각오'라는 그의 말을 머릿속에서 몇 번씩이나 음미하고 있는 사이에 자신감은 점점 빛을 잃었고, 나중에는 아주 심하게 흔들리기 시작하더군. 나는 이 경우도 어쩌면 그에게는 예외가 아닐지도 모른다는 생각을 했다네. 모든 의혹, 번민, 고뇌를 단 한 번에 해결할 마지막 수단을 그의 마음속에 고이 접어 놓고 있는 것은 아닐까 하는 의심이 생겼지. 그런 측면에서 '각오'라는 두 글자를 다시 바라본 나는 깜짝 놀랐다네. 그때 만약 이 놀라움으로 다시 한 번 그가 말한 '각오'를 냉정하게 둘러보기만 했어도 괜찮았을지 모르지. 하지만 슬프게도 나는 외눈박이 같았다네. 나는 그저 K가 딸에 대한 마음을 진행시켜 간다는 의미로 그 단어를 해석했지. 다시 말해서 과감하고 단호한 그의 성격이 사랑으로 인해 발휘된 것이 각오일 거라고, 오로지 그렇게

만 생각하고 있었다네.

나는 나에게도 최후의 결단이 필요하다는 목소리를 마음으로 듣고 있었다네. 나는 그 목소리에 응하여 이내 용기를 내기로 했지. 그리고 나는 K보다 먼저, K가 모르는 사이에 일을 진행시키지 않으면 안 되겠다는 각오까지 했다네. 나는 말없이 기회를 노리고 있었지. 하지만 이틀이 지나고 삼일이 지나도 그 기회는 좀처럼 오지 않았다네. 나는 K와 딸이 없을 때를 틈타 부인과 담판을 지으려고 했다네. 그런데 한쪽이 없으면 다른 한쪽이 있고, 또 한쪽이 없다 싶으면 다른 한쪽이 방해를 놓는 날이 계속되어 '지금이다'라고 생각할 절호의 기회가 좀처럼 오지 않았다네. 나는 불안해지기 시작했지.

일주일 후, 나는 결국 참을 수 없어서 꾀병을 부리기로 했다네. 부인과 딸 그리고 K에게 일어나라는 재촉을 받은 나는 건성으로 대답하고, 10시가 넘도록 이불을 뒤집어쓴 채 잠을 자고 있었다네. 나는 K도 딸도 나가 집 안이 적막해졌을 때를 노려 잠자리를 털고 일어났다네. 나의 얼굴을 본 부인은 곧 어디가 아프냐고 묻더군. 음식은 가져다 줄 테니 잠을 좀더 자 두는 것이 좋지 않겠냐며 염려해 주었지. 몸에 아무런 이상이 없던 나는 도저히 다시 자고 싶지 않았다네. 얼굴을 씻고 여느 때와 같이 밥을 먹었다네. 그때 부인이 긴 화로 너머로 시중을 들어 주었지. 나는 아침인지 점심인지 구분이 안 되는 밥그릇을 손에 쥔 채 어떤 식으로 이야기를 꺼낼까에만 온통 신경을 집중하고 있었기 때문에 외관상으로도 정말 몸이 안 좋은 병자같이 보였을 것이네. 나는 식사를 마치고 담배를 피웠네. 내가 자리에서 일어서지 않자 부인도 화로 옆을 떠나지 않더군. 부인은 하녀를 부르더니 상을 치우도록 하고, 주전자에 물을 붓거나 화로 주위를 닦거나 하면서 나를 살피고 있었다네. 나는 부인에게 특별한 용건이라도 있냐고 물었다네. 부인은 없다고 대답하더군. 이번엔 부인이 왜 그러느냐고 묻더군. 나는 사실 좀 할 이야기가 있다고 대답했다네. 부인이 무슨 일이냐고 물으며 내 얼굴을 보더군. 나는 무슨 말부터 꺼낼까 다소 망설였다네.

나는 하는 수 없이 별 의미 없는 말을 몇 마디 꺼낸 뒤 K가 요즘 무슨 이야기를 하지는 않았는지 물었다네. 그러자 전혀 뜻밖이란 듯이 "무슨?"이라고 반문하더군. 그리고 내가 대답을 하기도 전에 "무슨 이야기라도 들었나요?"라고 되묻더군.

45

K가 나에게 털어놓았던 이야기들을 부인에게 전할 마음이 없었던 나는 "아니요"라고 말한 뒤 금방 내 자신의 거짓말에 기분이 상하고 말았다네. 그리고 어쩔 수 없다는 듯이 별달리 부탁을 받은 것은 없으며 그에 대한 용건은 아니라는 말을 덧붙였다네. 부

인은 "그래요?"라고 말하고 나의 다음 말을 기다렸다네. 이제 나는 더 이상 주저해서는 안 되었지. 나는 갑작스럽게 "부인, 따님을 제게 주십시오"라고 말했다네. 부인은 내가 예상했던 만큼은 놀라지 않는 눈치였다네. 하지만 한동안은 아무 대답도 못하고 내 얼굴을 빤히 바라보기만 하더군. 한 번 말을 꺼낸 나는 그에 아랑곳하지 않고 "주십시오. 제게 꼭 주십시오"라고 말했지. 그리고 "따님을 꼭 제 아내로 삼고 싶습니다"라고 다시 말했다네. 부인은 연륜이 있는 만큼 나보다 훨씬 침착했다네. "주는 건 괜찮지만, 너무 갑작스런 이야기가 아닌가요?" 하고 부인이 말했다네. 내가 "급하게라도 받고 싶습니다"라고 말하자 갑자기 웃기 시작하더군. 그리고 "충분히 생각한 건가요?" 하며 다짐을 하는 것이었다네. 나는 말을 꺼낸 것은 갑작스러웠지만, 생각은 오랫동안 했다며 그 이유를 힘주어 설명했다네.

그로부터 다시 서너 가지 질문과 대답이 오갔지만, 그것들은 이미 잊었다네. 남자같이 시원시원한 데가 있는 부인은 보통의 다른 여자들과는 달리 이런 이야기를 하는데도 아주 기분 좋게 할 수 있는 사람이었다네.

"좋습니다. 드리지요."

부인이 말하더군.

"딸을 준다고 해도 목에 힘줄 처지는 아니지만, 주고 말구요. 잘 알겠지만, 아버지 없이 자란 불쌍한 아이예요."

부인은 다시 부탁조로 말하더군.

이야기는 간단하면서도 명료하게 정리되었다네. 아마 15분 정도 걸렸으리라 짐작되네. 부인은 아무런 조건도 붙이지 않았다네. 친척들과는 의논할 필요도 없이 나중에 알리기만 하면 충분하다고 했네. 본인의 의향조차 물어볼 필요가 없다고 힘주어 말하더군. 그런 점을 보면, 소위 학문을 한다는 내가 오히려 형식에 구애받고 있다는 생각이 들더군. 친척은 둘째 치더라도 본인에게 먼저 승낙을 받는 것이 순서가 아니겠느냐고 부인에게 말하자 "괜찮아요. 본인이 내켜하지 않는 사람에게 보낼 리가 없으니까"라고 말하더군.

내 방으로 돌아온 나는 일이 너무 순조롭게 진행되는 것에 오히려 이상한 생각이 들었다네. 과연 괜찮을까 하는 염려도 생겼지. 그렇지만 어찌 되었든 내 미래의 운명은 이것으로 거의 정해졌다는 생각에, 모든 것이 새롭게 보였다네.

나는 점심 무렵에 다시 거실로 나가서 아침에 있었던 이야기를 언제 딸에게 전할 생각인지 물었다네. 부인은 자신이 승낙했으니 언제 이야기를 해도 상관없을 것 같다고 말하더군. 나보다도 부인이 더 남자답다는 생각이 들었다네. 그 말을 듣고 나는 바로 방으로 돌아오려고 했는데 부인이 나를 잡더니 만약 빠른 편이 좋다면 오늘이라도 좋고, 외출에서 돌아오면 곧 말하겠다고 하더군. 나는 그렇게 해 주면 고맙겠다는 대답을 하고 방으로 돌아왔다네. 그러나 아무 말 없이 책상 앞에 앉아서 두 사람이 멀리서 소곤소곤 이야기하는 소리를 들을 생각을 하니 왠지 가만히 앉아 있을 수가 없더군. 결국 나는 모자를 쓰고 밖으로 나왔다네. 그리고 언덕 아래에서 딸과 마주쳤다네. 아무것도 알지 못하는 그녀는 나를 보고 다소 놀란 듯했지. 내가 모자를 벗고 "이제 돌아오는 건가요?" 하고 인사를 건네자, 그녀는 아픈 것은 다 나았느냐고 다소 의아스러운 듯이 묻더군. 나는 "예, 다 나았습니다. 말끔히 다 나았어요"라고 대답하고 성큼성큼 수이도바시水道橋 쪽으로 걸어갔지.

46

나는 사루가쿠쵸猿樂町에서 진보쵸神保町 헌책방이 있는 유명한 거리─역주로 나와 오가와마치小川町로 들어섰다네. 내가 이 지역을 걷는 것은 항상 헌책방을 둘러보는 게 목적이었지만, 그날은 낡고 닳은 그 책들을 바라볼 마음이 일지 않더군. 나는 걸으면서도 끊임없이 하숙집 일을 생각했다네. 나에겐 좀전의 부인에 대한 기억이 생생하게 남아 있었다네. 그리고 딸이 집으로 돌아갔을 때의 일을 상상해 보았다네. 나는 지금까지 이 두 가지에 오랜 시간을 들였다고 말할 수 있지. 나는 가끔씩 길 한복판에서 나도 모르게 걸음을 멈추곤 했다네. 그리고 지금쯤 부인이 딸에게 그 이야기를 꺼내고 있을 거라는 생각을 했다네. 그러다가는 또 이미 그 이야기가 끝났겠구나 하는 생각도 했다네.

나는 드디어 만세이바시万世橋를 건너 신사가 있는 언덕길을 지나 혼고로 와서 다시 그곳에서 기쿠자카菊坂를 내려와 마지막으로 고이시가와가 있는 골짜기로 내려왔다네. 내가 걸었던 거리는 이 세 구간에 걸쳐서 다소 일그러진 원을 그렸다고도 할 수 있는데, 나는 이 긴 거리를 걸으면서도 K에 대한 생각은 거의 하지 않았다네. 왜 그랬는지 나 자신도 전혀 알 수가 없더군. 그저 불가사의하게 느껴질 뿐이라네. 나의 마음이 K를 잊을 정도로 무척 긴장하고 있었다고 한다면 그것으로 끝일 텐데, 나의 양심이 그것을 허락할 리가 없었지.

K에 대한 내 양심이 부활한 것은 내가 하숙집 현관문을 열고 현관에서 방으로 들어가려 할 때, 그러니까 평상시와 같이 그의 방을 지나려는 순간이었다네. 그는 여느 때와 다름없이 책상에 앉아 책을 읽고 있었다네. 여느 때와 변함없이 책에서 눈을 떼더니 나를 돌아보더군. 그런데 항상 하던 "이제 돌아오는 건가"라는 인사말을 건네지 않는 것이었다네. 대신에 "아픈 건 괜찮은가? 의사에게는 갔다 왔나?" 하고 묻더군. 나는 그 순간 그 앞에서 무릎을 꿇고 사죄하고 싶어졌다네. 내가 그때 받은 충동이란 결코 약한 것이 아니었다네. 만약 K와 내가 단둘이 넓은 들판의 한가운데 서 있었다면, 나는 틀림없이 양심의 명령에 따라 그 자리에서 사죄했을 거라네. 하지만 다른 방엔 사람들이 있었지. 나의 충동은 이내 거기서 멈추고 말았다네. 그리고 슬프게도 영원히 부활하는 일은 없었던 것일세.

저녁을 먹으며 K와 나는 다시 얼굴을 마주했지. 아무것도 모르는 K는 그저 조용할 뿐이었고, 나를 조금도 의심스러운 눈으로 쳐다보지 않았다네. 역시 부인도 전후 사정을 모르기는 하지만 평상시보다 기쁜 얼굴을 하고 있었다네. 나만이 모든 것을 알고 있었던 셈이지. 나는 마치 돌을 씹는 기분으로 밥을 먹었다네. 그때 딸은 여느 때처럼 자리를 함께 하지 않았다네. 부인이 몇 번 재촉을 하자 옆방에서 "곧 가요"라는 말만 되풀이했을 뿐이었다네. 그것을 K는 이상하다는 듯이 듣고 있었지. 나중에는 어찌 된 일인지 묻더군. 부인은 아마 쑥스러워서 그럴 거라고 말하고 잠시 나를 쳐다보더군. K는 더욱 이상하게 느꼈는지 어째서 쑥스럽냐고 물었다네. 부인은 다시 웃으면서 나의 얼굴을 보았네.

나는 식탁에 앉았을 때부터 부인의 얼굴을 보고 일이 어디까지 진행되었는지 짐작할 수 있었다네. 하지만 K에게 설명하기 위해 내가 있는 앞에서 그것을 모두 이야기한다면, 참을 수 없을 것 같았지. 부인은 그런 이야기를 서슴없이 할 수 있는 여자였기에 나는 마음이 조마조마했다네. 다행스럽게도 K는 원래의 침묵으로 돌아갔다네. 평상시보다 다소 기분이 들떠 있던 부인도 결국은 내가 걱정하고 있던 부분까지는 이야기를 진행시키지 않았다네. 나는 '휴' 하고 한숨을 내쉬고 방으로 돌아왔다네. 나는 앞으로 K를 어떻게 대해야 할지 생각했네. 마음속으로 여러 가지 변명을 만들어 보기도 했다네. 하지만 그 어떤 변명도 얼굴을 마주하고 말하기엔 모자라기만 했지. 비겁한 나는 결국 K에게 설명할 일이 지겨

워지고 말았다네.

47

　그 상태로 다시 2~3일이 지났다네. 그 사이 K에 대한 끊임없는 불안감이 나의 마음을 무겁게 한 것은 두말할 필요가 없을 것이네. 그렇잖아도 K에게 무언가를 해 주지 않으면 미안하다는 생각을 하고 있었지만 말일세. 게다가 부인과 딸이 계속해서 나를 부추기듯이 자극을 하기에 나는 더욱 괴로웠다네. 어딘가 모르게 남자다움이 몸에 배어 있는 부인은 나에 대한 이야기를 언제 식탁에서 K에게 털어놓을지 모르는 일이었다네. 그리고 그 일이 있은 후로 눈에 띄게 변한 나에 대한 딸의 행동도 K의 마음을 흐리게 하는 의심의 불씨가 되지 않는다고 단언할 수 없었다네. 나는 어떻게 해서든 나와 이 가족 사이에 성립된 관계를 K에게 알리지 않으면 안 될 위치에 있었던 셈이지. 하지만 윤리적으로 약점을 가진 나로서는 그 일이 무엇보다도 어렵게 느껴지기만 했다네.

　나는 하는 수 없이 부인에게 모든 사실을 K에게 털어놓도록 부탁할까 하는 생각을 했다네. 물론 내가 없을 때 말일세. 그러나 그것은 직접과 간접의 차이만 있을 뿐이었지. 그렇다고 일부러 사실과 다른 내용을 만들어서 말한다면, 부인이 그 이유를 물을 것이 분명했지. 만약 부인에게 모든 사실을 털어놓는다면 자진해서 나의 약점을 사랑하는 여인과 그 어머니에게 드러내는 결과가 되고 말지. 모든 일을 진지하게 생각하는 나로서는 그것이 나의 미래의 신용과 연관된다고밖에 생각되지 않더군. 결혼을 하기 전부터 사랑하는 여인에게 신용을 잃는다면, 그것은 나에게 견딜 수 없는 불행이 될 것만 같더군.

다시 말해 나는 정직한 길을 걸을 생각이었으나 그만 잘못해서 발을 헛디딘 바보 같은 사람이라네. 혹은 교활하기 그지없는 사람일지도 모르지. 그 사실에 대해 알고 있는 것은 단지 하늘과 그리고 내 마음뿐이었다네. 그러나 다시 몸을 추슬러 한 발짝씩 앞으로 내딛기 위해서는 미끄러졌다는 사실을 주위 사람들에게 알리지 않으면 안 되는 처지에 빠진 것이지. 하지만 나는 내가 미끄러졌다는 사실을 감추고 싶었다네. 그리고 동시에 어떻게 해서든 다시 앞으로 나가지 않고는 견딜 수 없었고. 나는 이 중간에 끼인 채 주춤거리고 있었던 것이지.

5~6일쯤 지나 부인이 느닷없이 K에게 사실을 이야기했는지 묻더군. 나는 아직 이야기하지 않았다고 말했다네. 그러자 왜 말하지 않았는지 따지듯이 묻더군. 나는 부인의 말에 몸이 굳어지는 것을 느꼈네. 그때 부인의 말을 나는 지금도 기억하고 있다네.

"말하는 것이 도리인 듯해서 내가 말했더니 이상한 표정을 짓더군요. 도대체 무슨 일이에요? 평소 그렇게 친한 사이면서 지금까지 아무 말 않고 모른 척하고 있었다니……. 그럴 수가 있는 건가요?"

　나는 그때 K가 무슨 이야기를 했는지 물었다네. 부인은 별달리 아무 이야기도 없었다고 하더군. 하지만 나는 좀더 자세하게 물어보지 않고는 견딜 수 없었다네. 부인은 아무것도 감출 이유가 없었지. "대단찮은 이야기이지만" 하면서 당시의 상황을 하나하나 들려주었다네.

　부인의 이야기를 종합해 보면, K는 마지막 일격을 아주 침착하게 받아들였던 듯하더군. K는 딸과 나 사이의 새로운 관계에 대해 처음엔 "그렇습니까?"라고 단 한마디를 했을 뿐이었다고 하더군. 하지만 부인이 "함께 기뻐해 주세요"라고 말하자 그는 부인의 얼굴을 쳐다보면서 웃음을 지었고, "축하드립니다"라고 하면서 자리에서 일어섰다고 했네. 그리고 거실 문을 열기 전에 다시 부인을 돌아보며 "결혼은 언제입니까?"라고 물었다고 하네. 그리고 "무언가 선물을 해 주고 싶은데, 돈이 없으니 아무것도 해 드릴 수가 없군요"라고 말했다더군. 부인 앞에 앉아 있던 나는, 가슴이 막히는 듯한 괴로움에 몸둘 바를 몰랐다네.

48

　계산해 보니 부인이 K에게 이야기를 한 지 이미 이틀이 지났더군. 하지만 K는 예전과 똑같이 행동했기 때문에 나는 전혀 눈치 채지 못했다네. 그의 초연한 태도는 비록 외관상이라고는 해도 탄복할 만했네. 그와 나에 대한 것을 머릿속에 나열해 보면 그가 훨씬 더 훌륭해 보였지. '나는 책략으로는 이겼어도 인간으로서는 진 것이다'라는 생각이 가슴속에서 소용돌이치고 있었네. 나는 그때 K가 나를 무척 경멸하고 있으리라 생각하고 남몰래 얼굴을 붉히곤 했다네. 하지만 이제 와서 K에게 창피를 당하는 것은 생각만 해도 자존심 상하는 커다란 고통이었다네.

내가 그 앞에 나설까 혹은 그만둘까를 고심하며 어쨌든 다음 날까지 기다려 보자고 결심한 것이 토요일 밤이었다네. 그런데 그날 밤 K가 자살을 하고 말았다네. 나는 지금도 그 광경을 떠올리면 소름이 끼친다네. 항상 동쪽으로 베개를 놓고 자는 내가 그날만은 우연히도 서쪽으로 잠자리를 깔았는데, 참으로 기이한 운명이지 않은가? 나는 머리맡으로 불어오는 차가운 바람에 문득 잠에서 깼는데, 항상 꽉 닫혀 있던 칸막이 문이 그날 밤은 얼마 전에 그랬던 것처럼 약간 열려 있었던 것이네. 하지만 그날은 요전에 보았던 K의 검은 그림자가 보이지 않았지. 나는 마치 암시라도 받은 듯 팔꿈치로 바닥을 짚고 자리에서 일어나 살그머니 K의 방 안을 들여다보았다네. 램프가 어두운 방 안을 희미하게 비추고 있었지. 이부자리도 깔려 있었는데, 덮는 이불이 마치 걷어 내기라도 한 듯 아래쪽으로 모여져 있었네. K는 내 방과는 반대편으로 엎드린 채 꼼짝도 하지 않았지.

나는 "어이" 하고 그를 불러 보았다네. 하지만 아무런 대답도 하지 않더군. 나는 "어이, 무슨 일이야?" 하고 다시 그를 불렀다네. 그렇지만 K는 여전히 꿈쩍도 하지 않았지. 나는 바로 자리에서 일어나 문턱까지 다가갔다네. 그리고 램프를 들어 어두운 방 안을 살펴보았지.

그때 내가 받은 느낌은, K에게서 갑작스럽게 사랑에 대한 고백을 들었을 때와 똑같은 것이었다네. 내 눈은 그의 방을 훑어본 순간 마치 유리로 만들어진 의안義眼과도 같이 전혀 그 기능을 발휘하지 못했네. 나는 그 자리에 딱딱하게 굳어지고 말았지. 그 순간이 질풍과도 같이 나를 스쳐 지나간 뒤에 나는 '아뿔싸!' 하고 생각했다네. 이제 돌이킬 수도 없는 검은 빛이 내 미래를 관통했고, 한순간에 내 앞에 가로놓여 있는 전 생애를 강렬하게 비추었다네. 그리고 나는 부들부들 떨기 시작했지.

그렇지만 나는 곧 정신을 차렸다네. 그리고 이내 책상 위에 놓인 편지를 찾아냈지. 그것은 역시 예상했던 대로 내 앞으로 씌어진 편지더군. 나는 정신없이 봉투를 찢었다네. 하지만 그 안에는 내가 생각했던 그런 내용은 전혀 없었네. 나는 그 속에 내가 참아내기 어려울 그런 문구들이 즐비하게 적혀 있을 거라고 생각했었지. 그리고 만약 그 편지를 부인이나 딸이 보게 된다면, 나를 얼마나 경멸하게 될 것인가 하는 두려움을 느꼈다네. 나는 대충 훑어본 뒤 다행이라는 생각을 했다네. 원래 세상에 대한 체면이나 이목이라는 관점에서 다행이라고 생각한 것이었는데, 그 체면이나 이목이 나에게는 매우 중요하게 보였다네.

편지 내용은 아주 간단했네. 그리고 매우 추상적이었지. 자신은 의지가 약하고 실행력이 없는 인간으로 도저히 미래에 대한 희망이 보이지 않기 때문에 자살한다는 내용뿐이었다네. 그리고 지금까지 자신을 보살펴 준 것에 대한 예가 아주 간단한 문구로 이어지고 있었지. 보살펴 준 김에 자신이 죽은 뒤의 신변 정리도 부탁한다고 했네. 그리고 부인에게는 폐를 끼치게 되어 미안하다는 사과의 말을 전해 달라는 글귀도 눈에 띄었다네. 고향엔 내가 알리길 바란다는 내용도 있었네. 필요한 말은 모두 한마디씩 적혀 있었지만, 딸에 대한 것은 어디에도 언급되어 있지 않았네. 하지만 나는 이내 K가 일부러 피한 것이라는 사실을 알 수 있었지. 무엇보다 가장 마음 아팠던 것은 마지막 부분에 남은 먹물로 덧붙인 듯이 보이는 '좀더 일찍 죽었어야 했는데 어째서 지금까지 살아 있었던 것일까……' 라는 글귀였다네.

나는 떨리는 손으로 편지를 접어 다시 봉투에 넣었다네. 그리고 일부러 눈에 쉽게 띄도록 원래 놓여 있었던 책상 위에 놓았지. 그리고 뒤를 돌아보았을 때 처음으로 맹장지에 힘차게 흩뿌려진 핏자국을 보았다네.

49

　나는 K의 머리를 감싸 안듯이 두 손으로 조금 들어올렸다네. K
의 죽은 모습을 한번 보고 싶었지. 하지만 엎드린 채로 있는 그의
얼굴을 겨우 들여다보고는 이내 손을 놓고 말았다네. 소름이 끼쳤
기 때문이 아니라 머리가 무척이나 무겁게 느껴졌기 때문이라네.
나는 그의 차가워진 귀와 항상 변함없이 짧게 깎은 짙은 머리카락
을 한동안 바라보았다네. 하지만 울고 싶다는 생각은 전혀 들지
않더군. 그저 두렵기만 했지. 그리고 그 두려움은 눈앞의 광경으
로 인한 단조로운 두려움만은 아니었다네. 나는 별안간 차갑게 식
어 버린 이 친구에 의해 암시받은 운명의 두려움을 깊게 느꼈던
것일세.

　나는 아무 생각 없이 다시 내 방으로 돌아왔다네. 그리고 방 안
을 빙글빙글 돌면서 생각하기 시작했지. 내 머리에서 아무런 의미
가 없더라도 잠시 동안은 그렇게 움직이고 있으라고 명령하더군.
나는 조치를 취하지 않으면 안 된다고 생각했네. 그리고 이미 어
찌해 볼 도리가 없다는 생각도 했지. 방 안을 왔다갔다 하며 돌지
않고는 견딜 수 없을 것만 같았네. 마치 우리 안에 갇힌 곰처럼.

　나는 부인을 깨워야겠다는 생각이 들었지만, 여자에게 이 끔찍
한 광경을 보여서는 안 된다는 생각이 나를 막더군. 부인은 그렇
다고 해도 딸을 놀라게 해서는 안 된다는 강한 의지가 나를 짓눌

렀다네. 나는 다시 빙글빙글 돌기 시작했지.

나는 램프에 불을 붙였다네. 그리고 가끔씩 시계를 쳐다보았지. 그때만큼은 시간이 그렇게 더딜 수가 없었네. 내가 일어난 시간을 정확히는 알 수 없지만, 새벽에 가까운 시간이라는 것만은 확실했지. 방 안을 돌며 새벽이 다가오기를 애타게 기다리고 있던 나는 이 어두운 밤이 영원히 계속되는 것은 아닐까 하는 고민에 시달리기도 했다네.

우리들은 보통 7시 전에 일어나곤 했지. 수업이 8시에 시작되는 경우가 많아서 그러지 않으면 지각을 하기 때문이었지. 그런 이유로 하녀는 보통 6시쯤에 일어나곤 했다네. 그런데 그날 내가 하녀를 깨우러 간 것은 6시가 되기엔 좀 이른 시각이었다네. 그런데 부인이 오늘은 일요일이라고 주의를 주는 것이었네. 아마도 내 발소리를 듣고서 눈을 뜬 모양이었지.

나는 부인에게 잠시 내 방으로 와 줄 것을 부탁했다네. 부인은 잠옷 위에 겉옷을 걸치고 내 뒤를 따라왔다네. 나는 그녀가 방 안에 들어오자마자 지금까지 열려 있던 칸막이 문을 닫았다네. 그리고 작은 목소리로 부인에게 깜짝 놀랄 사건이 터졌다고 말했지. 부인이 무슨 일이냐고 묻더군. 나는 턱으로 옆방을 가리키며 "놀라면 안 됩니다"라고 말했다네. 부인의 얼굴이 파랗게 변하는 듯했지. 나는 다시 "K가 자살을 했습니다"라고 말했다네. 부인은 옴짝달싹 못한 채 그저 내 얼굴을 보며 아무 말도 하지 못했네. 나는 부인 앞에 무릎을 꿇고서 머리를 조아리며 사죄했다네.

"죄송합니다. 제가 나빴습니다. 두 분께 정말 죄송한 일을 저지르고 말았습니다."

나는 부인을 방으로 데려와 마주할 때까지 그런 말을 할 생각은 전혀 없었다네. 하지만 부인의 얼굴을 본 순간, 나도 모르게 그런 행동을 했다네. K에게 사과할 수 없는 나는, 이렇게 부인과 딸에게라도 사과하지 않으면 안 되었던 거라고 생각해 주게. 다시 말해 내 천성이 나를 앞질러 무심결에 참회의 말을 꺼내게 했던 것이지. 부인이 그런 깊은 의미로 내 말을 해석하지 않은 것은 정말 다행이었다네. 부인은 파랗게 질린 얼굴로 나를 위로하듯 말했네.

"불의의 사고라면 어쩔 수 없는 일 아니겠어요?"

하지만 놀라움과 두려움은 그녀의 얼굴에 아로새겨져 사라지지 않았다네.

50

나는 부인에게는 미안했지만, 좀전에 막 닫은 문을 다시 열었다네. 램프의 기름이 다 탔는지 방은 어둠에 묻혀 있었지. 나는 다시 내 방으로 와서 램프를 들고 입구에 서 있는 부인을 돌아보았네. 부인은 숨기라도 하듯이 내 뒤에서 K의 방을 살펴보더군. 하지만 들어가려고 하지는 않았네. 저곳은 그대로 놔두고 우선 덧문을 열어 달라고 하더군.

그 뒤 부인은 역시 군인의 미망인답게 일을 하나씩 잘 처리해 나가더군. 나는 우선 의사를 부른 후 경찰서에도 갔다네. 그 모두 가 부인의 말에 따른 것이었지. 부인이 그런 일들을 모두 끝낼 때 까지 아무도 K의 방으로 들어갈 수 없었다네.

K는 작은 칼로 자신의 경동맥을 끊고 단번에 숨을 거두었다고 하더군. 그 외에 다른 상처는 보이지 않았다네. 내가 마치 꿈을 꾸 듯 어둠 속에서 보았던 맹장지의 핏자국은 그의 목덜미에서 단번 에 흩뿌려진 것으로 판명났다네. 나는 한낮의 빛을 받고 있는 그 흔적을 다시 한 번 바라보았다네. 그리고 인간의 피가 가지는 힘 에 새삼 놀라움을 감추지 못했지.

부인과 나는 조심스럽게 K의 방을 청소했다네. 그가 흘린 피는 대부분 이불에 흡수되었기 때문에 다다미는 그다지 더러워지지 않아 뒷정리는 큰 어려움 없이 끝낼 수 있었다네. 우리는 시체를 내 방으로 옮겨 평상시 자고 있는 모습으로 눕혔다네. 그리고 나 는 그의 생가에 전보를 치기 위해 집을 나섰다네.

나는 아무 말 없이 두 사람 곁에 앉아 있었네. 부인이 나에게도 향불을 올리라고 하더군. 나는 향불을 올리고 다시 아무 말 없이 앉아 있었다네. 딸은 나에게 아무 말도 하지 않았다네. 가끔씩 부 인이 한두 마디 건네기는 했지만, 그것도 모두 그 자리에 필요한 용건이 전부였다네. 딸에게는 생전의 K에 대해 이야기할 여유가

아직 없었던 것이라네. 나는 그
래도 그나마 어젯밤의 엄청난
광경을 그녀에게 보이지 않고 끝
낼 수 있어서 다행이라고 마음
한구석으로 생각하고 있었다네.
젊고 아름다운 사람에게 그런 무서
운 광경을 보이면, 그 아름다움이 단숨
에 파괴되어 버릴 것만 같았지. 두
려움이 머리끝까지 덮쳤을 때조
차 나는 그 생각을 떨쳐낼 수
없었다네. 나에게는 아무 죄
도 없는 아름다운 꽃에 함부
로 채찍을 가하는 것과 같은 불
쾌감이 자리잡고 있었던 것이라네.

　K의 아버지와 형이 올라왔을 때 나는 K의 유골을 어디에 묻을
지에 대해 내 생각을 말했다네. 나는 그가 살아 있을 때 조우시가
야 부근에서 함께 자주 산책을 했었다네. K는 그곳이 무척 마음에
들었던 모양이었네. 그래서 나는 반은 농담으로 그렇게 좋으면 죽
은 뒤에 이곳에 묻어 주겠다고 약속했던 기억이 떠올랐다네. 이런
생각이 들었네. 약속대로 그곳에 K를 묻는다고 해서 어느 정도 공
덕이 될까 하고 말일세. 하지만 나는 내가 살아 있는 한 K의 무덤
앞에 무릎 꿇고 매월 새롭게 참회하고 싶었다네. 지금까지 모른

체했던 K를 이제부터라도 보살피고 싶다는 생각이 들었지. 어쨌든 K의 아버님과 형님은 내 말을 들어주셨다네.

51

　K의 장례식이 끝나고 돌아오는 길에 나는 그의 친구 중 한 사람으로부터 K가 왜 자살을 했냐는 질문을 받았다네. 사건이 있은 후로 나는 몇 번씩이나 이 질문 때문에 고통을 받았는지 모른다네. 부인도, 딸도, 고향에서 올라온 K의 아버지와 형도, 편지를 보낸 그의 지인도, 그와는 아무런 인연이 없는 신문기자까지도 내게 똑같은 질문을 던졌지. 나는 그럴 때마다 내 양심이 날카로운 무언가에 콕콕 찔리는 듯이 고통스러웠다네. 그리고 나는 이 질문들의 이면에 감추어져 있는 '어서 네가 죽였다고 자백하란 말이야'라는 목소리를 듣곤 했다네.

　내 대답은 누구에게든 똑같았지. 나는 그저 그가 남긴 편지 내용을 반복할 뿐이었고, 그 외에 어떤 말도 덧붙이지 않았다네. 장례식에서 돌아올 때 K의 친구는 신문을 꺼내 보여주더군. 나는 걸으면서 그 친구가 가리키는 부분을 읽어 보았다네. 거기에는 K가 부모형제로부터 의절 당한 뒤 염세적인 생각에 빠진 끝에 자살했다고 적혀 있었다네. 나는 아무 말도 하지 않은 채 신문을 접어 그 친구의 손에 돌려주었다네. 친구는 그 외에도 K가 정신이 나가서 자살한 것으로 실린 신문도 있다고 말해 주었네. 바쁜 탓에 거의 신문을 읽을 시간이 없었던 나는 내심 부인과 딸에게 폐를 끼치는 그런 기사가 나올까 봐 걱정했었지. 특히, 이름뿐이라고 하더라도 딸이 연루되어 신문지상에 나오게 되면 정말 참을 수 없을 거라는 생각조차 들더군. 나는 그 친구에게 그밖에 또 무슨 기사가 있었는지 물어보았다네. 그는 자신의 눈에 띈 것은 그 두 가지 기사뿐이었다고 말하더군.

내가 지금 사는 집으로 이사를 한 것은 그로부터 얼마 지나지 않아서라네. 부인도, 딸도 그 하숙집에 계속 사는 것을 싫어했고, 나도 그날 밤의 기억이 매일 밤 반복되는 게 고통스러워서 이사를 하기로 정했다네.

이사를 하고 두 달 정도 지나 나는 무사히 대학을 졸업했지. 졸업을 하고 반년도 채 되지 않아 나는 드디어 하숙집 딸과 결혼했다네. 외관상으로 본다면, 모든 일이 예상대로 순조롭게 이루어진 것이니 축하할 일이 아닐 수 없었지. 부인도 딸도 아주 행복해 보였다네. 물론 나도 행복했지. 그렇지만, 나의 행복에는 검은 그림자가 드리워져 있었네. 나는 이 행복이 결과적으로는 나를 슬픈 운명으로 몰고 갈 도화선 역할을 하는 건 아닐까 생각했다네.

결혼했을 때 딸이 — 이제 더 이상 딸이 아니니 아내라고 부르겠네 — 아내가 무슨 생각이 들었는지, 둘이서 K의 묘에 가자는 말을 꺼내더군. 나는 이유 없이 마음 한구석이 찔려서 왜 그런 말을 갑자기 꺼내는지 아내에게 물었다네. 아내는 둘이 나란히 그의 앞에 나타나면 K가 기뻐하지 않겠냐고 말하더군. 나는 아무것도 모르는 아내의 얼굴을 물끄러미 바라볼 수밖에 없었지.

나는 아내가 바라던 대로 함께 조우시가야에 갔다네. 나는 얼마 되지 않은 K의 무덤에 물을 부어 주었다네. 아내는 그 앞에 향을 피우고 조화弔花를 꽂았지. 우리는 머리를 숙이고 합장을 했네. 아내는 아마 나와 결혼하게 된 자초지종을 이야기하고 K의 축복을 받고 싶었던 것이겠지. 나는 마음속으로 그저 내가 잘못했다고 반복할 뿐이었네.

그때 아내는 K의 묘비를 쓰다듬으면서 아주 훌륭하다는 평을 했지. 그 묘비는 그렇게 대단한 건 아니었지만, 내가 직접 석재 가게에 가서 고른 것이라 그렇게 말하고 싶었던 듯하네. 나는 새로운 무덤과 새로운 나의 아내와 그리고 땅 속에 묻혀 있는 새로운 K의 유골을 비교하면서 운명의 비웃음과 비난을 느끼지 않을 수 없었다네. 나는 그 이후 절대로 아내를 데리고 K의 무덤을 찾은 적이 없다네.

52

죽은 친구에 대한 이런 느낌은 언제까지고 계속 되었다네. 사실 나는 처음부터 그걸 두려워하고 있었지. 오랜 소망이던 결혼조차도 불안한 마음으로 시작했으니까. 하지만 상황에 따라서는 이것이 내 기분을 전환시키면서 새로운 생애를 열어 갈 실마리가 되지는 않을까 하는 생각도 해 보았다네. 그런데 드디어 결혼을 하고 아침저녁으로 아내와 함께 있어 보니 나의 부질없는 희망은 혹독한 현실 세계에 부딪히면서 어이없게도 부서지고 말았다네. 아내와 얼굴을 마주하고 있으면, 어느새 나도 모르게 K의 위협을 받게 되었네. 다시 말해 아내가 중간에서 내가 K와 언제까지고 떨어지지 않도록 이어 주고 있는 것이었다네. 아내에 대해 어느 한 부분 부족함을 느끼지 않는 나는, 오직 이 한 가지에 있어서는 아내를 멀리하고 싶었다네. 그러면 여자의 가슴에는 그 마음이 이내 번지고 마는 법이지. 번져 오는데도 그 이유를 알지 못하는 아내는, 내가 왜 그렇게 깊은 생각을 하고 있는지 혹은 무언가 마음에 들지 않는 거라도 있는지 물어보곤 했다네. 그냥 웃으며 지나칠 때는 그다지 문제가 되지 않지만, 경우에 따라서는 아내의 신경도 곤두서곤 하지. 결국엔 "당신은 저를 싫어하고 계신 거지요?"라든가 "무언가 제게 감추고 있는 게 틀림없어요"라는 원망에 찬 소리를 듣는 경우도 있었다네. 그때마다 나는 괴롭기만 했다네.

　나는 차라리 모든 것을 털어놓을까 하는 생각도 몇 번 했다네. 하지만 막상 그런 상황에 처하면, 내가 모르는 어떤 힘이 불쑥 찾아와 나를 짓누르는 것이었네. 자네는 나를 이해해 주니 설명할 필요도 없겠지만 그래도 이야기해 주겠네. 그 당시 나는 아내를 대하면서 나를 꾸밀 생각은 전혀 없었다네. 만약 내가 죽은 친구를 대하는 것과 똑같이 선량한 마음으로 아내 앞에서 참회의 말을 늘어놓는다면, 아내는 기쁜 눈물을 흘리며 틀림없이 나를 용서해 주었을 것이네. 내가 그런 행동을 감히 하지 않는 것은 이해타산 때문이 아닐세. 나는 그저 아내의 기억 속에 암흑과도 같은 한 점을 찍게 되는 사실을 참을 수 없었던 거네. 순백의 영혼에 한 방울의 검은 잉크를 사정없이 뿌리는 그런 행위는, 나에게 더할 나위 없는 고통이었다고 이해해 주길 바라네.

일 년이 지나도 K를 잊을 수 없었던 나는 항상 불안했다네. 나는 이 불안을 내쫓기 위해 일부러 책에 빠지려고 노력했다네. 그리고 맹렬한 기세로 공부를 하기 시작했지. 그리고 그 결과를 세상에 널리 알릴 수 있는 날이 오기를 기다리고 있었다네. 하지만 무리하게 목적을 만들고, 그 목적을 달성하는 날을 기다리는 것은 불쾌하기 그지없었지. 아무리 노력을 해도 책 속에 마음을 묻을 수가 없더군. 나는 다시 팔짱을 낀 채 세상을 바라보았다네.

아내는 내가, 사는 데 불편함이 없어 마음이 느슨해지는 거라고 하더군. 아내의 집에는 그럭저럭 살아갈 수 있는 재산이 있는데다가 나 역시 직업을 구하지 않아도 별다른 지장이 없었기에 그렇게 생각하는 것도 무리는 아니었지. 하지만 내가 꼼짝도 않게 된 주된 원인은 그런 것이 아니었다네. 숙부님에게 속임을 당했던 나는 타인은 의지할 게 못 된다고 생각하고 나쁘게 받아들이면서 나 자신은 올바른 정신을 가지고 있었다고 생각했네. 세상이 어떻게 돌아가든 나 자신만은 훌륭한 인간이란 신념을 가지고 있었던 것이지. 그것이 K로 인해 여지없이 파괴되면서 나 역시 숙부님과 다를 게 없는 인간이라는 생각이 들었고 갑자기 거세게 흔들리기 시작했다네. 타인에 대한 호감을 잃고 만 나는 자신에 대한 호감조차 잃고 말았지.

53

책에 마음을 묻지 못했던 나는 술로 영혼을 적시며 나를 잊으려고 노력한 시기가 있었다네. 나는 술을 좋아하는 편이 아니라네. 그렇지만 한번 마시기 시작하면 어느 정도는 마실 수 있었던 터라 그저 많은 양을 마시고 곤드레만드레 취하도록 노력했던 것이지. 이 천박하기 그지없는 방법은 어느 정도 시간이 흐르자, 나를 더 염세적으로 만들더군. 나는 만취한 상태에서 문득 내 모습이 어떤지를 깨닫곤 했지. 일부러 이런 얼토당토않은 흉내를 내어 자신을 속이고 있는 바보라는 생각이 들더군. 그러면 몸이 심하게 떨리면서 몸도 마음도 제정신으로 돌아오는 것이었네. 어떤 때는 아무리 마셔도 취하지 않고 한없이 가라앉기만 하는 나를 느낄 때도 있었다네. 게다가 교묘하게 유쾌한 감정을 얻게 되더라도 그 뒤에는 반드시 침울한 반동이 따르더군. 그건 사랑하는 아내와 그녀의 어머니에게 항상 그런 모습을 보이지 않으면 안 된다는 것이었네. 게다가 그들은 그들의 입장에서 나를 해석하고 따지곤 했지.

　장모는 가끔씩 서운한 감정을 아내에게 말하는 듯했지. 그리고 아내는 그 사실을 감추었고. 하지만 나는 어떻게든 나를 질책하지 않으면 성이 차지 않았네. 질책한다고 해도 결코 심한 말은 아니었지. 그리고 아내에게서 무슨 말을 들었다고 해서 화를 낸 적은 거의 없었다네. 아내는 가끔씩 무엇이 마음에 들지 않는지 주저하지 말고 말해 달라고 요구했네. 그리고 장래를 위해 술을 끊도록 충고도 했지. 어떤 때는 울면서 "당신은 변했다"라는 말도 했다네. 거기까지라면 그런 대로 들어 넘길 만했지만 "K씨가 살아 있었다면, 당신은 그렇게 변하진 않았겠죠?"라고 말할 때도 있었다네. 나는 그럴지도 모른다고 대답했던 적이 있었지만, 내가 대답한 의미와 아내가 받아들인 의미는 전혀 달랐기 때문에 마음속으로는 무척 슬펐다네. 그렇지만 나는 아내에게 어떤 설명도 하고 싶지 않았다네.

　나는 가끔 아내에게 용서를 빌었다네. 그것은 아마 술에 취해 돌아온 다음 날이었을 것일세. 아내가 웃더군. 어떤 때는 아무 말도 하지 않기도 했지. 또 어떤 날엔 눈물을 뚝뚝 흘리는 일도 있었다네. 그 어느 쪽이든 나는 내 자신이 불쾌해서 견딜 수 없었다네. 그래서 아내에게 용서를 비는 것은 내 자신에게 용서를 비는 것과 같은 일이 되어 버렸지. 나는 결국 술을 끊었다네. 아내의 충고를 듣고 끊었다기보다 내 스스로가 싫증이 나서 끊었다는 편이 맞을 것이네.

술을 끊기는 했지만, 나는 아무런 의욕도 없었다네. 그래서 할 수 없이 다시 책을 읽기 시작했지. 하지만 읽고 나면 그걸로 그만 이었고, 읽은 책은 그대로 내팽개쳤다네. 나는 아내에게 무엇 때문에 공부를 하느냐는 질문을 가끔씩 들었다네. 그러면 나는 그저 쓴웃음을 지을 뿐이었지. 하지만 마음속으로 이 세상에서 내가 가장 신뢰하고 사랑하는 오직 유일한 사람조차도 나를 이해하지 못한다고 생각하면 슬프기만 했다네. 이해시킬 수 있는 수단이 있으면서도 그럴 용기가 없다는 건 정말 슬픈 일이었지. 나는 적막하기 그지없었다네. 이 세상에 오직 혼자 살고 있다는 그런 생각도 가끔 들었지.

동시에 나는 K의 죽음을 반복하고, 또 반복하면서 생각해 보았다네. 그 당시에는 머릿속이 그저 사랑이라고 하는 두 글자의 지배를 받고 있었던 탓도 있었겠지만, 내 관찰은 오히려 간단한데다 직선적이었다네. K는 그야말로 실연의 아픔으로 죽은 것이라고 바로 결론을 내리고 말았으니까. 하지만 시간이 지나 마음의 안정을 찾고 난 뒤에는 그렇게 간단하게 결론을 내릴 수 있는 성질의 것이 아니라는 생각이 들더군. 현실과 이상의 충돌, ― 그것으로도 아직 불충분했지. 나는 결국 K가 나처럼 홀로 남은 외로움에 어쩔 수 없이 빠른 결정을 내린 게 아닌가 하는 의심이 들기 시작하더군. 그리고 다시 소름이 쫙 끼치더군. 나 역시 K가 걸어간 길을, K와 마찬가지로 따라가고 있다는 예감이, 가끔씩 바람같이 내 마음을 가로지르기 시작했기 때문이라네.

그런 어느 날, 장모가 병으로 드러눕게 되었다네. 의사의 진단으로는 도저히 나을 수 없는 병이라고 하더군. 나는 할 수 있는 데까지 정성을 다해 간호했다네. 이것은 환자를 위해서이기도 했지만, 사랑하는 아내를 위해서이기도 했지. 그러나 더 큰 의미로 본다면 결국은 인간을 위해서라고 할 수 있었다네. 나는 그때까지 무언가를 하고 싶어 견딜 수 없었지만, 무엇 하나 제대로 할 수가 없었기에 수수방관 하고 있었지. 세상과 동떨어져 살던 내가 처음으로 자진해서 손을 내밀고, 어느 정도 좋은 일을 했다는 자각이 들었던 것이 바로 이때였다네. 나는 속죄라고 이름을 붙이기라도 해야 할 그런 기분에 사로잡혀 있었던 것이라네.

장모는 결국 돌아가셨다네. 그래서 나와 아내, 단둘이 남게 되었지. 아내는 내게 앞으로 세상에서 의지할 사람이라곤 오직 한 사람밖에 남지 않았다고 말하더군. 내 자신조차도 의지할 수 없었던 나는, 아내의 얼굴을 보고 나도 모르게 눈물을 흘렸다네. 그리고 아내를 불행한 여자라고 생각했다네. 그 말을 입 밖으로 꺼내자, 아내는 왜냐고 물었지. 아내는 말의 의미를 잘 알지 못하고 있었지. 나 역시 그 이유를 설명할 수 없었다네. 아내는 울었지. 내가 평상시에 비뚤어진 생각으로 그녀를 관찰하고 있었기 때문에 그런 말을 하는 거라고 원망하더군.

장모가 돌아가신 후, 나는 될 수 있는 한 아내에게 최선을 다해 노력했다네. 그저 그녀를 사랑하고 있었기 때문만은 아니었지. 내 친절에는 개인을 떠나 더 넓은 배경이 있었다네. 때마침 장모를 간병한 것과 마찬가지 의미로 내 마음이 움직인 듯했다네. 아내는 무척 만족해 하는 듯이 보였지. 그렇지만 그 만족감 속에는 나를 이해할 수 없기 때문에 생기는 희미하고 뚜렷하지 못한 부분이 어딘가에 포함되어 있는 듯했다네. 부족한 부분은 늘어날 뿐이지 줄어들 기미는 보이지 않았다네. 여자에게는 커다란 인도적 입장에서 생기는 애정보다 다소 도리에서 벗어났다고 해도 자신에게만 집중되는 그런 친절에 기뻐하는 성질이 강해서 그런 게 아닌가 싶네.

아내는 어느 날, 남자의 마음과 여자의 마음은 왜 하나가 되지 못하는 것일까 하고 묻더군. 나는 그저 젊었을 때는 그렇게 되지 않을까 하는 애매한 대답만 했다네. 아내는 자신의 과거를 돌아보고 있는 듯 가느다란 한숨을 내쉬더군.

그때부터 내 마음속에 가끔씩 무서운 그림자가 드리워지기 시작했다네. 처음에 그것은 우연히 밖에서부터 들어오더군. 나는 무척 놀랐다네. 소름이 끼쳤지. 하지만 잠시 시간이 흐르자, 나의 마음이 그 무서운 그림자에 반응하기 시작하더군. 결국은 밖에서 들어오는 것이 아니라 내 마음 깊은 곳에서, 태어날 때부터 숨어 있었다는 그런 생각이 들기 시작했다네. 그런 마음이 들 때마다 나는 내 머릿속이 어떻게 된 것이 아닌가 하는 의심을 하기 시작했지. 그렇지만 나는 의사에게든 다른 누구에게든 그런 사실을 내보일 생각은 추호도 없었다네.

나는 그저 인간의 죄에 대해 깊이 느끼고 있었던 거라네. 그 느낌은 나를 매달 K의 무덤으로 데리고 가지. 그 느낌이 나에게 장모를 간호하게 만들었다네. 그리고 아내에게 친절하게 대하라고 명령했지. 나는 그 느낌 때문에 길가에서 만나는 전혀 알지 못하는 사람으로부터 채찍질당하고 싶다는 생각을 한 적도 있었다네. 이런 단계가 조금씩 지나면 다른 사람이 아닌 자기 자신이 스스로를 채찍질해야 한다는 생각이 든다네. 그리고 나중에는 스스로를 채찍질하는 것이 아니라 죽여야 한다는 생각이 들게 되지. 나는 하는 수 없이 죽었다는 생각으로 살아가자고 결심했다네.

내가 그런 결심을 한 뒤로 지금까지 몇 년이 흘렀을까? 나도 아내도 예전처럼 살게 되었지. 우리는 결코 불행한 사람들이 아니라네. 행복하기 그지없었지. 하지만 내가 가지고 있는 한 가지 사실, 나에게 있어 쉽사리 허용이 안 되는 이 한 가지가 아내에게는 항상 암흑과도 같이 보였던 모양일세. 그것을 생각하면 나는 아내가 무척 가엾기만 하다네.

55

죽었다는 생각으로 살아가기로 결심한 내 마음은 가끔씩 외부 자극에 놀랄 때가 있다네. 하지만 내가 어느 한 방향으로 나아가려 하는 순간, 어마어마한 힘이 어디선가 나타나 내 마음을 꽉 움켜쥐고 한 치도 움직이지 못하게 만든다네. 그리고 그 힘이 나에게, 너는 아무런 자격도 없는 사내라고 마치 압력을 가하듯 말하지. 그러면 나는 그 한마디에 축 늘어져 버린다네. 어느 정도 시간이 지나 일어서려고 하면 또 다시 나를 억누른다네. 나는 입술을 꽉 깨물고 도대체 무엇 때문에 남의 일을 방해하느냐고 호통을 치지. 그 어마어마한 힘은 그저 차갑게 웃다가 네가 더 잘 알고 있지 않느냐고 말한다네. 그러면 나는 다시 축 늘어지고 말지.

파란만장하지도 우여곡절도 없었던 단조로운 생활을 계속해 왔던 내 내면에는 항상 이런 괴로운 전쟁이 있었다는 걸 알아주겠나? 아내가 보고 답답해 하기 전에 내 자신이 몇십 배나 더 답답하고 괴로웠다네. 나는 이 감옥 속에서 이제 더는 어찌할 수 없다고 생각되었을 때, 또 그 감옥을 도저히 부술 수 없다고 생각되었을 때, 필경 나에게 가장 편하게 행할 수 있는 것이 있다면 그것이 바로 자살밖에 없다는 생각을 하게 되었다네. 자네는 어째서냐고 물으면서 눈을 동그랗게 뜰지 모르겠네. 하지만 항상 내 마음을 움켜쥐고 있는 그 불가사의한 힘은 나의 활동 범위의 모든 입구를

막고 죽음의 길만을 자유롭게 열어 놓고 있다네. 움직이지 않고
가만히 있는다면 모를까, 조금이라도 움직이는 이상 그 길로 걸어
들어가지 않으면 달리 길이 없다는 생각이 드네.

나는 지금에 이르기까지 이미 두세 번을 운명이 이끄는 가장
편안한 방향으로 나아가려고 한 적이 있다네. 하지만 그럴 때마다
아내에게 마음이 얽매이고 마는 것이었네. 그렇다고 아내를 함께
데리고 갈 용기는 없다네. 아내에게 모든 것을 털어놓을 수 없는
나이니, 내 운명의 희생으로 아내의 천수天壽를 빼앗는 그런 터무
니없는 행동은 생각만으로도 소름이 끼친다네. 나에게는 나의 숙
명이 있듯 아내에게는 아내의 것이 있지 않겠는가? 우리 둘을 하
나로 묶어 태워버리는 것은 무책임하고 극단적인 방법이라는 생
각이 든다네.

그리고 내가 사라진 후의 아내를 상상하면 가엾기 그지없다네.
장모가 돌아가셨을 때 앞으로 세상에서 의지할 사람이라곤 나밖
에 없다는 그녀의 말을, 나는 뼛속 깊이 사무치도록 기억한다네.
그래서 항상 주저하게 된다네. 아내의 얼굴을 보면 그만두길 잘했
다는 생각이 들 때도 있다네. 그리고 다시 꼼짝 않고 있게 되지.
그러면 가끔씩 아내가 다시 아쉬운 눈으로 나를 바라보게 된다네.

기억해 주길 바라네. 나는 이렇게 살아왔다는 사실을. 처음 자
네를 가마쿠라에서 만났을 때도, 자네와 함께 교외를 산책했을 때
도, 내 마음은 그다지 변한 게 없었다네. 내 뒤에는 항상 그 검은
그림자가 따라다니고 있었단 말일세. 나는 아내를 위해 목숨을 질

질 끌면서 세상을 살아온 사람이라네. 자네가 졸업을 하고 고향으로 돌아갈 때도 똑같았다네. 9월이 되면 다시 자네와 만나기로 약속했는데 나는 거짓을 말한 게 아니라네. 나는 다시 자네를 볼 생각이었지. 가을이 가고 겨울이 오고, 그 겨울이 다 가도 틀림없이 다시 만날 생각으로 있었다네.

그런데 무더운 한여름에 메이지천황이 돌아가셨네. 그때 나는 메이지 정신이 천황에게서 시작되어 천황에게서 끝이 났다는 그런 생각이 들더군. 메이지의 영향을 가장 많이 받은 우리들이 그 뒤에 살아남는다는 것은 시대착오적인 발상이라는 생각이 강렬하게 내 가슴을 치더군. 나는 노골적으로 아내에게 그 이야기를 했다네. 아내는 웃으면서 상대하지 않았지만, 갑자기 무슨 생각을 했는지 나에게 그럼 순사殉死 주군이나 주인의 뒤를 따라 자살하는 일-역주라도 하면 될 것 아니냐고 놀리더군.

56

나는 순사라고 하는 그 단어를 거의 잊고 있었다네. 평소에 사용할 필요가 없는 단어인지라 기억 저편에 가라앉은 채 슬슬 썩기 시작한 듯이 보였지. 아내의 농담을 듣고 처음으로 그 말을 떠올렸을 때 나는 아내에게 만약 내가 순사를 한다면, 메이지 정신을 따라 할 거라고 대답했다네. 내 대답은 물론 농담에 지나지 않았지만, 왠지 낡고 불필요한 단어에 새로운 의미를 부여했다는 느낌이 들었다네.

그로부터 약 한 달이 지났네. 천황의 장례식이 있던 날 밤에 나는 평상시와 다름없이 서재에 앉아 애도의 대포 소리를 들었다네. 나에게는 그 소리가 메이지가 영원히 사라졌다는 소식으로 들렸다네. 나중에 생각해 보니 그것이 노기장군이 영원히 돌아오지 못할 길을 떠났다는 소식이기도 했더군. 나는 호외를 들고, 나도 모르게 "순사다! 순사다!"라고 외쳤지.

나는 신문에서 노기장군이 죽기 전에 써 놓았던 글을 읽었다네. 서남전쟁 때 적에게 깃발을 빼앗긴 이후 몸둘 바를 모른 채 '죽어야지, 죽어야지' 하며 결국 오늘날까지 살았다는 구절을 보았을 때 나는 나도 모르게 손가락을 꼽으며 노기장군이 죽을 각오를 하면서 살아왔던 세월을 세어 보았다네. 서남전쟁이 1877년에 있었으니 1912년까지는 35년이라는 세월이 있더군. 노기장군은 이 35년이라는 세월 동안 죽을 기회를 기다리며 살았던 듯하네. 나는 그런 사람에게 살아 있었던 35년이 괴로운지, 아니면 칼로 배를 가르는 그 한순간이 괴로운지, 어느 쪽이 더 괴로울까 하는 생각을 했다네.

그리고 2~3일이 지나 나도 드디어 자살을 결심했다네. 나에게 노기장군이 죽은 이유가 잘 이해가 되지 않듯이 자네도 내 자살을 받아들이기 힘들지도 모르겠네. 그렇지만 만약 그렇다고 한다면,

그것은 시대의 흐름에 따라 생기는 인간의 상이함이니 어쩔 수가 없지 않겠는가? 아니면 개인이 가지고 태어난 성격 차이라고 함이 옳을지도 모르겠네. 나는 지금까지 될 수 있는 한 이 불가사의한 나라는 존재를 자네에게 알리기 위해 최선을 다했다는 생각이 드네.

나는 아내를 남기고 가네. 내가 사라지더라도 아내가 생활을 걱정하지 않아도 된다는 것은 정말 다행이라고 생각되는군. 나는 아내에게 잔혹하게 공포심을 주고 싶지 않다네. 그래서 피를 보이지 않고 죽을 생각이라네. 아내가 모르는 사이에 살며시 이 세상으로부터 사라질 것이라네. 나는 급사한 것처럼 보이고 싶다네. 내가 정신이 어떻게 된 것이라고 생각해도 나는 그것으로 만족이라네.

내가 죽으려고 결심한 지 벌써 십여 일이 지났지만, 그 대부분은 자네에게 이 긴 자서전의 일부를 남기기 위해서 썼다는 사실을 기억해 주게나. 처음엔 자네를 만나서 이야기할 생각이었지만, 쓰고 나니 오히려 이 방법이 내 자신을 확실하게 표현할 수 있었다는 생각이 들어 기쁘기 그지없군. 나는 즉흥적으로 이 글을 쓰지 않았네. 나를 만들어 낸 내 과거는 내가 경험한 한 부분으로 나이외의 어느 누구도 서술할 수 없는 것이기에 거짓 없이 적으려고 한 나의 노력은, 자네나 혹은 다른 사람들을 위해 헛수고가 되지 않을 거라고 생각한다네. 와타나베 가잔渡邊崋山 1793~1841 에도시대 후기의 학자이자 화가-역주은 한단邯鄲 출세를 꿈꾸는 중국의 노생이라는 청년이 좁쌀밥이 익는 짧은 시간 동안 인생의 부귀영화에 대한 꿈을 꾼 후 출세에 대한 희망을 버렸다는 중국의 한단지몽邯鄲之夢의 이야기를 그림으로 그린 것-역주이라고 하는 그림을 그리기 위해 죽는 시기를 일주일간 연장했다고 하네. 다른 사람들이 들으면 부질없는 짓이라고 할 수도 있겠지만, 본인에겐 본인 나름대로의 상당한 욕구가 있었다고 할 수 있겠지. 내 노력도 그저 단순히 자네에게 한 약속을 지키기 위해서만은 아니라네. 반 이상은 나 자신의 욕구에 의해 움직여진 결과라고 생각하네.

그리고 나는 이제 그 욕구를 충족시켰다네. 이제 더 이상 할 일이 없다네. 이 편지가 자네 손에 닿을 즈음에 나는 이 세상에 없을 거네. 아내는 이미 열흘 전부터 이치가야의 숙모님 댁에 가 있다네. 숙모님이 병환으로 손이 모자란다고 하기에 내가 권해서 그곳으로 보냈다네. 나는 아내가 집을 비운 사이에 이 긴 편지를 썼다네. 가끔씩 아내가 돌아오면 나는 이내 편지를 감추곤 했지.

나는 내 과거의 모든 선과 악에 대한 경험을 세상 사람들에게 지침으로 제공할 생각이네. 하지만 오직 한 사람, 아내에게만은 예외라는 것을 알아주게나. 아내에겐 어떤 사실도 알리고 싶지 않다네. 아내가 내 과거에 대한 기억은 될 수 있으면 순백의 것으로 간직할 수 있도록 해 주는 게 내 유일한 희망이라네. 그러니 내가 죽은 뒤에도 아내가 살아 있는 이상 자네에게만 밝힌 내 비밀을 마음속에 묻어 주길 바라네.

역자 후기

막상 나쓰메 소세키夏目漱石의 『마음』이란 작품을 앞에 놓고 작업을 하려니 좀처럼 진행이 잘 안 되고 가끔씩은 후회가 들기도 했다. 그도 그럴 것이 그가 일본인들 가슴에 심어 놓은 문학사적 공적과 일본의 근대문학에 남긴 족적은 너무나도 위대한 것이어서 엄두가 나지 않았고, 기존의 사뭇 로맨틱한 스토리 전개에서 외도를 한 듯이 보이는, 어찌 보면 심리추리소설을 닮은 듯한 『마음』의 내용 전개를 과연 제대로 독자들에게 전달시킬 수 있을지 노파심이 앞섰기 때문이다.

많은 사람들이 나쓰메 소세키 문학의 정수를 꼽으라면 당연히 『마음』을 꼽는 데 주저하지 않을 것이다. 이는 다소 연애소설적인 감각으로 써내려갔던 후반기의 초기 삼부작과는 달리 모든 일에 초연하려 했던 지식인으로서의 자존심마음이 파괴되었을 때 이를 두고 죽음을 결심하기까지 주인공인 '선생님'의 모습이, 이상을 추구하다 어느새 현실에 안주하고 만 많은 일본 사람들의 자화상이었기 때문이 아닐까 싶다.

시대가 변하면서 우리의 삶도 더불어 변화를 거듭하고 있다. 사람들 눈에 비치는 외형적인 삶은 보다 윤택해지고 풍요로워졌을지 몰라도, 정작 우리들은 마음을 잃어가고 있다. 내가 편하면 그만이고, 나만 이득을 보면 된다는 식의 황금만능주의 선상에 우리 인간이 서 있다.

그러한 세태 속에서도 선생님은 그릇된 욕심으로 친구를 죽음으로까지 몰고 간 아픈 과거로 인해 남은 인생 동안 죄책감이란 굴레를 벗어 던지지 못한다. 그래서 그런 선생님의 모습을 보면 연민의 정이 느껴지고, 이제 그 짐을 덜어 주고 싶은 마음조차 든다.

눈 먼 사랑에 친구를 배신한 더럽혀진 마음을 꼭 걸어 잠그고, 지식인으로서 마땅히 누려야 할 모든 것들을 포기한 채 살아갔던 선생님. 그렇지만, 한번 물들어 버린 하얀 천 조각이 다시 깨끗해지지 못하고 누렇게 빛만 바래 간다고 생각할 즈음 선생님은 자신의 목숨을 버리는 것으로 그 책임을 다하려 한다. 하지만 그 감추어 두었던 마음을 오직 한 젊은이에게 조금씩 열면서 결국 모든 것을 밝히게 된다.

『마음』에는 이처럼 시대를 초월하여 인간 본연의 모습에 고민하는 한 지식인의 고뇌가 담겨 있다. 오랜 시간이 흘렀음에도 아직도 많은 일본 사람들에게 꾸준히 읽히고 있다는 것은 자신이 가지고 있었던 꿈들을 기억이란 낡은 창고 속에 묻고 살았던 많은 사람들이 선생님의 고뇌에 동감하면서 자신을 다시 돌아보는 시간 여행을 떠나게 만들고 있기 때문이란 생각이 든다.

오늘을 살아가는 우리는 너무 쉽게 포기하고 너무 쉽게 말하고 너무 자주 마음을 바꾼다. 어제는 웃고 오늘은 울고, 내일은 싸우다 모레는 다시 웃을 것이다. 이렇게 나와 주변은 따로 돌고 있는 별개의 존재인 것 같지만 사실 그 중심에는 내가 있다. 그리고 그 안에 나의 마음이 존재한다. 소세키가 말했듯이 마음을 다스릴 줄 아는 사람으로 거듭날 때, 이 책은 다시 새롭게 모두에게 다가가 있을 것이라고 믿어 의심치 않는다.

박순규

작품 해설

가장 소세키다운, 소세키 문학의 결정판
―이상을 좇다 현실에 안주해 버린 우리들의 자화상

『마음』은 나쓰메 소세키의 소설 중에서도 걸작이라 할 수 있는 작품입니다. 소세키의 대표작을 하나만 뽑는다는 것은 좀처럼 쉬운 일이 아닌데, 『마음』을 고르는 사람들이 아주 많습니다. 이는 이 작품이 어떤 평가를 받고 있는지 잘 나타내 준다고 할 수 있겠지요.

소세키는 이 작품을 가난한 제자에게 출판하게 해 주면서 책의 광고 문까지 직접 만들었습니다. '자신의 마음을 다스리기를 원하는 사람들에게, 인간의 마음을 다스리고 있는 이 책을 권한다'가 바로 그것입니다.

그런데 『마음』에서 소세키는 무엇을 중점적으로 쓰려고 했던 것일까요? 이 작품은 인물들의 성격을 쓴다든가, 좀 색다른 사건을 쓴다든가 하는 것이 아닌 인간의 내면, 즉 마음의 움직임을 목적으로 하고 있습니다.

선생님은 숙부에 대한 도덕적인 신뢰를 잃어버린 후, 자신 이외의 모든 인간에 대해 강한 불신감을 가지게 됩니다. 그래서 하숙집의 미망인과 딸도, 처음에는 의심이 가득한 눈으로 보게 됩니다. 하지만 시간이 흐르면서 모녀에 대한 경계심을 풀고, 특히 딸 ― 나중에는 부인이 됨 ― 에 대한 조용하면서도 은근한 애정의 감정을 품게 되고, 더불어 완고한

348

그의 마음도 점점 따뜻함으로 채워져 갑니다.

하지만 겨우 사람을 신뢰하고 사랑하게 된 선생님은 사랑하는 사람을 빼앗길 듯한 불안과 질투로 인해 친한 친구를 배신하는 죄를 범하게 됩니다. 그리고 그 친구의 죽음은 선생님 자신에게조차도 사악한 이기심이 존재하고 있다는 사실을 확실하게 인식시키게 됩니다.

"평상시에는 모두가 착한 사람입니다. 적어도 보통 사람들인 것입니다. 하지만 급박한 순간이 되면 갑자기 악인으로 변하기 때문에 무서운 것입니다."

모든 악의 근원은 자신의 행복을 추구하는 마음과 표리 관계에 있는 이기심에서 만들어진다는 사실을 알았을 때 선생님은 인간에 대한 절망감에 사로잡히고 맙니다. 그 고통을 참을 수 없었던 선생님은 자살을 앞두고 한 젊은이에게 모든 과거를 고백합니다.

소세키의 작품은 도덕적인 냄새가 매우 짙다고 할 수 있는데, 그중에서도 이 작품이 가장 도덕적이라 할 수 있습니다. 하지만 무작정 교훈만을 강요하지는 않습니다.

이는 정신의 깊은 곳에서의 죄의식, 악의 자각을 일깨우고 있다는 의미입니다. 세상으로 나아가지 않고, 가만히 몰래 숨어 살아가는 선생님에게는 무언가 감추고 있는 비밀이 있을 듯합니다. 젊은이는 그 비밀을 알고 싶어 합니다. 하지만 그것은 단순한 호기심이 아니라, 선생님의 사람됨에 대한 존경에서 감추어져 있는 진실을 밝혀내고 싶어 하는 것입니다. 그의 순수한 마음에 이끌린 선생님은 사랑하는 아내에게조차 밝히지 않았던 과거의 비밀을 털어놓게 됩니다.

첫 부분은 느릿느릿하게 전개되어 줄거리다운 줄거리가 없는 듯이 보일 수도 있습니다. 하지만 〈선생님과 유서〉라는 대목으로 들어가면서 서서히 긴장감을 더해 결국에는 힘껏 조이는 듯한 강력한 힘으로 독자들을 소설의 중심으로 끌어들입니다. 다소 추리소설을 닮은 작법이지만, 이것은 소세키가 즐겨 쓰는 방법으로 이 작품에서 아주 훌륭하게 성공을 거두고 있습니다. 전체적으로는 매우 논리적인 전개와 윤리적인 주제를 가지고 있어 그야말로 소세키다운 작품이자, 소세키의 대표적인 작품 중의 하나라고 말하지 않을 수가 없습니다.

오츠마大妻여자대학 교수
요시다 세이이치吉田精一

작가 연보

나쓰메 소세키(夏目漱石, 1867~1916)

❊1867년

1월 5일, 우시고메 바바시타 요코쵸牛囃馬場下横町—현재의 도쿄 신주쿠 구新宿區 우시고메 기쿠이쵸牛囃喜久井町—에서 나쓰메 고헤에나오카츠夏目小兵衛直克와 후처 치에千枝의 5남으로 태어났다.

❊1878년

2월에 동창생인 시마자키 류코島崎柳コウ와 회람잡지에 한문조의 『正成論』을 발표했다.

❊1889년

마사오카 시키正岡子規와 친분을 쌓았다. 그의 『七草集』에 감명받아 병상에 누워 있는 그에게 서평을 보냈다. 그 후 처음으로 '소세키漱石' 라는 호를 사용하였다. 9월에 기행한시문인 『木屑錄』을 써서 시키에게 보냈다.

❊1891년

11월에 딕슨교수의 부탁을 받아 『方丈記』를 영문 번역했다.

❊1896년

6월에 귀족원 서기관장貴族院書記官長 나카네 쥬이치中根重一의 장녀인 교코鏡子와 결혼, 9월에 함께 규슈九州를 여행했다.

❊1905년

『나는 고양이로소이다吾輩は猫である』를 1월호 《불여귀》에 발표하여 일약 유명 작가가 되었다. 이어서 『런던탑』을 《제국문학》에, 『카라일박물관カーライル博物館』을 《가쿠토우學とう》에, 『환영의 방패幻影の盾』를 《불여귀》에, 『일야一夜』, 『해로행碯露行』을 중앙공론中央公論에 발표했다.

❊1906년

4월에 『도련님坊っちゃん』을 《불여귀》에, 9월에 『풀베개草枕』를 《신소설新小說》에, 10월에 『이백십일二百十日』을 중앙공론에 발표했다.

351

✳1907년

1월에 『야분野分』을 《불여귀》에 발표했다. 『우미인초虞美人草』를 6월~10월까지 《아사히신문》에 연재했다. 이 무렵부터 위궤양으로 괴로워한다.

✳1908년

『갱부坑夫』를 1월~4월까지 《아사히신문》에, 『문조文鳥』를 6월부터 오사카의 《아사히신문》에, 『夢十夜』를 7월~8월, 『산시로三四郞』를 9월~12월까지 《아사히신문》에 연재했다.

✳1909년

『영일소품永日小品』의 일부를 1월부터, 『그 후それから』를 6월부터 《아사히신문》에 발표했다. 9월에 만주철도 총재가 되어 있었던 나카무라 제코의 초청으로 만주, 한국을 여행했다. 10월, 『만주 여기저기滿州ところどころ』를 《아사히신문》에 발표했다.

✳1910년

『문門』을 3월~6월까지 《아사히신문》에 발표했다. 6월에 위궤양으로 입원, 8월에 슈젠지修善寺로 내려가 요양을 했지만 중태에 빠졌다.

✳1912년

『피안이 지날 때까지彼岸過迄』를 1월~4월까지, 『행인行人』을 12월부터 《아사히신문》에 연재했다.

✳1913년

2월에 강연집 『사회와 자신社會と自分』을 발표했다. 12월에 『소세키의 서재로부터 漱石山房より』를 발표했다.

✳1914년

『마음心』을 4월~8월까지 《아사히신문》에 연재했다.

✳1915년

『유리문 너머硝子戶の中』를 1월~2월까지, 『도초道草』를 6월~9월까지 《아사히신문》에 연재했다.

✳1916년

『명암明暗』을 5월부터 《아사히신문》에 연재하였으나 188회로 중단되었다. 11월에 위궤양이 악화되었고, 12월 9일 세상을 떠났다. 도쿄의 조우시가야雜司が谷의 묘지에 묻혔다.